Ohne Kamera nach
Prag!
Hier ist _die_
Gelegenheit!
Herzlichen Glückwunsch!
Dein Rolf!

Über dieses Buch Ota Filip erzählt die wechselvolle Geschichte von Nikolaus Graf Belecredos, dem letzten seines Geschlechts. Ort der Handlung: Prag, vor allem das berühmte Café Slavia, an dem das vielfältige Geschehen gleichmütig vorbeifließt. Zeit der Handlung: 1910 bis 1968. Wie bei diesem großen Zeitraum schon zu vermuten ist, wird der Leser mit einer prallen Handlung, die von der Habsburger Monarchie über viele dunkle Stationen bis zum »Prager Frühling« reicht, konfrontiert; Vertreter aller Stände, Ideologien und Verhaltensweisen, unter ihnen auch bekannte, tauchen auf: Sigmund Freud schickt einen Mitarbeiter, Lenin hält sich für eine Nacht in Prag auf. Daß diese Geschichte nicht nur die Geschichte Prags, sondern auch die der Tschechoslowakei und Mitteleuropas ist, hat seinen Grund darin, daß viele Frauen dem Verwandlungskünstler Graf Belecredos nicht widerstehen können. Und aus seiner ständig wachsenden Kinderschar rekrutieren sich dann die Vertreter der jeweils vorkommenden Regime, ob Verräter, Spitzel oder Mörder.
Ota Filips Roman ›Café Slavia‹ ist der Roman Prags und der Tschechoslowakei und ein würdiger Repräsentant jener Tradition satirischen Erzählens, die Jaroslav Hašek mit seinen ›Abenteuern des braven Soldaten Schweijk‹ so imponierend begründet hat.

Der Autor Ota Filip wurde 1930 in Ostrava in der Tschechoslowakei geboren und lebt seit seiner Ausbürgerung 1974 in München.
Als Fischer Taschenbuch lieferbar: ›Die Himmelfahrt des Lojzek Lapáček aus Schlesisch Ostrau‹ (Bd. 2012), ›Maiandacht‹ (Bd. 2227), ›Großvater und die Kanone‹ (Bd. 8076), ›Das Café an der Straße zum Friedhof‹ (Bd. 5250).

Ota Filip

Café Slavia

Roman

Fischer Taschenbuch Verlag

Ungekürzte Ausgabe
Veröffentlicht im Fischer Taschenbuch Verlag GmbH,
Frankfurt am Main, Februar 1988

Lizenzausgabe mit freudlicher Genehmigung
der S. Fischer Verlags GmbH, Frankfurt am Main

Umschlaggestaltung: Jan Buchholz / Reni Hinsch
unter Verwendung einer Illustration von Vladislav Kavan
Druck und Bindung: Clausen & Bosse, Leck
Printed in Germany
ISBN 3-596-29168-2

Ort und Zeit sind ohne Zweifel authentisch. Die Personen sind zum Teil frei erfunden, zum Teil nahmen sie, allerdings unter anderen Namen, an den Ereignissen der Zeitgeschichte teil. Jede Ähnlichkeit mit lebenden Personen ist ausgeschlossen, denn die meisten Romanhelden leben nicht mehr oder sie haben nie gelebt.

»Ein Blinder, der plötzlich sah,
preßte eine Blüte an seinen Mund.
Ein Taubstummer hörte ganz nah
Glocken läuten und gab das Wunder kund.
Mit den zehn Geboten vom Vater
wacht der Schläfer ängstlich an seiner Küste.
Die Rauchfahnen steigen noch immer aus dem Krater
und verwandeln die Stadt wieder in eine Wüste.«

Aus dem Gedicht Im Licht gekleidet
von Jaroslav Seifert
Prag 1940

Prolog

Fünfunddreißig Jahre lang ging ich täglich – Sonn- und Feiertage ausgenommen – zwischen elf Uhr und elf Uhr dreißig über die Karlsbrücke vom rechten Moldauufer zum linken. Um von der Prager Neustadt nach Smichow unter dem Laurenziberg zu gelangen, hätte ich den kürzeren Weg über die Brücke des 1. Mai nehmen können. Wenn ich jetzt bedenke, daß ich fünfunddreißig Jahre lang jedes Jahr mindestens dreihundertmal einen Umweg von zweieinhalb Kilometern und von dreißig Minuten einschlug, dann komme ich zu dem Schluß, in meinem Leben überflüssige 26 250 Kilometer gewandert zu sein und dabei 5250 Stunden von der mir zubemessenen Zeit verloren zu haben. Ich bin also um die halbe Erdkugel herummarschiert, habe dabei auf meinem Umweg 220 Tage und Nächte vergeudet und kam nie weiter, als von dem rechten auf das linke Moldauufer.

Der ursprüngliche Grund für meinen langen Umweg lag vielleicht darin, daß ich den lärmenden Straßenbahnen und den mir lästigen Menschen auf der Brücke des 1. Mai ausweichen wollte. Auf dieser Brücke fühlte ich mich nicht wohl. Sie hat auch zu oft den Namen gewechselt; außerdem schien sie mir, obwohl gerade in der Mitte auf die Schützeninsel gestützt, nicht sicher genug. So wählte ich lieber den Umweg über die Karlsbrücke. Wenn ich heute diese nachträgliche Begründung meiner unzähligen Umwege mit der ungeheueren Zahl von scheinbar zwecklos gewanderten Kilometern und mit der Zeit, die ich dabei verloren habe, bedenke, packt mich schieres Entsetzen. Es ist leider fast immer so, daß unsere Entscheidungen, wenn auch gut gemeint und logisch überlegt, sich später in ihren Folgen als nichtig, ja als dumm erweisen.

Allerdings kann ich diese scheinbare Vergeudung von Energie und Zeit heute, da sie bereits der Vergangenheit angehört, nicht ganz als einen unersetzlichen Verlust ansehen. Hätte ich vor Jahren den Weg über die Brücke des 1. Mai gewählt, die, wie gesagt, die Prager Neustadt direkt mit Smichow verbindet, wäre ich nie Nikolaus Graf Belecredos begegnet, diesem wunderlichen Mann, meinem einzigen Freund, dessen Zuneigung meinen fünfunddreißig Jahre langen Umweg nicht nur aufwerten, sondern auch zu rechtfertigen scheint.

Da ich von meiner Bekanntschaft mit Nikolaus Graf Belecredos zu erzählen beginne, fühle ich mich dazu verpflichtet, gleich zu Beginn zwei Dinge, die diese Beziehung ins richtige Licht rücken, zu erklären: Zwanzig Jahre lang bin ich fast täglich auf der Karlsbrücke Graf Belecredos begegnet, habe ihn jedoch nicht wahrgenommen. Als er mich dann eines Tages ansprach, fühlte ich mich zuerst gestört, ja gekränkt, denn schließlich habe ich meinen langen Umweg nicht deshalb gewählt, um von einem wildfremden Menschen vor der Statue des Brückenheiligen Jan Nepomuk aufgehalten und angesprochen zu werden.

Das erste Gespräch zwischen Nikolaus Graf Belecredos und mir entwickelte sich folgendermaßen: Ich stand drei Schritte vor dem Heiligen Nepomuk und starrte die über sechs Stockwerke hohe Statue von Generalissimus Stalin auf dem Abhang oberhalb des linken Moldauufers an. Da berührte jemand meine Schulter. Ich drehte mich um und sah vor mir einen verkommenen Rentner, der bestimmt bessere Zeiten gesehen hatte. Er sagte: »Seit Jahren begegnen wir uns hier auf der Brücke. Ich komme täglich zu dieser Zeit vom linken, Sie vom rechten Ufer.«

»Ich kenne Sie nicht«, erwiderte ich gereizt.

»Ich kenne Sie aber, besser gesagt, ich beobachte Sie schon seit zwanzig Jahren. Mir scheint es, als hätten Sie sich in den langen Jahren gar nicht verändert. Ich dagegen«, in diesem Augenblick schien es mir, als hätte ich in seiner Stimme Spuren von Eitelkeit entdeckt, »bin jeden Tag ein anderer Mensch.«

»Sie reden zu viel«, fuhr ich ihn barsch an. »Der Mensch

kann seine Kleider wechseln und Masken aufsetzen, damit ist es aber mit seiner Veränderung noch nicht getan.«
Der Mann musterte mich. Etwas störte mich an seinen Augen; es war jedoch nicht nur die Tatsache, daß sie schielten. Nach langen Sekunden fragte er mich: »Wollen Sie meine Geschichte hören?«
»Nein.«
»Es tut mir leid, lieber Herr, Sie sind aber schon ein Bestandteil meiner Geschichte«, sagte er leise und mit einer Stimme, die eher zu einem Erpresser oder zu einem Betrüger paßte. »Zwanzig, ja über zwanzig Jahre begegnen wir uns hier auf dieser Brücke. Ich habe mich schon sehr oft gefragt: Woher kommt der Mann, wohin geht er und wieso jeden Tag um die gleiche Stunde?«
»Das geht Sie ...«
»Unterbrechen Sie mich bitte nicht! Freilich, es geht mich nichts an, aber immerhin ist die Tatsache, daß wir uns täglich begegnen, für mich ein Zeichen ...«
»Wir begegnen täglich Hunderten von Menschen. Zufällige Begegnungen, dazu noch unbewußte, ja nicht einmal wahrgenommene, haben keine Bedeutung.« Im Augenblick, als ich diesen Satz ausgesprochen hatte, begann ich aus unerklärlichen Gründen an seinem Inhalt zu zweifeln.
Der Mann sah mich ernst an, er trat einen Schritt zurück und sagte dann mit einer nachdenklichen Stimme: »Unsere Begegnungen waren und sind vielleicht ein Zufall, aber irgendwo im Schatten dieses, wie wir sagen, Zufalls steckt eine Gemeinsamkeit. Sie könnten zum Beispiel mein Sohn sein.«
»Sie sind verrückt.«
Der Mann war zu sehr in seinen Gedanken vertieft, um meine Beleidigung wahrzunehmen.
»Wie heißen Sie?« fragte er mich.
»Das geht Sie nichts an.«
»Oh, verzeihen Sie, ich habe vergessen, mich vorzustellen.

Nikolaus Graf Belecredos, der Letzte und der Vergessene.«
Ich murmelte meinen Namen.
»Sie sind ein Prager?«
»Nein.«
»Sie wohnen in Prag?«
»Ja.«
»Sind Sie verheiratet?«
»Ja«, stieß ich wütend aus.
»Haben Sie Kinder?«
»Zwei.«
»Beruf?«
»Schriftsteller.«
»Oh!« hauchte Belecredos. »Und wo wohnen Sie?«
»In der Fleischergasse Nummer 14.«
»Zweiter Stock rechts?«
Sein rechtes Auge starrte mich an, das linke blickte über meine Schulter ins Ungewisse.
»Antworten Sie bitte! Zweiter Stock rechts?«
»Ja, zweiter Stock rechts.«
Er schien mir in diesem Augenblick kleiner geworden, als wäre er ein wenig zusammengeschrumpft. Auch seine Stimme wurde weicher, ja fast gerührt.
»Sehen Sie, und dann soll ich an zufällige Begegnungen glauben? Ich sagte es ja schon: Im Schatten des Zufalls hockt stets eine Gemeinsamkeit. In dieser Wohnung, junger Mann«, fuhr Graf Belecredos mit einer erhobenen Stimme fort, »habe ich im Januar 1912 Lenin gesehen, reden gehört und so manches erlebt!« Er blähte sich wieder auf, wählte jedoch einen bescheidenen, fast vertraulichen Ton und fragte: »Wollen Sie jetzt meine Geschichte hören?«
Seit jenem Tag wartete Nikolaus Graf Belecredos Punkt halb zwölf vor der Statue des Heiligen Nepomuk. Es war für mich sehr schwer, ihn zu erkennen, denn er legte jeden Tag eine andere Maske an. Einmal war er der kesse Bohemien, dann wieder der schwermütige, melancholische Herr

aus besseren Kreisen, meistens aber war er ein ganz gewöhnlicher Passant mit gelangweiltem Ausdruck.

Während unserer Spaziergänge auf der Karlsbrücke kam Graf Belecredos in den ersten fünf Jahren unserer Bekanntschaft oft auf das Thema »Rettung der Seele« zurück. Es gelang ihm jedoch nicht, mir, einem Menschen, den dieses Thema stets gelangweilt hatte, diesen hoffnungslosen Rettungsvorgang zu erklären. Einmal blieb er mitten im Satz stecken, dachte nach und fuhr mit der Feststellung fort: »Die mutmaßliche Fürstin Jelissatewa Mischkina war es, die mir seit dem wunderbaren Augenblick, als ich zum ersten Mal der Melodie der Sprache einen Inhalt geben konnte, einhämmerte: ›Rette deine Seele, Nikolaus!‹«

Über seine Seele sagte er nichts. Nur einmal erzählte er mir, daß er sich seine Seele als eine Glaskugel, mit kristallklarem Wasser gefüllt, vorstelle, in der goldene, gelbe und rote Zierfische ruhig, fast ohne sich zu bewegen, schwimmen und ihn anglotzen. Ein ganzes Leben lang, sagte er, trüge er die Glaskugel mit ausgestreckten Armen vor sich her. Seine Aufgabe sei es, behauptete er für meinen Geschmack zu überschwenglich, die Glaskugel durch die schludrig gepflasterten, feuchten und finsteren Prager Gassen, an verzauberten Häusern vorbei, irgendwohin zu tragen, ohne auf die Nase zu fallen. Viele Jahre später sah Nikolaus seine Seele als eine riesige Glaskugel voll von farbigen Wolken und Nebelschwaden. Sein Kopf, so behauptete er, stecke mittendrin.

Erst im zweiten Jahr unserer Bekanntschaft stellte ich fest, daß Belecredos über andere, wie auch über sich selbst, nie Urteile fällte. Wenn er sich schon dazu gezwungen sah, eine Meinung zu äußern, dann sprach er sie mit einem Unterton des Bedauerns und der Resignation aus. Immer wieder kehrte er zu seinen, wie er sagte, Morgenandachten zurück. Die täglichen Selbstgespräche am offenen Fenster seiner Wohnung im obersten Stockwerk der Botschaft der Volksrepublik China waren für Nikolaus sein Morgengebet, eine Art von Einstimmung auf die sich ständig verändernden atmosphärischen Störungen des Tages. Er beschnupperte die Morgendämmerung, um eine der Wetterfahne über der Kuppel der Sankt Niklaskirche genau entsprechende Maske anlegen zu können. Mit dem rechten, dem kurzsichtigen Auge, besah er im Spiegel sein Gesicht, an dem er nie Gefallen gefunden hatte. Das linke Auge, ein Naturwunder an Weitsichtigkeit, überschaute den Stadtkern. Es sah die von fettem Ruß geschwärzten Dächer der Kleinseite, den faulig grünen, riesigen, himmelanschwellenden Busen der Kuppel von Sankt Niklas, die Moldau und die Karlsbrücke. Die Pfeiler der Brücke, erzählte er mir, gleichen sechzehn versteinerten spätmittelalterlichen Rittern, denen man den Oberleib mit dem Schwert abgeschlagen hat. Sie knien seit Jahrhunderten im braunen Wasser. Ausgeblutet und mumifiziert, verkalkt, in Schlamm und Schiefer gerammt, haben sie in der Strömung des Flusses keine gerade Linie halten können. Einst bildete die Brücke die kürzeste Verbindungslinie zwischen der Kleinseite und dem Altstädter Brückenturm, jetzt war sie aber mehrfach geknickt. Vom linken Moldauufer betrachtet wirkt es, behauptete Nikolaus, als hätten sich einige Pfeiler stromabwärts verschoben. Vom sechsten Pfeiler an ging die Brücke in die Knie, und erst in der Mitte des Flusses fand sie ihre direkte Linie zum Brückenturm am rechten Ufer wieder.

Die Nebelgrenze, die seine Kurzsichtigkeit von der Weitsichtigkeit trennte, konnte er nie bestimmen. Sie bildete einen Kreis, der sich manchmal ausweitete, ein andermal dicht an ihn heranrückte, so daß er im Nebel nicht atmen konnte.

Die Karlsstatue, links vom Altstädter Brückenturm, blieb jedoch – sie war für Nikolaus sehr wichtig, denn er zwang mich immer wieder, die Statue des Kaisers und Königs genauso wie er zu sehen – ständig im Blickfeld seines weitsichtigen Auges.

Ich sah leider nur, wie die grauen Stadttauben den Gekrönten und Gesalbten umflatterten. Karl glänzte matt; das Haupt mit der Krone immer nach vorne geneigt, die Schultern ermüdet, ließ er sich seit einem Jahrhundert von den frechen Vögeln beschmutzen.

Erste Geschichte

Nikolaus Graf Belecredos lachte nie.
»Es wäre ein Irrtum anzunehmen«, begann er einmal auf der Karlsbrücke zu erzählen, »daß ich auch nur einmal im Leben richtig gelacht hätte! Soweit ich mich zurück erinnern kann, verzerrte ich beim Lachen nur die Gesichtsmuskeln und die überzarte Haut. Als mein Antlitz noch nicht zerfurcht, vertrocknet und brüchig war, spannte ich beim Auflachen die Haut mit einer solchen Kraft, daß sie zersprang und blutete.«
Nikolaus' Art und Weise zu lachen ist wahrscheinlich auf den Schock zurückzuführen, den er als kleiner Junge erlitten hatte. Immer wieder kam er in den Monologen mit mir auf das Thema Lachen und Lächeln zu sprechen. Die vermeintliche russische Fürstin Mischkina, seine Gouvernante, hatte ihm Märchen vorgelesen, und als einmal der Satz vorkam: Und da lachten die Zwerge laut auf: Ha, ha, ha!, klang er aus Mischkinas Mund so: Und da lachten die Zwerge laut auf: Ga, ga, ga!
Dazu eine Erklärung: Die Russen kennen den Buchstaben ›h‹ nicht und sprechen ihn wie ›g‹ aus. Die Mischkina sprach zwar fließend deutsch und tschechisch, doch soll sie laut Nikolaus großen Wert darauf gelegt haben, die Gesetze dieser Sprachen, soweit sie den Konsonanten ›h‹ betrafen, zu ignorieren.
Nikolaus mißfiel diese Art zu lachen, er setzte sich im Bett auf und sagte: »Ha, ha, ha! Die Zwerge lachen so!«

»Nein, Niki«, soll die Mischkina gesagt und das Märchenbuch verärgert zugeschlagen haben, »brave und gute Zwerge lachen grundsätzlich ga, ga, ga! Schließlich trage ich die Verantwortung für deine Erziegung und muß es desgalb wissen!«
Seit jener Zeit lachte Nikolaus nie auf, er spannte nur die Muskeln und die rissige Gesichtshaut.
Einmal, als wir wieder auf dem Kreuzherrenplatz vor der grün schimmernden Statue des Kaisers und Königs stehengeblieben waren, hielt Nikolaus eines seiner Selbstgespräche: »Sehen Sie das, was ich schon seit meiner Jugend bestaune, lieber Freund? Aus dem kaiserlich-königlichen Gewand der Statue ragt, drohend gegen Süden gerichtet, ein aus Eisen gegossener Penis heraus. Zwei Tauben klammern sich auf dem kaiserlichen Glied fest, reiben abwechselnd ihre Schnäbel am harten Metall, blähen die Kröpfe, lüften die Flügel. Der verstaubte Himmel über der Stadt, bis zur Morgendämmerung nur auf die Kirchentürme gestützt, reißt auf. Ein riesiger Kupferkessel voll glühenden Lichts kippt jetzt ins Moldautal um. Die Wucht des Lichtschlages ist so heftig, daß sich in diesem Augenblick alle Kirchentürme westwärts zu neigen scheinen und nur, weil sie an ihre Schatten gelehnt sind, aufrecht stehen bleiben und nicht zusammenbrechen und uns erschlagen.«
Ich grinste Nikolaus an.
»Poetisch gesehen und gesagt ist das leider Unsinn.«
»Sie sind ein echter böhmischer Zyniker!« schrie er. »Sie sehen nichts, Sie verstehen nichts«, fügte er leiser hinzu, zog mich näher an sich und musterte mich mit seinen schielenden, klugen Augen. »Ihr Fehler, lieber Freund, Ihr Nachteil! Man hat Sie mit falsch sehenden Augen auf den Weg ins wunderliche Leben geschickt. Wie wollen Sie mir beweisen, daß die Türme tatsächlich aufrecht und fest im Boden verankert stehen?«
»Ich will Ihnen nichts beweisen, ich höre Ihnen nur zu«, erwiderte ich in einem versöhnlichen Ton.

»Ist schon gut, lieber Freund«, sagte er und hob den rechten Zeigefinger. »Eines müssen Sie jedoch wissen. Ich habe nie einen Beichtvater nötig gehabt, nein, ich bin nicht bereit, meine kostbarsten Sünden in ein fremdes Ohr zu flüstern, vor dem Allmächtigen mit meinen Vergehen am Nächsten zu prahlen. Ich bin nämlich ein anderer Fall. Auch meine garstigsten Sünden sind mir lieb, ich will sie nicht loswerden, sondern meinen einzigen Reichtum mit anderen teilen. So auch mit Ihnen, aber Sie scheinen mir nicht der Richtige zu sein. Anderseits aber bitte ich Sie, weil keiner so überzeugend wie Sie zuhören kann: Zweifeln Sie nie an meinen Geschichten, auch wenn Sie Ihnen erfunden vorkommen. Versprechen Sie es mir?«

Ich nickte.

Zweite Geschichte

Die Mischkina hat mich stets im Dunkeln gehalten. »Ich könnte es nicht verantworten, diesen geistig und physisch unterentwickelten Jungen einer direkten Sonnenbestraglung auszusetzen«, sagte sie meinen erschrockenen Eltern.

So lebte ich in finsteren Räumen, und wenn sie bei Sonnenschein mit mir spazierenging, wurde mir eine schwarze Augenbinde angelegt. Ich erinnere mich ganz genau, es war vor dem Feiertag des heiligen Jan Nepomuk, so gegen sieben Uhr abends, als mich die Mischkina auf den Kreuzherrenplatz führte, dort stehenblieb und sagte: »Jetzt segen wir die Sonne untergegen. Der Turm des Sankt-Veitsdomes gat sie bereits gespalten. Du weißt ja nicht, wie die Sonne aussiegt. Das ist ein Ball, aber viel größer als der, mit dem du zu Gause spielen darfst. Die Sonne ist geiß und spuckt giftige Straglen aus.«

Oh, hätte ich damals nur geahnt, daß ich auf dem Kreuzherrenplatz auf einem verzauberten Pflasterstein stand!

Vor Jahrhunderten lag dieser Stein an dem Weg, der von Westen nach Böhmen führte. Kaiser Karl IV. fuhr einmal von Regensburg nach Prag, und als seine Kutsche am frühen Vormittag aus den vernebelten Bergen des Böhmerwaldes in die sonnenüberflutete Ebene Südböhmens hinunterfuhr, sah er neben dem Weg auf einem Granitblock von graurotbrauner Färbung einen Jüngling stehen, der ausrief: »Gegrüßt sei mein Kaiser!«
Ein Weibsbild fiel vor der Kutsche auf die Knie in den Straßenstaub und schrie laut: »Hör ihm nicht zu, Herr! Er ist blind und schwätzt hirnverbranntes Zeug!«
»Bist du tatsächlich blind?« fragte der Kaiser den Jüngling.
»Ja, ich bin blind, aber ich sehe, daß du der Kaiser bist!«
»Und was siehst du noch?«
»Ich sehe«, so der Jüngling auf dem Stein, »auch das Schicksal deines Reiches!«
»Dann komm mit nach Prag!«
»Ich folge dir, mein Kaiser«, antwortete der Jüngling, »doch gewähre mir einen Wunsch! Laß auch den Stein, auf dem ich stehe, nach Prag bringen!« – So geschah es.
Immer, wenn der Blinde Jüngling von Prag, so nannte man ihn, sich auf den Stein stellte und seine dünnen, rötlich behaarten Arme zum Himmel erhob, sah er vor seinen erstorbenen pechschwarzen Augen das, was andere nicht sehen konnten.
Am Vorabend des Jan-Nepomuk-Tages 1910 stand ich auf demselben Granitblock, von dem einst der Blinde Jüngling von Prag seinem Kaiser die unglückselige Geschichte des Landes prophezeit hatte. Ich wollte unbedingt das sehen, was zu sehen war, und riß die Binde von meinen Augen. Die Sonne, die ich in diesem Augenblick zum ersten Mal erblickte, jagte mir ein Bündel glühender Pfeile in die Pupillen. Ich schrie auf. Ich schrie noch lange, während mir die Mischkina ihre Hand vor die Augen hielt und meinen Kopf an ihre Brust preßte:

»Berugige dich, berugige dich!« hörte ich ihre entsetzte Stimme.
Nach diesem blendenden Schock, den ich auf dem verzauberten Stein vor der Statue Karls IV. erlitten hatte, riefen die Eltern Augenärzte, Psychiater, Kapazitäten und Professoren der deutschen und auch der tschechischen Karlsuniversität ins gräfliche Palais oberhalb der Kleinseite. Einige Wochen lang wurde ich beobachtet, untersucht, beklopft, abgehört. Mein Pimmel wurde gemessen, und zwar nicht nur im ruhenden, sondern auch im steifen Zustand, meine Hoden wurden von erfahrenen Händen abgetastet, gewogen und auf ihre Festigkeit geprüft. Obwohl mich die Wissenschaft genug gemartert hatte, kam sie doch zu keinem Ergebnis. Genauer gesagt: die Wissenschaftler kamen zu vielen Ergebnissen, die sich aber alle grundsätzlich voneinander unterschieden. Lediglich in einem Punkt waren sich die Ärzte einig: Ich, Nikolaus Graf Belecredos, mußte auch weiterhin im Schatten gehalten werden, durfte unter keinen Umständen das Sonnenlicht erblicken, und immer wenn ich an die frische Luft geführt wurde – was alle Wissenschaftler unter Hinweis auf meine unzulängliche geistige Entwicklung und auf meine überentwickelte Sensibilität nur mit Vorsicht zu tun empfahlen –, hatten meine Augen fest verbunden und mein Mund sicherheitshalber zugeklebt zu sein.
»Gier und jetzt kann nur der liebe Gerrgott gelfen«, sagte die Mischkina Anfang Herbst 1910 und senkte schuldbewußt den Kopf.
Zu diesem Zeitpunkt war ich fünfzehn Jahre alt geworden.
Vater und Mutter zogen sich mit Mischkina zurück und berieten, was weiter zu unternehmen wäre, oder besser gesagt, was ihnen jetzt noch zu tun übrigbliebe, nachdem die Wissenschaft in meinem beängstigenden Fall so überzeugend versagt hatte. Die Mischkina bat darum, mit mir nach Moskau und von dort ins Dorf Warlechowka reisen

zu dürfen, wo mitten im Sumpf der heilige Vater Stepan Jedorowitsch seine Wunder vollbrachte.
Meine Mutter, Rosa Gräfin Belecredos, war von diesem Vorschlag äußerst angetan. Mein Vater, Martin Graf Belecredos, teilte die Einstellung seiner Gattin aber nicht.
»Ich bin überzeugt, daß uns ein Fehler unterlaufen ist. Die Ärzte haben den Fall nur unter dem Aspekt einer möglichen physischen Erkrankung untersucht, das heißt, sie suchten bei Niki Anomalien und Symptome einer Spät- oder Frühentwicklung, die sie, da der Junge ganz normal ist, natürlich nicht ausmachen konnten. Meine Nachforschungen haben jedoch bewiesen ...«
»Ph«, stieß meine Mutter verächtlich aus und zeigte damit deutlich, was sie von der wissenschaftlichen Arbeit hielt, der mein Vater im Kellerlabor des Palais nachging.
»Meine wissenschaftlichen Nachforschungen haben ergeben«, fuhr mein Vater hartnäckig, aber offensichtlich irritiert fort, »daß die Entwicklung des menschlichen Individuums vor allem in der stürmischen Phase der Pubertät in qualitativen Sprüngen verläuft. Niki hat durch den grausamen Schock in seiner Entwicklung einen gewaltigen Sprung nach vorne getan. Allerdings hat er diesen Sprung noch nicht ganz verkraften können. Seine körperliche Entwicklung, naja, sie hinkt ein wenig nach ... Doch die Natur holt alles ein und gleicht es aus. Es kann aber auch sein, daß es in der nachfolgenden Phase seiner Pubertät umgekehrt kommt. Das heißt: Die mentale Entwicklung bleibt stehen, es kommt zeitweise zu Verzögerungen, aber plötzlich bricht seine Männlichkeit aus ...«
»Wie unanständig!« stöhnte meine Mutter, und ich war ihr böse, daß sie Vaters Ausführungen an einer für mich sehr interessanten Stelle unterbrochen hatte.
Der Vater hob den Zeigefinger: »In jedem Fall sehe ich die Gefahr, daß diese Unregelmäßigkeiten in unserem Sohn finstere Abgründe aufreißen, die er aus eigener Kraft nicht überwinden kann.«

»Großer Gott!«
»Ich habe darüber unlängst bei einem Wiener Juden gelesen. Wie hieß er nur …? Ach ja, Sigmund Freud! Sehr gescheit und auf den Fall unseres Sohnes zutreffend. Ich schlage also vor, Herrn Professor Freud aus Wien nach Prag zu bitten.«
Der Vater schrieb sofort persönlich einen Brief nach Wien. Mit an Sicherheit grenzender Wahrscheinlichkeit war der weitere Ablauf folgender: Professor Freud telegrafierte, er könne nicht nach Prag kommen, doch schicke er seinen begabtesten Assistenten, Dr. Mosche Finkelstein, der schon im Nachtzug sitze und am kommenden Morgen in Prag eintreffen werde.

Dritte Geschichte

Als Dr. Mosche Finkelstein an jenem diesigen Herbstmorgen des Jahres 1910 vor dem Palais, wo ihn Vater und Mutter bereits erwarteten, aus der Droschke stieg, bemerkte er mit einem verqueren Lächeln, daß er erstens seine Geldbörse in Wien oder auf der Reise entweder zurückgelassen oder verloren habe, und daß zweitens sein Gepäck aus unerklärlichen Gründen vor dem Prager Franz-Josefs-Bahnhof nicht in seine Droschke, sondern in die einer außergewöhnlich attraktiven, ihm leider unbekannten Dame verladen worden war.
Der Kutscher, der vom Bock stieg, klärte die Sache mit dem verschwundenen Gepäck auf: »Die Dame vor dem Bahnhof hat gesagt, sie sei die Verlobte vom Herrn Doktor und der Gepäckträger solle seine Koffer in ihre Kutsche laden. Denn sie wolle die Koffer vom Herrn Doktor so lange behalten, bis er ihr die zweihundertsiebzig Kronen zahle, die er auf der Fahrt von Wien nach Prag im ehrlichen Kartenspiel an sie verloren habe.«

»Wie heißt die Dame, wo wohnt sie?« fragte mein Vater.
»Es tut mir leid, Herr Graf«, antwortete Finkelstein und gab kleinlaut zu: »Ich habe ihren Namen bereits vergessen oder, was nicht auszuschließen ist, sie hat ihn gar nicht genannt.«
Mein Vater bezahlte den Kutscher großzügig, und als die Herren das Palais betraten, ich drei Schritte hinterher, stellte Dr. Finkelstein fest, daß ihm außer den schon erwähnten Koffern auch seine goldene Taschenuhr, ein Saphirring, der Zwicker und der linke Schuh fehlten. Mit Erleichterung bemerkte er, daß er am rechten Fuß einen Stiefel anhatte, der gehöre ihm zwar nicht, sei aber ganz bequem.
Im Vorzimmer zählte Dr. Finkelstein weitere Gegenstände auf, die er vermißte: Einen faltbaren englischen Regenschirm, den er irrtümlicherweise beim Besuch in einer Londoner Klinik hatte mitgehen lassen, zwei wertvolle Manschettenknöpfe, die allerdings, wie er ein wenig beschämt zugab, nicht aus echtem Gold waren, einen fast neuen Mantel und eine hochwertige blaue Weste, beides habe er, nicht so billig, wie man denken mochte, von einer jüdischen Arztwitwe erstanden, deren Mann bei dem grausamen Pogrom im galizischen Kupitschow gerade in diesen Kleidungsstücken vor nicht ganz fünf Jahren durch sieben Messerstiche ums Leben gekommen war. Weiter fehlte Dr. Finkelstein ein Hut, die sogenannte »Melone«, deren Verlust ihm besonders leid tat, denn sie war ihm bei seinem letzten Theaterbesuch in Wien vor nicht einmal sieben Jahren anstelle seines alten Hutes ausgehändigt worden. Zuletzt entdeckte Dr. Mosche Finkelstein noch den Verlust zweier Reisepässe.
»Schade«, lautete sein Kommentar, »der eine war ganz bestimmt falsch, der andere wahrscheinlich echt.«
Beim Kaffee bezeichnete Dr. Finkelstein alle seine Verluste als nicht so wichtig.
»Hauptsache, daß ich sonst gut in Prag angekommen bin«, sagte er.

Beim Kuchen verfiel er in Aufregung und flüsterte: »Im Koffer befindet sich eine Bombe. Wie spät haben wir es eigentlich?«

Dr. Finkelstein griff in seine Westentasche, da er aber weder die Westentasche noch eine Uhr hatte, wurde er unruhig.

»Eine Bombe? Im Koffer?« fragte mein Vater.

»Ja, ein Knallbonbon, ein schön gebasteltes faules Ei! Mein Heilverfahren baut auf gegenseitigem Vertrauen, und so will ich Ihnen offen gestehen: Ich bin Mitglied einer polnischen Anarchistengruppe und habe den Auftrag, das nette Ei im Koffer vor dem Tor der Franz-Josefs-Kaserne abzustellen, denn Punkt neun fährt der Wagen des Generals Houdek dort hindurch. Und den wollen wir in die Luft jagen!«

»Oh«, stieß Mama aus, bereit, im nächsten Augenblick in Ohnmacht zu fallen.

»Wie spät ist es?« fragte Dr. Finkelstein düster.

»Kurz vor neun«, antwortete Mischkina mit einem Blick auf die Wanduhr.

Um Dr. Finkelstein war ganz unerwartet die Aura von etwas Tragisch-Finsterem, ja Schicksalshaftem entstanden. Die Mischkina war die einzige, die die Veränderung an ihm wahrnahm und sich ohne Widerstand vom Sog seiner wunderlichen Faszination mitreißen ließ. Ich folgte ihr unverzüglich. Sie alleine sah zuerst, was die anderen nicht sehen konnten: Dr. Finkelstein saß zwar immer noch am Tisch, aber er blähte sich auf, er wuchs, der Raum wurde zu eng für ihn. Er hätte seine Schulter nur leicht gegen die Wände drücken müssen, und sie wären geborsten. Sogar sein großer Buckel, der sonst ruhig und bescheiden die Umrisse seiner unterentwickelten Gestalt ergänzte, bubberte jetzt wie ein mit glühender Energie geladener Vulkan kurz vor dem Ausbruch.

Das hellrote krause Haar wurde feucht und versuchte seine zu sträuben, was natürlich unmöglich, weil gegen seine

Natur, war. Die Hände, rot bewachsen, lagen auf der Tischdecke. Die hellblauen Augen überzog ein mattglänzender Schimmer.

»Bitte Ruhe!« wisperte Finkelstein mit schmalen Lippen.

Die Mischkina mußte es gehört haben: Die Wände des Palais stöhnten, von draußen drang das leise Geknister der Mönchnonneziegel herein, die, mit herbstlichen Nebelballen belastet, die Giebel hochhielten.

Dann schlugen die Prager Glocken und Turmuhren neunmal.

Zuerst dröhnte der Sigismund, die große Turmglocke des Hradschiners St. Veitdomes, gleich darauf stimmte den Schlägen das Uhrwerk der St. Niklaskirche bei, und erst dann bimmelte es aus allen vernebelten Richtungen von den zahlreichen kleinen und nicht so bedeutenden Türmen. Zuletzt ertönte das heitere, lebensfrohe Glockenspiel der Lorettokirche. Es war, wie immer, ein optimistischer Ausklang, der die unerbittliche Zeitmessung vergessen ließ.

Gleich darauf erschütterte eine Detonation die Prager Dächer.

Die Fensterscheiben klirrten in hohen Tönen; die Dachtauben, noch nicht ganz wach, irrten im Nebel über den Giebeln hin und her und schlugen sich die Schnäbel an schwarzen Schornsteinen wund. Eine Windböe kam von Süden, riß die Nebelschwaden ein wenig auf, trug das Echo des Schlages nordwärts, wo es am Steilufer der Moldau zurückprallte und geschwächt, verzerrt und von kräfteraubendem Aufheulen ermüdet, noch einmal alle Straßen, Gassen, Plätze, Lauben, Winkel und Ecken durchfegte, bis es sich schließlich als unzufriedenes Murmeln im breiten Moldaubecken stromaufwärts in die Wälder zurückzog.

»Der Allmächtige sei ihrer Seele gnädig!« sagte Dr. Finkelstein und fügte nach einer Weile hinzu: »Nein, einen solchen Abschied hat die Spielratte nicht verdient, auch wenn sie mich im Zug beim Pokern mit ihren gezinkten Karten betrogen hat!«

»Gott ist gerecht!« rief die Mischkina enthusiastisch aus.

Ab hier kann ich nur gewagte Vermutungen äußern. Das geschulte Ohr des Wiener Psychologen entnahm diesem Aufschrei allerlei: Zunächst die schadenfrohe Überzeugung der Mischkina, auch Gott könne auf seine seltsame Art und Weise gerecht sein, und diese, meistens unausgewogene, Gerechtigkeit vermöge ihr ab und zu Nutzen zu bringen. Weiter hatte Dr. Finkelstein erkennen können, daß die Mischkina auf die Dame, deren Körper jetzt zerfetzt sein würde, eifersüchtig war. Und drittens wußte er nun, daß die Mischkina höchst wahrscheinlich ihn liebte.

»Nein, es gibt keinen Gott. Das, was wir Gott nennen, ist nur ein Phänomen, ein Abbild unserer Sehnsucht nach Sicherheit und Geborgenheit. Gott ist ein Nebenprodukt unserer frustrierten Phantasie, ein mißlungener Versuch, die gefährliche kosmische Spontaneität irgendwie zu regeln und ihr Gesetze aufzuzwingen, die sie erstens nicht beachtet und die zweitens falsch sind. Dieses Durcheinander kann man vermutlich nur mit einer Serie von gewaltsamen, überraschenden und rücksichtslosen Schockeinwirkungen in den Griff bekommen. Nehmen wir als Beispiel die Attentate, mit deren Hilfe wir die bisher logischen Entwicklungslinien, die ausschließlich Unrecht und Ungerechtigkeit zeugen, unterbrechen und sie in neue Bahnen schleudern. Das ist jetzt geschehen«, sagte Dr. Finkelstein und schaute die Mischkina traurig an.

»Schrecklich!« stöhnte Mama und suchte beim Vater Hilfe und Beistand, die wie immer ausblieben.

Graf Martin runzelte die Stirn, was in seinem Fall nicht unbedingt auf einen Denkvorgang oder eine andere Aktivität schließen ließ. Er war sichtlich aufgeregt, mein Papa.

»Sie sollten mich aufklären, lieber Doktor«, überschlug

sich seine Stimme, »wie steht es eigentlich mit der kosmischen Spontaneität? Sie wollten einen General in die Luft jagen, bums!, der Knall ging daneben und tötete eine Dame. Wo bleibt die Schockeinwirkung?«
»Eine kluge Frage«, antwortete Dr. Finkelstein.
»Ist das nicht ein überzeugender Beweis dafür, daß Gott alle unsere Taten und Wege leitet... Ich meine, ganz anders, als wir es wollen, aber stets meint er es gut mit uns«, hauchte Mischkina und ließ ihre feuchten Augen auf Finkelsteins besorgtem Gesicht ruhen.
»Es ist überhaupt nichts!« Dr. Finkelstein schlug mit der Hand auf den Tisch. »Es ist für mich von nun an nur der Beweis, daß der Terror des Einzelnen durch zielbewußte Aktionen, also durch Revolution gegen die Herrschenden, ersetzt werden muß. Wenn Sie aber schon einen Beweis haben wollen: Ich habe versagt!«
»Gätten Sie dieses Weib im Zug nicht getroffen«, zischte die Mischkina.
»Wenn wir uns aber organisieren, uns zu einer revolutionären Partei zusammenschließen, vermindern wir damit auch die Wahrscheinlichkeit des Versagens, dem der Einzelne auf Gedeih und Verderb ausgeliefert ist!«
»Bravo, Doktor Finkelstein, bravo!« klatschte die Mischkina.
Sie konnte ihre Bewunderung für Mosche Finkelstein nicht mehr unterdrücken. Heftige Schweißausbrüche waren die Folge.
»Ruf sofort die Polizei! Wir haben keinen Arzt, sondern einen Revoluzzer im Haus!« schrie Mama hysterisch.
Der Vater winkte mit ehelicher Routine ab und beugte sich zu Finkelstein: »Doktor, ich bewundere Ihren Mut! Offen gestanden, ich bin auch ein Freidenker, Atheist und Freimaurer.«
Dr. Mosche Finkelstein fühlte sich zweifellos geschmeichelt, behielt jedoch die Maske des schlagfertigen Analytikers auf.

»Sonderbar«, sagte er, »die Stadt hat einen Knick. Ich kann es anders nicht ausdrücken. Auch der Zufall entgleist hier ganz gefährlich. Im Zug verlor ich beim Pokern Geld und so manches andere, und die Dame, die mich betrogen und vielleicht auch bestohlen hat, bezahlte dafür sofort mit ihrem Leben. Dagegen ist mir das Unheimliche, das Sie uns, Graf Martin, über Ihren Sohn und seine pubertären Erfahrungen mit dem Penis Kaiser Karls IV. geschrieben haben, jetzt ganz verständlich.«

Dr. Finkelstein holte tief Atem, schaute mich an und fuhr langsam fort: »Was die besorgniserregende Erfahrung und die darauffolgende Erkrankung Ihres Sohnes betrifft, sind die Ursachen leicht zu klären, schwieriger ist es jedoch, sie zu heilen. Als ich in der Kutsche vom Bahnhof hierher fuhr, ließ ich am Kreuzherrenplatz anhalten, stieg aus und widmete zuerst mein Interesse der Statue des Kaisers. Ich muß Nikolaus recht geben. Aus dem kaiserlich-königlichen Gewand ragt tatsächlich ein kräftiger Hahn heraus.«

»Oh«, stöhnte Mama, aber Finkelstein beachtete sie nicht. Er hob den Zeigefinger: »In diesem Fall handelt es sich nicht um eine gereizte, unbefriedigte, durch frühen Sexualzwang oder Sexualbedürfnis motivierte Zwangsvorstellung, sondern um eine ganz einfache optische Täuschung, die sich bei der Ausführung der Statue entweder versehentlich ergeben hat oder beabsichtigt war und dann auch noch so perfekt gestaltet wurde, daß ich selbst die gerollte und mit Siegel versehene Gründungsurkunde der Karlsuniversität in seiner Hand für ein aus den Falten des Gewandes ragendes stattliches Dingsda hielt. Auf den Standpunkt kommt es eben an, von dem aus man die Statue betrachtet. Ihr Sohn«, wandte sich Dr. Finkelstein meinem Vater zu, »stand im kritischen Augenblick ganz richtig, ich wollte sagen: ganz falsch.«

»Also bitte! Die exakte Wissenschaft erklärt alles!« rief Papa begeistert aus.

Meine Mama begann, wie immer im Zustand geistiger Unruhe oder wenn sie nichts verstand und verwirrt war, laut zu schluchzen; sie merkte überhaupt nicht, daß die Tränen ihre Schminke herunterspülten.
»Siehst du, Martin, wir hätten den Wunderdoktor aus Wien sofort holen sollen.«
Sie erhob sich und wankte aus dem Raum, laut vor sich hinmurmelnd: »Jetzt bin ich aber beruhigt, ja, jetzt bin ich endlich beruhigt!«

Vierte Geschichte

Ich sehe mich oft im Spiegel: eine zerfallene Landschaft nach einem permanenten Erdbeben.
Tausend bekannte, halb oder ganz im Gedächtnis vergrabene Namen, die ich einmal getroffen, mir ausgedacht oder zugelegt hatte, surren, summen, ächzen, kreischen, murmeln, bellen und miauen, sie kreisen, steigen, fallen, fliegen, huschen, sausen oder stehen still rund um meinen kahlen Kopf. Mein Vorderschädel, überspannt von hauchdünner rot-lila Haut, schwitzt wieder.
Ich lasse mein weitsichtiges Auge über die Dächer der Kleinseite huschen und von Turm zu Turm springen.
Auf dem Palais links von mir flattert in der sanften und kühlen Brise die Fahne des so qualvoll zerfallenen britischen Imperiums. Unterhalb unseres einstigen Palais ziehen zwei Bedienstete der französischen Botschaft die frisch gewaschene und steif gebügelte Trikolore auf dem Dach hoch. Gegen Norden, auf dem stolzen Palais, das einmal dem mächtigsten und reichsten böhmischen Feudalherrn gehört hatte, ist ein bescheidenes Schweizer Kreuz zu sehen; rechts, unter den Abhängen des Laurenziberges, haben die Amerikaner schon in der Morgendämmerung aus dem Dachfenster der gelb gestrichenen Residenz, die

einst dem Grafen Molwitz gehörte, die aus schwerem Stoff, vielleicht sogar aus Seide genähte US-Fahne herausgehängt. Weltmacht und teure Seide, das gehört zusammen! Im weiträumigen Garten des Palais, dessen Ummauerung bis zur halben Höhe des Laurenziberges emporsteigt, kann mein weitsichtiges Auge auch die feinsten Verzierungen an den Wänden der hellgelben Gartenvilla wahrnehmen, die – fast genau in der Mitte des sauberen und frischen Grüns der Anlage gelegen – einem in wahnwitzigem Manierismus bearbeiteten Marmorstein ähnelt. Die mit echtem Seesand gestreuten Gartenwege laufen, einem gewaltigen Spinnennetz gleich, an der strahlenden Villa zusammen. Es sieht sogar so aus, als ob das zierliche Gebäude in der Mitte des großen Gartens ein verkalkter Polyp sei, der mit seinen spindeldürren, in alle Himmelsrichtungen greifenden sandigen Armen die hohe und feste Mauer ringsherum abtaste.
Wie schon seit Jahrzehnten torkelt um diese Zeit Helena von Molwitz aus ihrer Villa. Sie ist wieder in ihren langen, schwarzen Regenmantel gehüllt, hat einen breiten roten Hut auf dem Kopf und in der Hand den zierlichen Spazierstock, mit dem sie den Weg und den Rasen abzutasten beginnt. Und wieder täuscht sie mir ihre Blindheit vor.
Sie hebt den Kopf gegen mein Fenster, winkt mir mit der linken Hand zu, öffnet den zahnlosen Mund. Im rosarot geschminkten Gesicht des greisen Gespenstes klafft ein schwarzes Loch. Ich weiß, was folgen wird: Helena wird ihr Morgenlied anstimmen, ihre Stimme wird zerbröckeln und nach einigen Worten in einem Weinkrampf ersticken. Dann wird sie auf einem dieser gelben Sandwege, die angeschwollenen Beine mühsam hinter sich herschleppend, vor Anstrengung und Schwäche keuchend, sich Schritt für Schritt vorwärtsquälen und am Ende des Weges mit der Stirn oder mit dem Leib gegen die Mauer stoßen und aufschreien.
Früher hatte ich, wenn Helena drei oder vier Schritte von

der Gartenmauer entfernt war, laut gerufen, um sie zu warnen. Seit Jahren sehe ich aber nur zu und lausche: Helena schreit an der Mauer auf, sie verflucht mich, mich, diesen tausendmal und in alle Ewigkeit verdammten Wüstling, Hurenbock, diese Bestie, dieses Monster.

Ich sehe lieber weg und wische mir den Schweiß von der Glatze. Ich bin ein klatschnasses Schiff, das im Nebel den Hafen sucht. Ich takele die feuchten Segel mäuschenstill ab und werfe meinen Anker aus dem Fenster. Ich schwitze und rieche Salz, Wasser und Fisch. Anders war es bei Mischkina. Als sie noch jung und kerngesund war, beobachtete ich bei ihr kein gewöhnliches Schwitzen, sondern ein Geknister von tausendfachen Eruptionen aus allen Poren. Das Schockierendste an ihren Schweißfluten war die Tatsache, daß sie zwar nicht immer zeitlich mit ihren Gefühlsentgleisungen übereinstimmten, sie aber stets signalisierten.

Als mich die Mischkina am frühen Vorabend von St. Nepomuk 1910 mit verbundenen Augen in die Karlsgasse Richtung Kreuzherrenplatz führte, begann sie bereits beim Palais Clam-Gallas zu schwitzen. Bei jedem Schritt quatschte es in ihren Schuhen. Sie schleppte mich die Karlsgasse entlang, und ich konnte es kaum erwarten, auf den Kreuzherrenplatz zu kommen. Dort, hoffte ich, würde der frische Wind vom Fluß ihre Schweißwolke, in der ich fast erstickte, wegfegen. Außerdem hatte die Mischkina mir die Augenbinde so fest umgelegt, daß sie mir auf die Nase drückte und ich nur schwer atmen konnte. Vor der Karlsstatue blieb die Mischkina stehen, holte tief und schwer Luft und erzählte mir, was zu sehen war. Ich war in ihrer Dunstwolke gefangen. Ich wollte unbedingt ausbrechen, ich wollte endlich alles alleine sehen und riß mir die Augenbinde ab.

Die Mischkina schrie auf, deckte mir mit der einen Hand die Augen zu und preßte mich mit der anderen an ihre klatschnasse Bluse und an ihre rechte Brust.

Da hörte ich aus dem Innern der mutmaßlichen Fürstin ein rhythmisches Dröhnen, das dumpfe, fremdsprachige Gemurmel ihrer Seele. Je länger ich den geheimnisvollen Schlägen, dem gedämpften Wirbel düsterer Stimmen lauschte, um so deutlicher erkannte ich, daß die verschiedensten Geräusche und Laute den ganzen Körper der Mischkina erfüllten, daß jedoch jeder Körperteil sich auf seine spezifische Art und Weise phonetisch artikulierte.
Aus dem Innern ihres Busens hörte ich schwarze Trommeln. Von oben, aus ihrem Kopf, glaubte ich das Dröhnen eines aufziehenden Wirbelsturmes wahrzunehmen. In ihrem Bauch knurrte ein gelangweiltes Raubtier, und im feuchtdunklen Dschungel unterhalb des Bauches zischten ganze Knäuel braunroter Giftschlangen.
»Komm!« sagte die Mischkina und zog mich weg.
Dann verbrachte ich meine Tage, vielleicht waren es Wochen oder sogar Monate, in der Ecke eines finsteren Raumes. Es war ganz still um mich. Zwei- oder dreimal am Tag kam die Mischkina zu mir, und ich durfte ihren inneren Stimmen, den Geräuschen, dem Dröhnen und Heulen lauschen. Es war so überwältigend, daß ich mir damals nichts anderes wünschte, als in ihren Schluchten zu leben und zu sterben. Nur ab und zu hörte ich das Geläute der Turmuhren und das heitere Glockenspiel der Lorettokirche, doch bald störte mich die überflüssige Zeitmessung nicht, denn sie betraf mich nicht mehr.
Flüsternde Schatten tauchten in der Finsternis auf; sie rochen nach Jod, Chlor, Tabak, Schnaps und Verwesung. Es war mir lästig, daß sie mich abtasteten, anders als die Mischkina es verstand, und daß sie mir Fragen stellten, auf die ich immer nur die eine Antwort gab: »Ja, es war schön, den Kaiser zu sehen.«
Manchmal, wenn die Schatten allzu frech und aufdringlich waren und mir sogar das Geschehene und Gesehene heimtückisch rauben wollten, dachte ich, man hätte die aus dem Paradies vertriebenen Engel zu mir in die Finsternis ge-

schickt. Ich schrie laut nach der Mischkina, sie kam auch sofort, und ich verkroch mich wieder in die Geborgenheit ihrer Schweißwolke, mitten ins Geheul, ins Zischen und rhythmische Dröhnen. Ich glaubte damals, daß Mischkina nach Paradies duftete.
Dann betrat Dr. Mosche Finkelstein mein finsteres Zimmer. Er roch nach Wein, Tabak und Knoblauch.
»Wovon träumst du, Nikolaus?« fragte er mich.
»Das geht Sie nichts an!«
»Als ich ein kleiner Junge war, träumte ich zum Beispiel vom Fliegen. Ich war im Traum ein großer roter Schmetterling ...«
»Das ist aber ein blöder Traum!«
»Mein Traum war eben so«, regte sich Dr. Finkelstein auf, als hätte ich ihn beleidigt.
»Viele kommen jetzt zu mir und bequatschen mich mit ihren Träumen«, schrie ich Dr. Finkelstein an. »Der eine quasselt dies, der andere wieder jenes, und alle erzählen mir Sachen, die mich überhaupt nichts angehen. Jeder will von mir wissen, ob ich das, was ich gesehen habe, tatsächlich sah. Wenn ich gestehe, daß ich des Kaisers Scham aus dem Gewand herausgestreckt gesehen habe, dann behaupten sie, ich hätte nichts sehen können. Wenn ich aber, um endlich Ruhe zu haben, bestreite, überhaupt etwas gesehen zu haben, dann strecken sich die Schatten hoch und schreien mich an: ›Nikolaus, du hast etwas Gräßliches sehen müssen, erzähle uns davon, befreie dich vom Gesehenen, denn sonst wirst du diese schreckliche Last dein ganzes Leben lang mit dir schleppen müssen!‹ Mir ist es aber jetzt schon egal, was und ob ich überhaupt etwas gesehen habe. Mein Paradies habe ich nämlich bereits gefunden, allerdings kann ich es erst mit meinen zarten Fingern abtasten. Wenn ich aber groß und stark bin, dann bleibe ich dort für alle Ewigkeit verkrochen und geborgen!«
»Sei still!« zischte meine Gouvernante.

»Du lebst hier auf dieser schrecklich schönen Welt, Nikolaus, nicht im Paradies, das es nicht gibt«, sagte Dr. Finkelstein ziemlich unsicher.
Er ließ mich los, und ich hörte ihn in der mir entgegengesetzten Ecke flüstern: »Der Junge leidet an einem gestörten Verhältnis zur Realität. Ein schwieriger Fall!«
»Gerr Doktor, Sie können sich gar nicht vorstellen, wie schwer ich es mit diesem Bengel gabe! Was der alles von mir verlangt.« Mischkina schneuzte sich.
»Das müssen Sie mir in aller Ruhe erklären!«
»Gier?« Meine Gouvernante schneuzte sich noch einmal.
»Ich muß alles wissen, auch die kleinsten und für Sie unbedeutendsten Details.« Dr. Finkelsteins Stimme kippte um.
Ich kann mir heute noch vorstellen, wie sein Buckel sich damals spannte, hob, wölbte und granithart wurde. Schwören könnte ich, daß ich ein Knistern, Brechen, Biegen und Knattern hörte.
Die Mischkina begann aus allen Poren Schweiß auszustoßen. Als sie die drei oder vier Schritte zu dem Sofa stampfte, war sie ganz bestimmt schon klatschnaß. Dann hörte ich einen dumpfen Aufprall.
In der Ecke hockend, sah ich alles; besser gesagt, ich sah nur wenig, doch dafür durchschoß mein aufgescheuchtes Blut die Gehörgänge so kräftig, daß sie aus ihrem Dahindösen mit einem Ruck in höchste Alarmbereitschaft versetzt wurden, und ich konnte nicht nur die biologischen Metamorphosen des Buckels von Dr. Finkelstein, sondern auch das Aufheulen in Mischkinas feuchtwarmen glitschigen Schluchten und Höhlen hören. Mag die Natur mir schwache Augen beschert haben, doch glich sie diesen Nachteil gerecht aus. Zwar kann ich mich auf mein Sehvermögen nicht immer ganz verlassen, dafür aber empfinde ich die heimlich-lautlosen Geräusche in der anmutigsten Farbenpracht ihrer Signalwimpel und all ihren Reizen.

Auch meine Riechorgane sind wahre Naturwunder! Damals sog ich zwei Dunstwolken ein. Die eine umschwebte und umhüllte, einem warmen sommerlichen Kumulus ähnlich, die Mischkina. Die andere wälzte sich im Gestank von saurem Wein, muffigem Tabak und nach Steppenfrost duftendem Knoblauch im Raum herum, durchstieß nach einem blitzschnell ausgefochtenen Duell die feuchte Vernebelung, mit der sich die Mischkina wohl schützen und verteidigen wollte, wühlte in ihr herum und vermischte sich schließlich mit ihr.

Vom Sofa hörte ich nur ein Krächzen, Ächzen, ein Wimmern, Jammern und ein Klatschen, zwischendurch einen dumpfen Aufschlag. Ich zählte die Geräusche, jedoch bei der Zahl einundzwanzig angekommen verwandelten sie sich in ein Trommelfeuer, in ein Staccato heftigen Zusammenprallens, so daß ich das Zählen aufgeben mußte.

Und dann nahm das Wunder seinen Anfang.

Ein Funke erhellte meine mit Müh' und Not unterdrückte Vorstellungskraft. Ich wollte nicht glauben, was ich da auf dem Sofa sah: einen Umriß zweier zusammengeflochtener Körper, ein zweikörperliches Unwesen, von einem rosaroten Buckel gekrönt.

Ich war damals natürlich außerstande zu vermuten, daß es die Eifersucht war, dieses ungezähmteste, gefährlichste, zugleich auch furchtbarste Nebenprodukt der gereizten und unbeholfenen Phantasie, die mir ein Bild erhellte, das ich eigentlich nicht sehen konnte. Ich handelte instinktiv so wie jeder durch Eifersucht Angesteckte: Ich wollte Gewißheit haben und riß die schweren Vorhänge, die mein Zimmer verdunkelten, weit auf.

Das grelle Sonnenlicht traf mein Gesicht wie ein Fausthieb. Ich taumelte hin und her. Und als ich schließlich wieder, wenn auch leicht schaukelnd, stand, sah ich, daß meine Phantasie mich nicht belogen hatte.

Ich sah, was in diesem Augenblick nur ich und der liebe Gott sehen konnten.

Es war erregend und ekelhaft.
Wie jeder betrogene Schwachkopf stilisierte ich mich natürlich sofort zum moralischen Sieger und sah mich als den über alle Niedertracht dieser Welt Erhabenen. Zunächst schien mir angemessen, der Mischkina die Kehle durchzubeißen und Dr. Finkelsteins rosigen Buckel mit dem schweren Kerzenleuchter blutig zu schlagen.
Dann aber traf mich das Wunder voll!
Ich konnte meinen Kopf von dem grauenhaften Bild auf dem Sofa abwenden und voll in die Sonne schauen! Ich lief aus dem Zimmer hinaus und verkündete im Palais laut schreiend meine Heilung.
Die Mutter fiel sofort auf die Knie, sie betete und dankte Gott für das Wunder.
»Es muß ein Wunder geschehen sein«, weinte sie vor Freude, »seht nur: Nikolaus schaut in die Sonne, ins Gotteslicht!«
Auch mein Vater ging, ein wenig zögernd, in die Knie. Seine atheistische Gesinnung bewahrte ihn jedoch vor Überschwenglichkeiten. Er lobte still die heilenden Kräfte der Natur und die hervorragende Heilmethode der Freudschen Psychoanalyse, mit deren Hilfe Dr. Finkelstein, zweifellos streng nach den Anweisungen seines großen Lehrers und Meisters handelnd, Nikolaus, seinen einzigen Sohn und Erben, der Finsternis entrissen und ins strahlende Licht des Lebens geführt hatte.
Ich stand abseits und beobachtete die spontane Familienandacht, und hätte ich das Lachen nicht schon verlernt gehabt, hätte ich laut und böse feixen müssen. Ich war aber ganz still, spannte nur Gesichtsmuskeln und Haut und biß mir die Lippen blutig.

Ich glaube, daß zwei weit auseinanderliegende, nur zufällig verkoppelte Motive Dr. Mosche Finkelsteins Entscheidung, nicht nach Wien zurückzukehren, herbeiführten. Etwa vierzehn Tage, nachdem ich durch einen wunderlichen Seitensprung von meinem bis dahin unbefriedigenden Geschick geheilt worden war, äußerte Dr. Finkelstein den Wunsch, zu seinem Meister zurückzufahren.

Die Mischkina wurde bei Finkelsteins Worten bleich und begann zu schwitzen. So wie ich die damaligen Ereignisse heute überblicke, überlegte sie sicher teils fieberhaft, teils fröstelnd, was sie tun könnte, um den geliebten Wunderdoktor in Prag und im Palais Belecredos zu halten. Die Mischkina hielt schon den Atem an, um unverzüglich in Ohnmacht zu fallen, doch im letzten Augenblick überlegte sie es sich anders. Wäre sie in Ohnmacht gefallen, hätte der erfahrene Finkelstein natürlich sofort erkannt, daß sie ihren Schwächeanfall nur vortäuschte, oder, noch schlimmer, er hätte den günstigen Augenblick ausnützen und aus dem Palais verschwinden können. Dies waren wohl die Gründe dafür, daß die Mischkina wachsam und munter blieb. Sie stand auf, warf die Serviette auf den Tisch und sagte: »Nein, das kannst du mir nicht antun! Jetzt schon gar nicht!«

Graf Martin, mein Vater, obzwar ein großer Kenner der geheimen Wissenschaften, ahnte nicht das geringste von der jüngsten Entwicklung, die die Mischkina und Finkelstein betraf und sich unter dem Dach seines Palais vollzogen hatte. Er war perplex, bewahrte jedoch Ruhe und mahnte die Gouvernante: »Aber, aber Fräulein! Sie dürfen doch nicht einen fremden Mann duzen!«

»Laß das, misch dich nicht ein! Das müssen die zwei selber miteinander ausmachen«, sagte meine Mutter gelassen, jedoch mit einer unüberhörbaren Härte.

Mein erfahrener alter Herr wollte noch etwas bestimmt

Kluges hinzufügen, er bewegte auch schon die Lippen, aber ein einziger Blick in die Augen meiner Mutter genügte. Schnell machte er den Mund wieder zu, lehnte den Kopf zurück und beschloß, von nun an nichts zu sagen, nichts zu hören und überhaupt nichts zu sehen.

»Gestatten Sie, ehrenwertes Fräulein«, stotterte Finkelstein und hätte ganz bestimmt etwas Höfliches, etwas, was in Wien in solch einer Situation angebracht gewesen wäre, mit Mühe aus sich herausgequetscht, aber die Mischkina ließ ihn nicht zu Ende stottern und schrie lauter als sie vermutlich wollte: »Du hast mir die Ehre geraubt! Seit vierzehn Tagen bin ich schwanger! Ich bin keine Jungfrau mehr!«

Mein Vater stopfte sich vorsichtshalber mit den Zeigefingern die Ohren zu. Mami hingegen wartete geduldig auf die weitere Entfaltung der für sie höchst interessanten Beziehung zwischen der Mischkina und Dr. Finkelstein. Natürlich – das nehme ich mit Sicherheit an – war sie über den Verlauf der angeblich konspirativen Liebesgeschichte im Bilde und erwartete nun weitere Einzelheiten, dramatische Wendungen und leidenschaftliche Ausbrüche, die ihre etwas unterentwickelte Phantasie in Sachen Liebe ein wenig aufmuntern konnten. Ich glaube, daß meiner Mutter vieles im Leben versagt wurde. Ganz bestimmt fühlte sie sich betrogen. Ihr Blick fiel in diesem Augenblick auf mich. Ich saß artig am Tisch, schlürfte warme Schokolade und führte meine geistige Abwesenheit so überzeugend vor, daß sie zweifellos glaubwürdig wirkte. Meine Mutter musterte mich mit ihren traurigen Augen, und ich glaube erst heute erraten zu haben, welcher Gedanke oder was für ein Satz sie damals beunruhigen, ja verwirren konnte: »O mein Gott, wie ungerecht von Dir! Aber hätte ich diesen Blödian nicht geboren, wäre mein Leben ganz ohne Sinn geblieben!«

Um meine geistige Abwesenheit noch überzeugender vorzugaukeln, schmierte ich absichtlich ein wenig Sahne auf mein Kinn. Meine Mami war nahe daran, mich auszuschimpfen, was ich eigentlich zwecks allgemeiner Ablenkung hatte provozieren wollen, doch da neigte Dr. Finkelstein sich im Stuhl vor. Er verfiel in einen so heftigen Lachkrampf, daß sein Buckel mitschwang.

Die Mischkina starrte ihn an. Sie schwitzte wieder. Am meisten hatte sie bestimmt die Tatsache überrascht und in eine lähmende Fassungslosigkeit gestürzt, daß Dr. Finkelstein, ohne sich offensichtlich anstrengen zu müssen, seine Augen so gründlich durchspülen konnte.

»Das ist doch nicht zu glauben! Jungfrau, sagst du? Kaum zu fassen!«

Dr. Mosche Finkelstein lachte herzlich, er wischte sich die Tränen mit den Handflächen ab, die feuchten Finger trocknete er an seiner Hose, wandte sich dann zu mir, womit ich freilich nicht gerechnet hatte, und fragte mich: »Niki, willst du deiner Erzieherin etwas erzählen?«

»Was soll ich erzählen?«

Ich schmierte mir absichtlich noch einen Löffel Sahne über meine linke Wange. Dr. Finkelstein wurde plötzlich ernst, er schwieg eine Weile, musterte mich und erst dann grinste er mit gut gespielter, lockerer Heiterkeit und voll Überlegenheit die Mischkina an: »Ich sag's also selbst. Nach drei Stunden hatte ich es aus Nikolaus heraus. Er hat es mit dir, gnädiges Fräulein, auf eine ganz sonderbare Art getrieben!«

Ich hörte zwei dumpfe Aufschläge; beide trafen mich voll. Als ich den Kopf hob, sah ich Mami und die Mischkina friedlich nebeneinander auf dem schönen Teppich liegen. Papi riß die Augen weit auf, ließ die Ohren zugestopft, sprang hoch, raste wie von einer fremden Macht getrieben aus dem Salon und jaulte: »Ich habe nichts gehört, ich will meine Ruhe haben!«

Ich beherrschte mich vorzüglich. Mit Genugtuung musterte ich die Mischkina und wünschte sehr, sie möge nie wieder aufwachen. Ich beugte mich über sie, atmete ihre

Dunstwolke ein und war zufrieden. Die mutmaßliche Fürstin roch schon nach Verwesung.
Was meine Mami betraf, die neben der Mischkina locker und mit entspanntem, von allen Qualen befreitem Ausdruck auf dem Boden lag, so machte ich mir keine Sorgen. Sie fiel regelmäßig und bei geringstem Anlaß in Ohnmacht, erwachte jedoch immer sehr bald, aufgemuntert und durch den tiefen Schlaf gestärkt.
Dr. Finkelstein saß im Stuhl, ein wenig vorgebeugt und gelassen.
»Ja, Nikolaus«, sagte er leise, »mit den Frauen hat man eben Schwierigkeiten, das wirst du im Leben noch mehr als einmal erfahren müssen!«
In diesem Moment fühlte ich in mir eine warme Flut von Zuneigung aufsteigen, wie sie nur hartgeprüfte Männer für ihre Komplizen empfinden können, und meinte, dieser Zuneigung mit einem dem Augenblick würdigen, emotional gefärbten Wort oder Satz Ausdruck verleihen zu müssen. Ich hatte die Worte schon in der Kehle bereit, doch ich verschluckte mich mehrmals, bevor ich röcheln konnte: »Schwager ...«
Offen gestehen muß ich, daß nicht einmal dieses einzige Wort ganz spontan aus mir herausbrach. Ich hatte es mir schon überlegt, wie ich Dr. Finkelstein anreden sollte. Onkel, das schien mir unangebracht, Bruder war mir zu familiär, Cousin habe ich auch gleich verworfen, denn ich mochte meine zahlreichen Cousins nicht; zuletzt blieb mir nur der Schwager übrig.
»Ich will dir etwas sagen«, lächelte mich Mosche wehmütig an, »es gibt auch unter uns Männern Schwächlinge, die aus einem oder mehreren gemeinsamen Verhältnissen mit einer Frau nur erbärmliche, lächerliche und peinliche Haß- oder Eifersuchtsgefühle ableiten, ihr Inneres dadurch verpesten, blind und gelähmt werden. Das sind, Niki, die Rekruten der Selbstmörderkommandos oder der eifrig sich vermehrende Nachwuchs von traurigen, hartnäckigen Säufern, das

rohe Material für die Mühlen der Leidenschaft, die sie zu menschlichem Brei zerquetschen. Sie werden aufgerieben, zermahlen, zerstreut! Ein richtiger Mann hat aber einen harten Kern. Man kann ihn anschlagen, ankratzen, er ist bereit, Schläge einzustecken und auch zu verteilen. Aber er bleibt dabei in seinem edelsten maskulinen Kern ein Wesen, das die Leidenschaft, Liebe und auch die Eifersucht nicht betören und weich kneten kann.«

Dr. Finkelstein erhob sich mit einer pathetischen Geste vom Stuhl.

»Du hast da ein Wort gesagt, Niki. Und ich muß dir recht geben. Einmal wird die Welt die Verschwägerungen mehr schätzen als alle anderen Bindungen. Klassen- und Eigentumsunterschiede werden fallen, man wird nicht mehr nach Herkunft und Reichtum fragen. Um zu erfahren, wer vor dir steht, ganz egal, ob Mann oder Frau, wirst du eine einzige Frage stellen müssen, auf die es ankommt: Wen hast du geliebt, mit wem hast du geschlafen? Ja, und dann bekommst du einige Namen zu hören, und ein Name wird dir ganz bestimmt vertraut sein. Du breitest deine Arme aus und wirst beglückt ausrufen: Schwager, Schwägerin!, an meine Brust!«

Finkelstein konnte sich nicht mehr beherrschen und umarmte mich. Als er seine Umarmung löste, sah ich, wie sich in seinen Augen ein Entsetzen breitmachte.

»Nein, das gibt's doch nicht ...!« stotterte er.

Ich wandte mich dem Spiegel zu, der an der Wand hing, und ich erkannte mich nicht wieder. Vor dem Frühstück war mein Gesicht noch kindlich glatt und rosig gewesen. Jetzt war es blaß und von Pickeln übersät. Ich schielte zwar noch immer, aber meine Augen waren die eines Mannes. Meine Arme und Beine wurden länger, Jacke und Hose waren auf einmal viel zu kurz.

»Ein Wunder«, flüsterte Mosche in meinem Rücken. »Ein Kind überschreitet eben eine Schwelle seiner biologischen Entwicklung, es metamorphosiert sich binnen einer kurzen

Zeitspanne ... Alle angestauten und überreifen Voraussetzungen des Erwachsenwerdens brechen hervor. Eine biologische Revolution ... eine neue Lebensqualität entpuppt sich, sprudelt und brodelt, Niki, sie schlägt wie ein Blitz in dich ein.«

Später erzählte mir Dr. Finkelstein, wie sehr es ihn gefreut hatte, dieses Wunder mit eigenen Augen gesehen zu haben; es hatte nämlich seine letzten Zweifel an der Theorie des revolutionären Sprunges aus der angestauten Quantität in die neue Qualität ausgeräumt.

Ich war vor dem Spiegel mit dem Boden verwachsen.

»Du hast jetzt einen Freund fürs Leben«, sagte Finkelstein und legte mir seine Hand auf die Schulter.

»Klar«, schnarrte ich, und das war der letzte Laut, den ich bis Januar 1912 von mir gab.

Die Mischkina kam wieder zu sich und schluchzte laut auf. Ich wollte ihr auf die Beine helfen, Mosche hielt mich jedoch zurück. Sie flennte noch eine Zeitlang leise vor sich hin, dann erhob sie sich und fing an, zuerst noch zögernd, sich gegen Finkelstein in Rage zu reden. Nicht allzu wortgewandt zeichnete sie das Bild eines unmoralischen Schurken, eines widerlichen Kerls, der von Anstand und Ehre keine Ahnung hat und, nur von seinen niedrigsten, tierischen Gelüsten getrieben, unberührte Jungfrauen mit Schande befleckt und zynisch ausnützt. Die Mischkina redete sich tatsächlich heiß, die klatschnasse Bluse wurde sehr bald trocken, ja ich könnte schwören, daß ich über ihre Schultern Dampfwolken aufsteigen sah. Dann stürzte sie sich, ohne eine dramaturgisch notwendige Pause einzulegen, zu Mosche, umarmte ihn und schrie mit einer fast hysterischen Stimme: »O du mein Buckeliger! Ich liebe dich trotzdem. Wenn du mich nicht sofort geiratest, Gott begüte mich vor der Sünde, bringe ich mich um!«

»Gott würde dir diese Sünde ganz bestimmt verzeihen«, bemerkte Finkelstein.

»Also gut, dann bringe ich mich nicht um, sondern gege

zur Polizei und erzähle dort, was mit deinem Koffer los war. Du bist ein Mörder, ein Anarchist!«
Mosche Finkelsteins Gesicht verzerrte sich in eine fröhliche Grimasse.
»Dann werden sie den Vater deines Kindes hängen müssen. Eine Leiche zu heiraten, das geht nicht!«
Bestimmt wäre diese Szene, die ich aufmerksam beobachtete, ganz anders verlaufen, wenn nicht in diesem Augenblick der aus Teppichstiefen hochgellende Aufschrei meiner Mami sie unterbrochen hätte: »Raus aus meinem Haus!«
Ich hatte sofort den Verdacht, daß meine Mami schon seit längerem zu sich gekommen war, aber doch lieber erst den weiteren Ablauf der verzwickten Ereignisse abwarten wollte. Jetzt erhob sie sich und wiederholte, nicht mehr ganz so energisch und entschlossen wie zuvor: »Beide hinaus ... hinaus!«
Sicherlich übersah sie jedoch die neue Lage mit einem Blick und wertete sie blitzschnell um: Mischkina hing an Finkelsteins Hals und klammerte sich mit einer Hand an seinem Buckel fest. Mami atmete tief durch und war wieder einmal bereit, die bösen Überraschungen und hinterlistigen Fallen, die ihr so oft gestellt wurden, von der, wie sie zu sagen pflegte, besseren Seite zu sehen.
»Junger Mann, ich nehme an, daß Sie endlich begriffen haben, was Ihre Pflicht ist«, sagte sie in einem etwas aufgeblasenen Tonfall.
»Er wird mich geiraten«, schluchzte die Mischkina.
Hätte sich Mami nach ihrem letzten Satz nicht nach rechts, sondern nach links gewandt, wäre wohl alles wenigstens für eine absehbare Zeit in Ordnung geblieben. Oder: Wäre sie vom Teppich aufgestanden und hätte den Salon stumm und mit Würde verlassen, wäre höchstwahrscheinlich auch mein Leben ganz anders verlaufen.
Und was sagte meine Mutter? Nur einen einfachen Satz: »Wenn geheiratet wird, dann ist alles in Ordnung.«

Mit mir war in der kurzen Zeit, während sie diesen Satz aussprach, so manches geschehen. Eine Hitzewelle überflutete mich, stieg bis in meinen Kopf hoch, und – und das kann ich mir bis heute nicht erklären – meine Beine waren plötzlich wie im harten Eis angefroren. Die Knochen spannten sich, das Knochenmark kochte. Vor meinem rechten Auge breitete sich ein rosarotes Nebelfeld aus, vor dem weitsichtigen barsten und stürzten die Wände. Ich sah mit allen glühenden, verletzenden Farben des frühen Herbsttages geschmückte Schmetterlinge über den Mönchnonnedächern flattern; rußschwarz glänzende Stadttauben kamen aus allen Richtungen angeflogen und versuchten, zur Sonne durchzustoßen, aber keiner der Vögel schaffte es. Einer nach dem anderen prallten sie von der Dunstwolke über der Stadt ab und fielen, schweren Meteoriten ähnlich, auf die Dächer zurück, steckten die Schnäbel beschämt unter die Federn und atmeten ängstlich.

Aus dem rosaroten Nebel rechts löste sich ein Schatten und segelte an mir vorbei. Ich sah das Antlitz meiner Mutter, die rot angelaufenen Venen drangen bis dicht unter die gespannte Haut vor, zerflossen und bildeten hellrote Flecken. Die dünnen Blutgefäße schwollen an, ihre zierlichen lila und hellblauen Fädchen waren auf der Flucht und zerstreuten sich im ganzen Gesicht.

»Oh, mir wär's lieber, Nikolaus, wenn du ...«, stieß Mami hervor und beging dabei schon den schicksalhaften Fehler, sich nicht nach rechts, sondern nach links gewendet zu haben. Somit konnte sie meine grausame Metamorphose, die mich übel zugerichtet hatte, mit Entsetzen wahrnehmen.

Wie von einem Blitz getroffen, sackte sie langsam zu Boden und verschwand für immer aus meinem kurz- wie weitsichtigen Blickfeld.

Wir alle dachten zuerst, daß es wieder einmal eine meisterlich vorgeführte Ohnmacht sei.

Es war jedoch ein ganz gewöhnlicher tödlicher Schlaganfall.

Sechste Geschichte

Niedergeschlagenheit und Kummer bereitete mir mein Bartwuchs. Fast jeden Tag stand ich im Badezimmer vor dem Spiegel und versuchte, mit dem Rasiermesser die ersehnten Bartstoppeln zu erwischen. Meine Hand war ungeschickt, die Ungeduld trieb mich zur Eile. Ich brachte mir Kratzer und tiefe Wunden an Wangen, Kinn und unter der Nase bei. Jeden Tag kamen neue hinzu, und so ging es zwei Monate lang. Mein zerschnittenes, zerkratztes und verunstaltetes Antlitz voll Eiter und Blut war das Schlachtfeld, auf dem ich meine unerbittlichen Duelle um das Recht, auch äußerlich ein Mann zu sein, ausfocht. Mein Gesicht veränderte sich in diesen Monaten restlos. Es glich dem eines Haudegens und Kriegers, aber die Bartstoppeln, der ersehnte Mannesschmuck, wollten aus der übel zugerichteten Haut nicht sprießen.

Mir blieb nichts anderes übrig, als aus dem Palais zu schleichen, mir eine ganze Kollektion falscher Schnurrbärte zu kaufen und sie mir ins Gesicht zu kleben. Ich schämte mich sehr, auf diese Weise meiner Männlichkeit nachhelfen zu müssen, doch mit der Zeit entdeckte ich in den verschiedenen Variationen, die mir das Bartankleben und das Maskieren meines Gesichts boten, einen Reiz. Ich erwarb noch weitere Bärte, schwarze, blonde, lange, kurze, rostbraune und einen ganz besonders schönen roten.

Lächeln Sie nicht, mein Freund! Dies waren nämlich die Anfänge meiner später unübertrefflichen, ja in dieser Stadt einzigartigen Kunstfertigkeit im Anlegen der unterschiedlichsten Masken. Ich kann Ihnen verraten: Weit habe ich es in meiner Kunst gebracht, sehr weit!

Siebente Geschichte

Mitte Januar 1912 lag auf den Straßen und Mönchnonnendächern Schnee und es fror.

Ich stieg die schmale Treppe zur Moldau herunter und betrat den zugefrorenen Fluß. Die Karlsbrücke lag still auf dem Eis. Die Heiligen über jedem Pfeiler hatten weiße Narrenkappen aufgesetzt. Ein leise pfeifender, frostiger Wind fegte langgezogene Wölkchen von Schneekristallen stromabwärts. Es war halb fünf.

Ein Mädchen in silbernem Pelzmantel glitt auf Schlittschuhen an mir vorbei. Es lachte auf, sagte etwas, was ich nicht verstand. Ich wollte ihr zurufen: Kommen Sie zurück!, doch aus meiner Kehle kam nur ein dumpfes Röcheln.

Das Mädchen drehte sich um, segelte, den Wind im Rükken, zu mir zurück, umkreiste mich und lachte mich an: »Haben Sie die Absicht, hier festzufrieren?«

O nein, wollte ich sagen, gab jedoch keinen Laut von mir. Beschämt und wütend wandte ich mich ab und ging langsam, dem rechten Ufer folgend, in Richtung Café Slavia.

Das Mädchen kam mir wie ein weißer Schmetterling des Winters vor, der nur diesen Abend zu leben hat.

»Sie weinen ja«, hauchte sie eine süßliche Dampfwolke in mein Gesicht und glitt wieder an mir vorbei.

Ein Nebelschwaden fiel auf den Fluß. Meine Kurzsichtigkeit verwandelte sich in Blindheit. Ich tastete mich vorwärts, versuchte zu laufen und wußte, daß der Winterschmetterling mich noch immer umkreiste. Dann stieß ich mit der Stirn gegen eine Eiswand mit scharfen Kanten. Ich kletterte das Eis hoch, und erst als ich ganz oben war, lichteten sich die Nebelschwaden. Ein wenig torkelnd stand ich am Stauwehr und sah das Mädchen unten auf dem grauen Eis Kreise ziehen. Sie bewegte die Arme tatsächlich wie ein Schmetterling, der sich erheben will; sie schwebte leise quer durch die tote Zone, die meine Kurzsichtigkeit von der Weitsichtigkeit trennte.

Noch nie habe ich so etwas Schönes gesehen und erlebt, wollte ich ihr zurufen, aber wieder brachte ich nur ein dumpfes Raunen heraus.

Dann wurde es über dem Fluß dunkel, und das Mädchen verschwand. Ich stand auf dem Eis des Stauwehrs und zitterte vor Kälte und Einsamkeit. Links und rechts leuchteten am Ufer die Gaslaternen auf. Ich schritt langsam zur Schützeninsel und wünschte mir sehnlichst, daß die feste Eisdecke mit einem Knall zerspringen, ich in den Riß fallen und im trüben und eisigen Wasser der Moldau ertrinken möge.

Nie hatte ich das Bedürfnis gehabt, jemandem von meinen Gefühlen und Sehnsüchten zu erzählen; die Beichten, zu denen mich meine Mutter jedesmal gezwungen hatte, kamen mir immer wie etwas Unanständiges vor. Ein Prämonstratenser, der einmal im Monat laut mit den Lippen schnalzend in den Beichtstuhl unserer Hauskapelle kroch und sich zuerst die Sünden der Köchinnen, der Dienstmädchen, der Stallburschen und aller Bediensteten anhörte, ekelte mich an und ich hatte Angst vor ihm. Der alte Mann schien mit allen meinen Sünden vertraut, und ich kam nicht von dem Verdacht los, daß der Allmächtige und Allwissende mich bei diesem Ablasser regelmäßig denunzierte. Doch an diesem Abend des Januars 1912, als ich zur nördlichen Spitze der Schützeninsel torkelte, wäre ich glücklich gewesen, wenigstens einen Beichtvater, der meine Sünden im vorhinein kannte und sie flüsternd genauer beschrieb, als ich es konnte, an meiner Seite zu sehen.

Ich stieg die Treppe zur Brücke des 1. Mai hoch, die allerdings damals Franzensbrücke hieß und später noch mehrmals ihren Namen ändern sollte.

Die Fenster des Cafés Slavia am rechten Moldaukai strahlten Glanz, Wärme und Geborgenheit aus, das Nationaltheater gegenüber war ebenfalls erleuchtet. Die Turmuhren schlugen siebenmal, als ich vor dem Haus in der Fleischergasse Nr. 14 stand.

Dr. Mosche Finkelstein öffnete mir die Tür und sagte: »Endlich hast du den Weg zu mir gefunden, Niki! Ich habe schon nicht mehr gehofft, daß du noch kommen würdest.«
Mosche zog mich ins dunkle Vorzimmer und half mir aus dem Wintermantel: »Niki, bitte, du mußt alles, was du hier sehen und hören wirst, für dich behalten. Versprich es mir!«
Ich ließ mich von Mosche ins große Wohnzimmer führen. Dort sah ich zum zweiten Mal an diesem Abend den Winterschmetterling. In blauen Qualmwolken schwebte er, jetzt in einem giftgrünen Kleid mit weiten Ärmeln, über den Köpfen der verdrießlich schweigenden Gestalten, die hier herumhockten. Ich erkannte das Mädchen sofort und wollte mich unauffällig in eine Ecke drücken; die Begegnung mit ihr auf dem zugefrorenen Fluß hatte in mir Ratlosigkeit, Schamgefühle und zugleich eine wilde Wut gegen mich selbst hervorgerufen. Das Mädchen tänzelte zu mir, legte ihren Arm auf meine Schulter und fragte mich: »Wie heißt du?«
Ich wollte ihr meinen Namen sagen, ja ich war bereit, ihr noch so vieles andere zu erklären, was mir mitten auf dem Eis in meiner zugeschnürten Kehle stecken geblieben war, doch ich konnte es nicht.
»Du bist mir aber ein sonderbarer Vogel!« lachte sie mich an und flüsterte mir ins Ohr: »Ich bin Milena.«
Ich wollte sie anfassen oder wenigstens mit dem Finger berühren, aber meine Arme wurden zu Blei. Tränen stiegen in meine Augen, und ich verkroch mich in die Ecke und hockte mich dort, mit dem Rücken an die Wand gelehnt, nieder. Ich sah nur Milenas grünen Schatten und hörte ihre Stimme: »Allein die Anarchie befreit die Liebe, Genossen!«
Sie stand zwei Schritte von mir entfernt, die weiten Ärmel ihres giftgrünen Kleides erhoben. Nur ein wenig hätte sie die Arme zu bewegen brauchen, und schon hätte sie sich vom Boden gelöst, um, einem großen Nachtfalter ähnlich,

über den finsteren Köpfen hängen zu bleiben. Auf einmal fühlte ich, daß sich jemand gegen mich anlehnte. Es war mir nicht unangenehm, im Gegenteil, der Körper war weich und warm.

»Was machst du hier?« hörte ich die Stimme der Helena von Molwitz. Ich röchelte die Antwort, und Helena verstand natürlich sofort.

»Hier trifft man sich«, flüsterte sie in mein Ohr. »Dies ist der einzige Ort in ganz Prag, wo man noch etwas erleben kann. Dr. Finkelstein behandelte meine Mutter, daher kenne ich ihn.«

Ich röchelte wieder.

»Ist schon gut, Niki«, lachte mich Helena an, »ich sag's ja nicht deinem Vater. Und du halt vor meinen Eltern auch still!«

Ich schaffte es, die Nebelgrenze vor meinen Augen ein wenig wegzuschieben und sah einen ganz in Schwarz gekleideten jungen Mann, schlank und mit einem herrlichen Bart. Er erhob sich vom Stuhl und steckte eine große Pistole in den Gürtel. Milena schwebte an ihm vorbei, er legte ihr seinen Arm um die Schulter, und im selben Augenblick faltete Milena ihre grünen Fittiche zusammen und ließ sich schlapp geworden oder wie im Schlaf, ins Nebenzimmer schieben.

Ich schnarchte laut und entsetzt auf.

»Das ist Jakub Graf Mikolajczyk«, flüsterte mir Helena zu, »der Mörder und Anarchist aus Warschau.«

Ich fühlte mich mies, vergrub mein Gesicht in Helenas Busen und wollte nichts weiter sehen und nichts mehr hören. Ich träumte von großen grünen Schmetterlingen, die fliegen wollten, sich schon drei oder vier Schritte hoch in die Luft erhoben hatten, doch gleich darauf von frostigen Nebelschwaden abprallten und mit zerstörten Flügeln auf das Eis der Moldau stürzten. Nach und nach schmolz das Eis unter ihren gebrochenen Körpern, und schließlich fielen sie durch das so entstandene Loch ins Wasser.

Achte Geschichte

Es war spät geworden, als ich aufwachte.
Ich hörte Hufeisen auf das vereiste Pflaster der Fleischergasse schlagen, auch das Knattern der Droschke war lauter als sonst. Das Zimmer war jetzt zum Bersten voll mit unbekannten Gesichtern: Männer mit Bärten, junge Burschen mit Pickeln, Frauen und Mädchen, schwermütige Gestalten und zwei oder drei offensichtlich gelangweilte Jünglinge, elegant gekleidet und blaß im Gesicht.
Jakub Graf Mikolajczyk saß im Stuhl, die linke Hand auf Milenas Hals, und gähnte zufrieden. Sie hockte mit zerknitterten Flügeln neben ihm auf dem Fußboden, den Kopf an seine Knie gelehnt.
Einige Männer sprangen auf, preßten oder bissen die Lippen zusammen, einige fluchten erleichtert in vielen Sprachen. Erst jetzt fiel mir auf, daß die meisten schwarz gekleidet waren, rote Schlipse trugen und manche sogar ihre breitkrempigen Hüte aufbehielten. Die Frauen sahen dünn aus, sie trugen mit einem für mich unbegreiflichen Stolz ihre verfallenen Brüste zur Schau, ihr Alter war nicht zu erraten. Vielleicht waren sie, überlegte ich damals, nie jung gewesen und werden nie alt, wahrscheinlich bleiben sie für immer nur Antipoden ihrer düsteren männlichen Genossen.
Jemand drosselte die Beleuchtung, und man hörte ein Klopfen an der Tür: dreimal kurz, dreimal lang.
Finkelstein stand in der Mitte des Zimmers, ein wenig nach vorne geneigt und mit zerfurchtem Gesicht. Er sah alle Männer nacheinander an, und als sein Blick sich mit dem Mikolajczyks traf, nickte dieser mit dem Kopf: »Das ist er! Gehen Sie und machen Sie die Tür auf!«
Man hörte Finkelstein im Vorzimmer mit der Türkette rasseln und dann seine leise Stimme: »Parole?«
»Bolschewismus!« antwortete eine rauhe Frauenstimme.
Gleich darauf betrat ein kleiner Mann das große Wohn-

zimmer, nahm seine Mütze ab, eine Glatze mit einem Kranz schwarzer Haarreste leuchtete auf, und er sagte mit einem holprigen russischen Akzent: »Guten Abend, Genossen. Es lebe die Weltrevolution!«
»Gott sei Dank«, hörte ich jemanden flüstern, »Wladimir Iljitsch Lenin ist gut in Prag angekommen!«

Neunte Geschichte

Somit geriet ich, lieber Freund, in die große Geschichte! Und was ist die Geschichte, frage ich Sie, ich ein Nikolaus Graf Belecredos, der letzte Überlebende einer Zeit, die bald vergessen sein wird? Hier ist meine Antwort: Die Geschichte ist die Geschichte ihrer zahlreichen Interpretationen. Und damit basta.
Ich sah also Lenin, drei Schritte von mir entfernt, auf Finkelsteins Stuhl sitzen. Er hielt natürlich sofort eine Rede; die Tatsache, daß es ihm gelungen war, nach Prag zu kommen, bezeichnete er als einen revolutionären Erfolg. Lenin sprach auch von seinen Widersachern, die er alle auf den Misthaufen der Geschichte warf.
Die Redewendung »Misthaufen der Geschichte« gefiel mir sehr. Die Geschichte produziert viel Mist, naja, aber ich bin wohl nicht der richtige, der sich darüber den Kopf zerbrechen soll. Jeder von uns hinterläßt zum Schluß seinen eigenen Misthaufen, Düngemittel, mit dem unsere Nachkommen den unfruchtbaren Boden, in welchem unsere Saat keimen und wachsen soll, veredeln können.
Zwei Personen waren es, die damals das Treffen in Finkelsteins Wohnung beherrschten: Lenin und Jakub Graf Mikolajczyk, über den man, wie ich später erfuhr, nichts anderes wußte als das, was er von sich erzählte. Vielleicht war er tatsächlich ein echter Graf, also derjenige, der 1905 am hellichten Tag bei Warschau den zaristischen General

Jegor Jefimowitsch Korolow erschossen hatte, dann auf verworrenen Fluchtwegen durch ganz Europa nach Prag in die Fleischergasse Nr. 14 gelangt war und sich 1912 schon zwei Jahre in der Stadt aufhielt. Seine Tage verkürzte sich der Graf mit drei Beschäftigungen: Er schrieb lange Briefe nach Polen, in welchen er seinen mutmaßlichen Komplizen Ratschläge zur Vorbereitung und Durchführung eines endgültig siegreichen Aufstandes gegen Rußland und den Zaren erteilte. Die untröstlich langweiligen Stunden zwischen den Briefen – er pflegte zwei oder drei zugleich zu verfassen – vertrieb Graf Jakub sich mit dem Reinigen seiner großen Pistole und erzählte jedem, der es hören wollte – es waren aber immer weniger geworden –, dies sei die Waffe, mit der er dem zaristischen General zwei Kugeln in den Kopf und eine in die Brust gejagt habe. Weiter erzählte der Graf, daß er demnächst nach Polen aufbrechen werde, von da aus nach Moskau, um dort Zar Nikolaus II. zu erschießen.

»Ich warte nur auf einen Brief aus Moskau und auf ein Signal aus Warschau, denn die Zeit ist reif«, wiederholte er mehrmals auch in meiner Anwesenheit.

Der Brief aus Moskau und das Signal aus Warschau kamen leider nie in Prag an.

Ich haßte Graf Jakub von der Sekunde an, als er an jenem Januarabend 1912, kurz bevor Lenin die Wohnung in der Fleischergasse Nr. 14 betrat, seinen Arm um Milenas Schultern legte und sie brav ihre Fittiche zusammenklappte und sich wie in Trance von ihm ins Nebenzimmer schleppen ließ. Der Haß auf Mikolajczyk, der wie ein Blitzschlag meine Nebelzone, in der ich mich geborgen fühle, erhellte, schrie in mir mit meiner seit langer Zeit verlorenen Stimme: Ich liebe Milena, ich liebe sie schrecklich!

Helena von Molwitz umarmte mich schützend. Mit dem unfehlbaren Instinkt einer Frau mußte sie unheimliche Gefahren gewittert haben, vielleicht röchelte ich zu laut, denn sie küßte mich auf die Stirn und flüsterte mit einer

sanft mütterlichen Stimme: »Keine Angst, Niki, ich bin bei dir, ich lasse dich nicht mehr los!«
Und als dann Lenin seine Rede hielt, fand es Jakub nicht einmal nötig, ihm zuzuhören. Er zog die Pistole aus dem Gürtel und fing wieder an, sie zu reinigen. Obwohl über seine Pistole gebeugt, hatte Mikolajczyk natürlich nicht übersehen, daß zusammen mit Lenin zwei Frauen die Wohnung betreten hatten. Die eine großbusig, von kräftiger Statur, mit einem feuchten, angeschwollenen Gesicht, das Würde und Wichtigkeit ausstrahlen wollte, die andere zart gebaut, elegant, schwarzhaarig und mit tiefen, ernsten und dunklen Augen.
Ich sah, daß Jakub den Duft der zweiten Dame gierig einsog.
Sie roch tatsächlich nach Reichtum.
Die erste Frau, Nadjeschda Krupskaja, wie ich später erfahren habe, kam mir wie eine riesige großbusige Maus vor. Sie war ständig auf der Hut, ließ ihre Augen voller Unruhe und Mißtrauen durch das Zimmer gleiten und erklärte plötzlich, daß des Jubels und der Bewunderung, die Wladimir Iljitsch Lenin nach seiner Einführungsrede sichtlich genoß, nun genug sei.
»Gibt es hier für Wladimir Iljitsch keinen heißen Tee und keinen Wodka?« polterte sie.
Lenin trank dann Tee und Wodka. Die kleine Jelena Finkelstein, deren Zeugung in meinem finsteren Zimmer mir eine wunderbare Heilung gebracht hatte, war damals ein Jahr alt. Sie kroch auf allen vieren zu Lenin, stützte sich auf seine Knie, und er half ihr auf die wackeligen Beine. Dann legte er seine Hand auf Jelenas blonden Krauskopf und sagte mit gerührter Stimme: »Dies alles tun wir für die glückliche Zukunft unserer Kinder.«
Dr. Mosche Finkelstein schaffte es nicht, seine Tränen zu verbergen und seine Frau Jelissatewa, meine einstige Gouvernante, schluchzte.
»Wladimir Iljitsch, ich habe schon so viel von Ihnen

gehört. Und weil Sie jetzt hier sind, möchte ich wissen, was Sie über die freie Liebe denken«, sagte Milena in die Stille und trat einen Schritt zu Lenin.
Ich hörte deutlich Lenin Tee schlürfen. Dann erhob sich Graf Jakub, steckte die Pistole ein und lachte höhnisch auf.
»Zu dieser Frage möchte sich Wladimir Iljitsch zunächst nicht äußern«, antwortete Nadjeschda Krupskaja sichtlich gereizt und nervös. »Seine revolutionäre Einstellung auch zu zwischenmenschlichen Beziehungen ist doch allgemein bekannt!«
Die Krupskaja holte tief Luft und ließ ihren strengen Blick über alle Anwesenden gleiten.
»Die Liebe, vom Klassenstandpunkt aus betrachtet«, dröhnte ihre Stimme, »wurde bisher von der herrschenden Klasse verunstaltet und diente ihr nur als Deckmantel eines gierigen Egoismus, als Mittel zur Erweiterung ökonomischer Verflechtungen. In der bourgeoisen Gesellschaft ist die Liebe Ausdruck der Habgier, des verwilderten Besitztumsdenkens oder sogar ein Mittel zur scheinbaren Befriedigung egoistisch geprägter sexueller Frustration, die, wie uns Lenin lehrt, eine Krisenerscheinung der erkrankten Gesellschaft darstellt. Doch die Revolution wird auch die Liebe verändern. Die Liebe und Ergebenheit für die gemeinsame Sache der Revolution wird sich mit der echten und wahren Zuneigung zwischen einer der Revolution treuen Frau und einem klassenbewußten, kämpfenden Mann vereinen!«
Ich bin fest davon überzeugt, daß die Krupskaja Kraft und Atem zu einer noch eindeutigeren Ansprache zum Thema Liebe und Revolution hatte. Graf Mikolajczyk störte sie jedoch, ja die Krupskaja wurde von ihm mit einem spöttischen Gelächter unterbrochen. Sie hatte trotzdem wieder den Mund aufgemacht, um das beleidigende Lachen des Grafen zu strafen, mußte aber feststellen, daß dessen Grinsen weder ihr noch Lenin galt, sondern vielmehr als Her-

ausforderung an die Schwarzhaarige in ihrer Begleitung gerichtet war.
Die Dame, die bisher Bescheidenheit in der Ecke demonstrierte, trat vor. Sie war entschlossen, den Graf zuerst zu ignorieren.
»Hören Sie endlich mit diesem Gequatsche auf!« sagte sie zu meiner Überraschung mit einer sanften Stimme. »Ihnen, liebste Nadjeschda, geht es ja nur darum, Wladimir Iljitsch für sich zu behalten. Was wären Sie ohne ihn? Nichts, nur ein dickes, blödes, altes Weib!«
»Bravo, bravissimo, Petite Komtesse!« sagte Graf Jakub und verneigte sich.
Ich sah es der Petite Komtesse an: Sie hatte eine gute Kinderstube genossen, eine Erziehung, die sich sehen und hören lassen konnte! Nadjeschda Krupskaja tat mir leid. Die Worte der schwarzen Dame zerschlugen ihre Kruste, mit der sie sich vor der Umwelt, einem bunt zusammengewürfelten Haufen von radikalen Intellektuellen, Anarchisten und aus der Finsternis des Balkans entkommenen Revoluzzern, schützen wollte. Es stand eine russische Frau vor mir, die die Peitschenhiebe aus dem aristokratischen Mund der Petite Komtesse mit einer unerschütterlichen Hingabe und Geduld zu ertragen verstand. Sie sackte nicht zusammen, sie stützte sich nur mit der rechten Hand auf die Tischkante, fletschte wie ein geprügelter Köter die gelblichen Zähne und suchte bei Lenin Hilfe.
Wladimir Iljitsch schlürfte Tee und streichelte Jelenas blondes Haar.
Ich erwartete, daß im nächsten Augenblick alle vor Empörung aufschreien, sich auf die Komtesse stürzen und sie auf der Stelle erwürgen würden. Es geschah aber nichts.
Lenin goß sein Glas noch einmal mit Wodka voll.
Er hob sein Gesicht. Dicht an der Grenze, an der mein kurzsichtiges Auge kläglich versagt und das weitsichtige noch nicht genügend Raum hat, um die Nebelgrenze zu durchstechen, sah ich seine verschwommenen Umrisse.

Lenin seufzte tief und trank sein Glas leer.
Keiner rührte sich, als die Komtesse, nach teurem Parfüm duftend, überlegen und leidenschaftlich, explodierte: »Und wo warst du, Nadjeschda, als ich 1910 für mein Geld in Petersburg direkt unter dem Arsch des Obersten Ludjenko eine Bombe hochsteigen ließ? Du nimmst immer nur das Maul voll von Revolution und Freiheit, aber wenn Wladimir Iljitsch nur eine Nacht mit mir verbringt, machst du ihm eine Szene wie eine armselige kleinbürgerliche Nutte!«
»Bravo!« klatschte Graf Jakub in die Hände.
Dieser Hieb richtete die Krupskaja auf.
Eigentlich hätte ich ihr schon damals das Sich-Aufrichten zubilligen sollen. Erst später machte ich nicht nur einmal die mir stets unheimliche Erfahrung, die ich jetzt in einen Zusammenhang mit der gedemütigten Krupskaja zu bringen versuche: Es ist gar nicht schwer, dem Menschen harte Schläge zu versetzen, ihn niederzuschlagen und zu kränken. Aber man darf es nicht übertreiben! Ein Schlag oder ein Wort mehr, und schon ist seine Verzweiflung abgeschüttelt, er fühlt keinen Schmerz mehr, denn er weiß genau: Jetzt bin ich mit der Schnauze ganz unten, tiefer geht es nicht mehr, es kann nur noch bergauf gehen!
Die Komtesse, von ihrem ersten, zu leichten Erfolg gegen die Nadjeschda berauscht, überschätzte offensichtlich ihren zweiten Schlag und seine Wirkung. Nadjeschda atmete mehrmals durch, hatte ihren Kopf und Körper wieder fest in den Griff bekommen und gewann Übersicht.
»Wladimir Iljitsch ist sehr müde. Die Reise nach Prag hat ihn erschöpft, jetzt braucht er seine Ruhe«, krächzte die Krupskaja alle an.
»Oh, die Reise war für ihn tatsächlich anstrengend!« sagte die Komtesse mit sichtlicher Bemühung, Nadjeschdas Ton zu imitieren. Sie ging ganz nah zu Lenin hin, musterte ihn einige Sekunden und fuhr dann mit einer elegant gleichgültigen Stimme fort: »Ich habe es mit ihm nämlich von

Olmütz bis Kolin getrieben. Kurz vor Prag war er fix und fertig. Ja, mein Lieber, jetzt mußt du dich entscheiden: entweder ich oder Nadjeschda!«

Zehnte Geschichte

Die Komtesse verströmte einen herrlichen Duft, der den Kopf so manch eines erhitzten Revolutionärs benebelte. Die Blicke der Anarchisten von ganz Südost- und Osteuropa glitten von der Nadjeschda Krupskaja zur Komtesse und wieder zurück, und keinem von ihnen wäre die Entscheidung schwergefallen. Ich glaube sogar, daß Jakub Graf Mikolajczyk seine Entscheidung bereits in diesem Augenblick gefällt hatte. Er stand da und konnte die Augen nicht von der Komtesse lösen, er wollte es auch nicht.

Lenin schwieg.

Auch sein Problem war nicht schwer zu erraten. Er hatte eine ziemlich komplizierte Frage zu lösen, die jedoch zuerst nicht das geringste mit Theorie und Praxis der Weltrevolution zu tun hatte, sondern mit zwei Frauen, von denen er eine jetzt oder nie loswerden mußte.

Aus Lenins erstarrten Gesichtszügen konnte ich damals jedoch nichts ablesen. Erstens fehlte es mir an Erfahrung, und zweitens lag sein Antlitz, wie schon gesagt, direkt in der Nebelzone, die mein kurzsichtiges Auge von dem weitsichtigen trennte. Heute kann ich, durch einige Erfahrungen bereichert, Lenins damalige ziemlich verzwickte Lage einschätzen. Für Nadjeschda Krupskaja sprach die Tatsache, daß auf sie in revolutionären Angelegenheiten Verlaß war. An Tagen und in Nächten, wenn Wladimir Iljitsch Lenin kein anderes Weib zur Verfügung hatte, mußte er sich wohl mit ihren aggressiven Muttergefühlen zufriedengeben. Ich kann es mir heute vorstellen: wie eine rotbefleckte Karte der Weltrevolution breitete sich Nadjeschda vor ihm aus. An ihrem Äquator brodelte es, warme Sturmwolken und Wirbelstürme stiegen auf, dunkelrote und feuchte Schluchten öffneten sich und boten sich an, entdeckt zu werden. In den nördlichen Gegenden dröhnte in atemberaubendem Gleichschritt das Herz des Proletariats.

Für die Petite Komtesse – den richtigen Namen der schwarzhaarigen, eleganten und zweifellos reichen Dame kannte damals keiner, ja, man wußte nicht einmal, woher sie kam – sprach ihr Geld, dessen Ursprung auch ein Geheimnis blieb, und natürlich ihre Jugend und Schönheit. An Nadjeschdas Körper hatte sich Lenin ganz gewiß seinem Schicksal ergeben und ausruhen können, hier hatte er auch seine schwärzesten Gedanken flüstern dürfen. Am Körper der Komtesse fanden dagegen seine Aufstände und Ersatzrevolutionen statt, angenehm lähmende, erschöpfende Demonstrationen seiner Vitalität, die er bis 1917 erfolgreich nur auf diese für keinen zu gefährliche Art und Weise organisieren konnte.

In einer Pose versunken, in der der Anführer aller Revolutionäre später so oft und so farbenprächtig von Künstlern in Öl und auf breiträumigen Leinwänden verewigt wurde – oh, was für einen großartigen Lenin habe ich vierzig Jahre später als Modell in Josef Tkaczyks Dienst abgegeben! –, überlegte er wohl, was alles jetzt und in diesem Augenblick auf dem Spiel stand: Sollte er sich für die Komtesse entscheiden und die Krupskaja verstoßen, wäre dieses Weib dazu fähig, blutenden Herzens zu diesem Schuft und Verräter Georgij Walentowitsch Plechanow überzulaufen und Lenins Charakterzüge in politische Propaganda umzumünzen. In Fragen der Propaganda zählte die hartnäkkige Krupskaja zu den Meistern! Vom menschlichen Standpunkt aus betrachtet, hatte Nadjeschda für die Revolution ihre besten Jahre geopfert, dabei aber nicht immer die unbarmherzigen Notwendigkeiten seiner zahlreichen ideologischen und sonstigen Seitensprünge einsehen können. Vor allem jedoch nicht die Tatsache, daß die neue Genossin, die Petite Komtesse nämlich, die finanziellen Schwierigkeiten, an welchen die Revolution zu scheitern drohte, endgültig lösen würde. Das wäre freilich ein Argument, das die Genossen, jetzt eben in Prag versammelt, durch Geldnot gepeinigt und frustriert, vielleicht einsehen würden. Als aktive Revolutionärin hätte die Krupskaja das alles begreifen müssen, als Frau jedoch war sie dazu nicht imstande. Lenin hätte eigentlich in diesem Augenblick schwermütig ausatmen müssen: In jedem von uns bleibt immer ein Rest, ein Überbleibsel der bourgeoisen Moral. So auch in der Krupskaja ...

Ich sah, daß Lenin unruhig wurde.

Wladimir Iljitsch Lenin hatte sich wohl in diesem Augenblick schon entschieden. Er stand aber nun vor dem ihn bedrückenden Problem: Wie sollte er den zukunftsbestimmenden Schiedsspruch zugunsten der Petite Komtesse gerade jetzt auf der Prager Konferenz, wo es um Alles oder Nichts ging, in die ideologisch verkorksten Köpfe seiner Genossen hämmern?

Auf Lenins Glatze zeigten sich Schweißtropfen.

Hätte die Petite Komtesse, durch ihren trügerischen Triumph zu beschwipst, um Lenins Unruhe zu registrieren, und politisch zu ungebildet, um die Reichweite und die Bedeutung ihres nächsten Satzes abzuschätzen, ihm damals die zwei oder drei Minuten gegönnt, die Lenin noch nötig hatte, um seinen Entschluß zu formulieren, wäre die Geschichte Europas vielleicht anders ausgefallen. Aber die schwarzhaarige, nach Reichtum duftende Dame war in Rage, sie ergriff in diesem Augenblick überhastet und gierig die Initiative und riß dabei, ohne daß sie oder wir, die Anwesenden in Finkelsteins Wohnung in der Fleischergasse Nr. 14, es hätten ahnen können, das Steuer der Geschichte herum, hinein in irrsinnige Wirbelstürme und Strudel.

»Also gut, Genossen«, sagte die Petite Komtesse mit einer festen, entschlossenen Stimme, »wie Sie sehen, ist dieser Opportunist nicht fähig, eine Entscheidung zu treffen! Wer will mich haben, Genossen! Hier und jetzt!«

Elfte Geschichte

Auch Jakub Graf Mikolajczyk, von der Duftwolke der Komtesse betäubt, schaltete zuerst falsch: Er blähte sich pathetisch auf. Nun aber handelte Dr. Mosche Finkelstein, vermutlich um die drohende Gefahr für die Revolution, koste es was es wolle, zu bannen. Da auch er vollkommen verbiestert war, fiel ihm nichts anderes ein als ein peinlicher Versuch, die ganze Angelegenheit in einen harmlosen Scherz umzuwandeln. Er legte also die Maske des Verführers an, spannte, soweit sein Buckel es ihm erlaubte, den Körper, trat vor die Komtesse hin und verbeugte sich tief. »Liebes, gnädiges Fräulein, das meinen Sie doch nicht im Ernst! Aber wenn Sie meine Dienste in Anspruch nehmen wollen, ich stehe Ihnen jederzeit zur Verfügung!«
»Komm zurück!« zischte die Mischkina ihren Gatten an. »Laß die Finger davon! Schließlich bist du vergeiratet und gast ein Kind!«
Dr. Finkelstein spielte die Rolle des Komödianten zu Ende, er verbeugte sich noch einmal vor der Komtesse: »Sie sehen, ich bin momentan nicht frei! Adieu, bis zum nächsten Mal!«
Ich hörte Lenin tief aufatmen.
Sie können es mir glauben! Er hätte sich ganz bestimmt für die Komtesse entschieden! Bei der bevorstehenden Konferenz der russischen Sozialdemokratie in Prag 1912 hätte ihm das Geld der Komtesse einen viel breiteren Spielraum verschafft. Sein endgültiger Bruch mit Plechanow wäre

leichter zu vollziehen gewesen, endlich hätte er die Mittel gehabt, eine neue einflußreiche bolschewistische Zeitschrift zu gründen und dem eingebildeten Plechanow, der in Rußland den entscheidenden Einfluß auf die revolutionären Arbeiter und Intellektuellen ausübte, eins auszuwischen. Aber so, wie sich die Dinge in Finkelsteins Wohnung an diesem Abend entwickelt hatten, war für Lenin vieles verloren. Eins war ihm geblieben: Nadjeschda Krupskaja. Nachdem sich die Petite Komtesse auf eine so beschämend offene Art und Weise allen Genossen fast wie eine Hure angeboten hatte, blieb ihm nichts anderes übrig, als wieder einmal den revolutionär bolschewistischen Prinzipien, die er selbst formuliert hatte und die ihm an diesem Abend bestimmt unbequem waren, Treue zu halten. Mit Nadjeschda Krupskaja an seiner Seite entschied sich Lenin für den Weg der bolschewistischen Revolution. Die Folgen, lieber Freund, kennen wir.

Die Kurzgeschichte des Abends in Finkelsteins Wohnung entschied sich inzwischen für Jakub Graf Mikolajczyk und sprach ihm für die nächsten Stunden eine Rolle zu, der er, das muß ich heute noch gestehen, gewachsen war. Mich hat sie allerdings für das ganze Leben gezeichnet.

Der romantische Pole, der Sturmvogel der Anarchie, von dem jeder Eingeweihte wußte, daß er bereits zwei Jahre in Prag und ein Jahr in Finkelsteins Wohnung herumhockte, Briefe nach Warschau verfaßte, die Pistole putzte und sich zum Aufbruch nach Moskau bereithielt, wo er den Zaren zu erschießen plante, war der Günstling dieses späten Abends in der Fleischergasse Nr. 14.

Jakub Graf Mikolajczyk hob die linke Hand, legte sie ans Herz und ließ seine Stimme beben: »Komtesse, ich werde mich bemühen, Ihrer würdig zu sein! Mein Name ist Jakub Graf Mikolajczyk.«

Ich muß gestehen, daß Jakub damals gut aussah und eine prächtige Figur machte. Schlank, dunkelbraunes Haar, fast schwarz, ein mächtiger Schnurrbart, alles peinlichst gepflegt und elegant. Dann streckte er die rechte Hand vor, an der ein Finger fehlte und fuhr fort: »Mit dieser Hand, gnädiges Fräulein, habe ich einen reaktionären Schurken erledigt. Ich biete Ihnen nicht nur die Hand, sondern den Samen eines richtigen Mannes an!«

Der Komtesse blieb nichts anderes übrig –, oh, jetzt erlosch das böse, ironische Licht in ihren schwarzen Augen, jetzt mußte sie erkannt haben, daß sie sich selbst in die eigene Falle hineinmanövriert hatte –, als das Angebot, so bitter es sich auch entwickelte, mit einem wehmütig zynischen Lächeln zu akzeptieren. Sie schien darüber hinaus von Jakubs Pathos, in dem die Polen ja Meister sind, ein wenig benommen, faßte sich jedoch schnell.

»Ach, Sie sind der Held von Warschau!« nahm sie Jakubs Ton lebhaft auf. »Kommen Sie, wir zeugen sofort einen zukünftigen Soldaten der Weltrevolution!«

Zwölfte Geschichte

Ich sog den letzten Rest der duftenden Wolke, den die Petite Komtesse im Raum hinterlassen hatte, gierig ein und fühlte, wie sich die Verkrampfung und Verknotung in meiner Kehle lockerten. Ich weiß nicht, wann ich die Gewißheit hatte, wieder sprechen zu können. War es kurz bevor Milena aufschrie oder danach? Jedenfalls hob ich meinen Kopf, sah Helenas Gesichtszüge über mir, vor allem ihre aufgerissenen Augen, und sagte: »Helena, willst du meinen Samen empfangen?«

Zudem weiß ich auch nicht, wann Lenin seinen endgültigen Bruch mit den verräterischen Sozialdemokraten vollzog. War es vor meinen Worten oder erst danach?

Ich hörte ihn von weitem das Programm einer straff organisierten bolschewistischen Partei vortragen. Er sprach mit einer traurigen, brüchigen Stimme, schlürfte Tee und

Wodka. Dem vorwurfsvollen Blick seiner Lebensgefährtin ausweichend, kündigte er den kompromißlosen Kampf gegen Anarchie und den individuellen Terror an. Wenn ich mich nicht sehr täusche, ruhte sein getrübtes Auge während dieser für die Weltrevolution so wichtigen Ansprache, der alle gespannt lauschten, auf der Tür, hinter der Graf Jakub und die Komtesse verschwunden waren.
Erst als Lenin zu Ende gesprochen hatte und sich erschöpft zurücklehnte, packte mich Helena beim Ellbogen, zog mich hoch und befahl mir: »Komm!«
Sie führte mich in das Finkelsteinsche Badezimmer, wo es mir leider nicht gelang, obwohl wir uns beide anstrengten, Helena von Molwitz so nahe wie möglich zu kommen; Nadjeschda Krupskaja störte uns, sie hämmerte gegen die Tür: »Machen Sie das Bad gefälligst für Wladimir Iljitsch frei!«
Wir verdrückten uns ins finstere Vorzimmer hinter einen Oleander, aber auch hier fanden wir keine Ruhe, denn um diese nächtliche Stunde herrschte ziemlich reger Betrieb: Einige Anarchisten verließen die Wohnung, andere kamen. Helena wurde nervös, sie legte mir den Wintermantel um die Schultern, schlüpfte in ihren braunen Pelzmantel und zog mich aus der Wohnung in das Stiegenhaus. Dort, in einer dunklen Ecke zwischen dem ersten und zweiten Stock, schaffte ich es endlich, meine Last an Helena zu übergeben.
Ich weiß nur, daß ich sie danach in der glitzernden Nacht, der Halbmond schien sogar, zu Fuß nach Hause begleitete. Ich schrie in den frostigen Gassen, denn zum ersten Mal nach mehr als einem Jahr konnte ich sprechen, singen und jauchzen. Auf dem Kreuzherrenplatz vor der eisernen Statue des Kaisers und Königs verbeugte ich mich tief, und ich sang ein fromm-blutrünstiges Hussitenlied, das mir meine zweite Erzieherin, die Patriotin Freifrau von Krombholz, beigebracht hatte. Sie war, Gott sei gedankt, der allerletzte Sprößling des böhmischen Königs Jiří von

Podiebrad, jedoch glaubte es ihr keiner. Nach dem Tod meiner Mutter bekamen wir die Krombholz von den Molwitz sozusagen geliehen. Dieses weibliche Ungeheuer, welches tatsächlich dem König Podiebrad ähnelte – nur der Schnurrbart fehlte –, sollte, wie Helenas Mutter, Olga von Molwitz, erklärte, den verheerenden Einfluß, den auf mich die mutmaßliche Fürstin Jelissatewa Mischkina ausgeübt hatte, zuerst mildern und dann – das war ihre Aufgabe, mit der auch mein Vater resignierend übereinstimmte – aus mir einen Mann machen.

Lieber Freund, wenn ich Ihnen sage, daß die Krombholz tatsächlich ein Monster war, dann können Sie es mir glauben! Oh, jetzt jedoch will ich sie lieber vergessen, denn ich stehe wieder in dieser frostigen Nacht auf dem Kreuzherrenplatz, das Licht des Halbmondes fällt vom Laurenziberg dem Kaiser und König direkt ins eiserne Gesicht. Ein kleiner Eiszapfen, der von der Spitze des aus dem kaiserlichen Gewand ragenden Gliedes hing, glitzerte wie ein Bergkristall. Der zersprungene Stein, von dem der Blinde Jüngling einst dem Kaiser und König die Zukunft prophezeit hatte, glüht unter meinen Schuhsohlen. Dann schreite ich, Helena hinter mir, über die Karlsbrücke und singe jedem Brückenheiligen, ob echt oder falsch ein Lied. Die Heiligen links, ihre Gesichter liegen im Schatten, neigen ihre Köpfe, die rechts, voll im Licht des Mondes, der sich plötzlich rot färbt, lächeln mich an. Ein zweiter Mond liegt auf dem Eis der zugefrorenen Moldau und ist graurot. Dann schlägt von der gotischen Spitze der scharf gezeichneten Silhouette des Hradschins der große Sigismund mehrmals auf die Stadt ein. Mit jedem Aufschlag ändert sich das Licht; der Mond auf dem Eis glüht auf und sickert lautlos durch die hartgefrorene graue Decke ins Wasser. Es wird finster. Mit dem letzten Schlag der ehrwürdigen Glocke öffnet sich am östlichen Horizont eine Wunde. Ihr Eiter ist gelb.

Ich habe alle meine Lieder vergessen, stehe vor dem heili-

gen Nepomuk und frage mich selbst mit einer heiseren Stimme: Liebe ich dich, Helena?
Sie antwortet: »Freilich. Es ist sechs Uhr und ich friere.«
Vier Tage danach besuchte mich Helena. Es war Tauwetter; in der Nacht schneite es. Kurz nach neun verwandelten sich die schweren Schneeflocken in Wassertropfen. Ich war gerade mit der Maske des anarchistischen Grafen Jakub Mikolajczyk fertig, als Helena ihren durchnäßten Pelzmantel im blauen Salon ablegte und sagte: »Niki, ich bin schwanger.«
»Das ging aber schnell«, erwiderte ich.
»Es gibt zwischen Himmel und Erde Geheimnisse, die wir nicht verstehen. Ich kann auch nicht begreifen, wie dein Bart in vier Tagen so schnell wachsen konnte.«
Ich starrte Helenas gelbes Kleid an; genau in der Höhe des breiten braunen Gürtels schien sich bereits ein hübsch gerundeter Bauch abzuzeichnen. Helena küßte mich auf die linke Wange.
»Da staunst du, Niki? Ich bin nur schnell vorbeigekommen, um dir die Neuigkeit mitzuteilen. Zuerst gedenke ich, noch zu Hause zu wohnen, ich werde dich natürlich jetzt öfters besuchen, aber wenn wir geheiratet haben, ziehe ich sofort zu dir.«
Dann schlüpfte sie in ihren Pelzmantel und hielt mir die rechte Wange entgegen.
»Küß mich!«
Ich biß die Zähne zusammen und küßte sie.
An diesem Tag, als das Tauwetter mit kaltem Regen und Nebel die Eisdecke des Flusses aufzureißen begann, betrat ich meinen Fluchtweg, der mich bis heute noch nicht ans Ziel geführt hat. Sie werden mich, lieber Freund, fragen: Wohin wollten Sie fliehen? Ich werde Ihnen jedoch keine Antwort geben können, denn ich weiß es nicht. Ich weinte damals vor Wut und Ohnmacht, ich schlug vor Verzweiflung mit dem Kopf gegen den Boden.
Ich kroch ins Badezimmer, riß die Maske des anarchisti-

schen Grafen vom Gesicht und begann, an der Larve eines restlos verkommenen Greises zu arbeiten. Als ich spät in der Nacht mit meiner Arbeit fertig war, verschmutzte ich mein Hemd und meine Hose mit Ruß und Asche und schlich, so zugerichtet, durch das Palais, ohne dabei allerdings den Gang eines gebrochenen Alten vortäuschen zu müssen.

Dreizehnte Geschichte

In eine brüchige Eisscholle wollte ich mich verwandeln, gegen den Pfeiler der Karlsbrücke stoßen, auf dem die heilige Ludmila aus Sandstein gemeißelt steht, die edle Frau erzittern und ihr frommes Antlitz zerspringen sehen und mich dann ganz dicht unter der braunen Wasseroberfläche der Moldau, in Stücke zerschlagen, aus der Stadt hinaustragen lassen.

Die Narben in meinem Gesicht, die schon halbwegs verheilt waren, brannten und bissen; und außerdem fühlte ich in der Nähe des Herzens ein Spannen, Reißen und Glühen. Immer wieder sah ich Helena von Molwitz vor mir stehen. Ich legte meine linke Hand ganz dicht unter den braunen Gürtel ihres gelben Kleides. Und dann geschah das Grausamste, was an diesem nebligen und regnerischen Wintertag des Jahres 1912 geschehen konnte: Helena hob ihren weiten, aus schwerem Stoff genähten Rock, ihr Unterhemd war fein mit echten Spitzen verziert, und zog aus der Unterwäsche ein mit einem bizarren Blumenmuster verziertes chinesisches Kissen hervor, warf es mir vor die Füße und schrie mich an: »Hier hast du dein Kind!«

Dies geschah kurz nachdem ich meine Hand auf die mutmaßliche Frucht meiner Gunst gelegt und Helena mich gefragt hatte: »Liebst du mich, Niki?«

Ich hatte entweder ziemlich sicher oder verlegen geantwortet: »Nein, ich liebe dich nicht, Helena, und ich werde dich nie lieben.«

Aus den alten Mauern unseres Palais traten Schatten, wann, das weiß ich nicht genau.

»Red' keinen Quatsch, Niki«, hörte ich den Schatten meines Vaters. »Reiß dich zusammen, sag' ihr, daß du sie liebst, und damit basta!«

»Oh«, stöhnte der Umriß von Olga von Molwitz, Helenas Mutter, der auf eine für mich unerklärliche, ja geheimnisvolle Weise durch die feuchten Mauern unseres Palais bis in meine Nähe trat.

»Ohne Gottes Segen, ohne Gottes Segen!« krächzte mich aus der grauen Finsternis der bartlose Schatten des böhmischen Königs Jiří von Podiebrad an.

»Lassen Sie den lieben Herrgott aus dem Spiel!« Die Stimme meines Vaters lachte: »Der alte Herr ist ja gar nicht so böse, wie Sie denken. Steht doch in der Bibel geschrieben: Liebet einander und vermehret euch! Wann man sich lieben soll, diese Entscheidung überließ der Allmächtige den Menschen. So viel Vertrauen hat er uns schon geschenkt. Und merken Sie sich, verehrte Frau von Krombholz, immer wird die Sünde das Triebwerk der Liebe und der Vermehrung bleiben! Steht denn nicht in der Bibel geschrieben: In der Sünde bist du geboren ... Es geht eben manchmal nicht anders ...«

Ja, mein lieber Freund, und dann zog Helena das geschmückte Kissen hervor und warf es mir vor die Beine.

Mein Vater heulte auf und verschwand im Kellerlabor.

Den Schlußstrich unter diese Szene, die in unserem Palais nicht ihresgleichen hatte, obschon hier viel Unheimliches passiert war, zog die Gräfin Olga von Molwitz. Sie stieß einen ganz leisen Laut aus, einem Windhauch ähnlich, der die kahlen Äste eines mächtigen Baumes im Winterschlaf durchläuft und gegen das gefrorene Holz stößt.

In diesem Augenblick setzten sich die Eisschollen in Bewegung. Das braune Tauwasser der Moldau hob das Eis und

drückte es mit einer unheimlichen Kraft gegen die Pfeiler der Karlsbrücke. Die neunundzwanzig Heiligen drohten umzukippen. Ich hörte die Brücke knistern, stöhnen und knirschen. Der dreißigste Heilige, Jan Nepomuk, als einziger aus Bronze gegossen, rührte sich nicht.
Ich verließ den blauen Salon und verkroch mich für lange Monate in das oberste Stockwerk des Palais, in die drei Kammern mit der schönsten Aussicht auf Prag.
Ich beobachtete mißtrauisch, wie der Schnee langsam taute. Die ersten Schwalben kamen über den Laurenziberg aus dem Süden angeflogen; es folgte ein heißer, windstiller Sommer. Und eines Tages färbten sich die Blätter unten im Molwitzschen Garten gelb. Ich mag die herbstlichen Farben nicht. Sie sind für mich ein chromatischer Todestanz. Zu schnell kamen die Dezembernebel und wieder Schnee. Alle bösen Geister, die man in Böhmen kennt, erscheinen in weißen Totenhemden. Diesmal waren sie grau und schwanden überhastet dahin. Ich sah die durstige Frühlingssonne die letzten Fetzen der Totenhemden weglecken, und eines Tages, als alle Prager Glocken Mittag schlugen, hörte ich das Trommeln des wiedererwachten, erwärmten Baumsaftes. Mehrmals sah ich auch im Molwitzschen Garten Helena. Sie ging an der feuchten Gartenmauer entlang spazieren und schleppte in ihrem Schatten einen Diener mit. Ab und zu kam auch die Gräfin Olga in den Garten, aber nie, wenn die Sonne schien. Sie ging, nein, sie schwebte, die Arme, wie ein Vogel mit gebrochenen Flügeln schwingend, quer über Rasen und Blumenbeete.

Vierzehnte Geschichte

Ich bin der letzte Belecredos in Prag, nach mir kommt keiner mehr, lieber Freund. Es wäre gerecht, wenn ich einmal in lauter Splitter zerfallen würde, mich auflöste, wie zahlreiche meiner Vorfahren, die keine Spuren ihres Daseins hinterlassen haben, nur eben mich, den letzten Sprößling einer tausend Jahre alten Familie, die sich in dieser Stadt in Staub und Asche verwandelt. Meine Vorfahren wurden zerquetscht, durchlöchert, sie vergifteten sich und schafften es nicht einmal, hier in die Familiengruft zu gelangen, sondern wurden in die Grundmauern unseres Palais eingemauert.

Francesco, der erste Belecredos in Prag, ein erfolgloser Intrigant und Giftmischer aus Siena und Oberst seiner kaiserlichen Majestät, kam im Winter des Jahres 1656 drei Tage lang nicht aus dem Kellerlabor. Als man ihn dort suchte, fand man nichts als einen großen Kessel mit einer gelbgrünen, heißen Masse. Man rief den Jesuitenpater Spagnolli, der im Umgang mit bösen Geistern langjährige Erfahrung gesammelt hatte. Spagnolli bespritzte den Kessel mit Weihwasser; giftige Dunstwolken stiegen auf. Dann sahen alle, wie Francescos Rockknöpfe, seine zwei Ringe und die Saphirbrosche, die einst sein Halstuch zusammenhielt, an die Oberfläche der glühenden Masse stiegen.

Drei Tage lang berieten die Jesuiten, wie man die flüssige Leiche des Grafen Belecredos begraben könne. Für jeden Fall wurde geraten, ein spärliches Feuer unter dem Kessel zu halten. Drei Patres beteten Tag und Nacht im Kellerlabor und hielten Weihwasser bereit, denn man rechnete damit, daß Satan selbst versuchen wolle, Kessel und Inhalt in seinen Besitz zu bringen. Nach vier Tagen einigten sich die zerstrittenen Jesuiten darauf, den Verflüssigten in einen aus Bronze geschmiedeten Sarg zu gießen, die gelbgrün phosphoreszierende Masse mit einer entsprechenden Menge Weihwassers abzukühlen und den Grafen schleunigst zu begraben. Die Familiengruft in der St. Georgkirche kam aber nicht in Frage; einige eifrige Patres schlugen vor, ihn auf dem Prager Galgenberg zu verscharren. Doch die aufgeklärten Mitglieder der Kommission waren für einen Kompromiß. Sie führten an, Graf Belecredos sei ein verdienter Christ gewesen, der bei sieben Hexen ohne Zweifel nachgewiesen hatte, daß sie es mit dem Satan getrieben hätten, und der all seine wissenschaftlichen Nachforschungen sowie die Aussagen der sieben Verbrannten in einem umfangreichen Werk festgehalten hatte.

Der Kompromiß, zu dem sich die Kommission schließlich durchgerungen hatte, bestand darin, daß man den Sarg mit der flüssigen Leiche in die Wand des Kellerlabors einmauerte.

Auch in den folgenden Jahrhunderten erreichte keiner von meinem Geschlecht das Ziel des Lebens – die Gruft in der St. Georgkirche oben auf dem Hradschin. Dreizehn Belecredos mußte man nach einem unheimlichen, meistens grausamen Tod im Kellerlabor bestatten. Vier waren gar nicht zur letzten Ruhe in die Grundmauern oder in den Fußboden des Palais gebettet worden, denn sie verschwanden spurlos. Zum Frühstück waren sie noch da, zum Abendessen erschienen sie nicht mehr.

Der zweite Belecredos wurde von Kanonenkugeln zerfetzt, und zwar gerade in dem Augenblick, als er im Auftrag der kaiserlichen Waffenkammer in Wien das verzwickte Problem des um die Ecke feuernden Geschützes fast gelöst hatte. Seine Überreste wurden im Kanonenrohr zusammengetragen; sie liegen heute noch im Keller. Der dritte Belecredos experimentierte mit einem Feuerwerfer. Nachdem das Gerät zum ersten Mal richtig Glut gespuckt hatte, fand man nur noch ein Häuflein warmer Asche im Labor. Der vierte verschrieb sich der Chemie. Nach langjährigen und kostspieligen Versuchen entwickelte er eine Substanz, mit der er im Keller seinen nackten Körper bestrich. Aufgrund seiner Berechnungen, die er in einem umfangreichen Werk hinterließ, hätte er unsichtbar werden sollen. Er erfuhr leider nicht, daß sein letzter und entscheidender Versuch mißglückte. Die durchsichtige Substanz erstarrte zu einem gelblichen Panzer, in dem er erstickte. Man schraubte ihn in einer Ecke des Kellerlabors an die Wand fest und da steht er noch heute und lächelt. Der fünfte Belecredos war ebenfalls vom Fortschritt besessen und fiel ihm zum Opfer. Er experimentierte mit Gasen. Seiner Theorie nach, die er in dem Grundwerk »Die ernährenden Gase und ihre praktische Anwendung im Hinblick auf eine gesunde Verdauung« zusammenfaßte, sollte man die Nahrung nur in gasförmigem Zustand einatmen. Dieser Belecredos war auch der einzige, der im Bett starb. Einige Monate lang atmete er im Kellerlabor nur Gase, Rauch, Gestank und Nebel ein, magerte stark ab und verfärbte sich rot. Eines Tages, kurz vor dem Abendessen, stieg er aus dem Keller und rief: »Ich habe es geschafft!« Der Anblick des bis auf die Knochen abgemagerten, rotfarbenen Grafen muß entsetzlich gewesen sein. Seine Gattin, die die letzten Augenblicke ihres Ehegatten schriftlich festhielt, berichtet, daß der anwesende Jesuit Pater Agnesius den roten Grafen ins Bett trug und ihm in christlicher Absicht einen Becher Milch mit Honig verabreichte. Nachdem der Graf dieses stärkende Getränk zu sich genommen hatte, begann seine rote Haut zu reißen, und er starb, unter großen Qualen zwar, aber ziemlich rasch. Seine letzten Worte waren: »Ich liefere hier den letzten Beweis dafür, daß die Nahrung in flüssigem oder festem Zustand Gift ist!«

Man legte ihn, in zwei Servietten aus feinsten Spitzen gewickelt, in einen kleinen Sarg und mauerte ihn im Keller ein. Der sechste Belecredos, der seine Ruhe im Kellerlabor fand, war Mediziner. Er hatte sich selbst alles Blut gezapft. Joseph-Adolf Graf Belecredos war ein Humanist, der für die Menschheit Blut erzeugen wollte und Jahre hindurch versuchte, diese hochwertige, lebensspendende Flüssigkeit künstlich herzustellen. Um die Zusammensetzung des Blutes zu erforschen, verwendete er sein eigenes. Als er fast alles Blut aus seinem Körper abgezapft hatte, war er schon so gut wie mumifiziert. Der letzte Satz, den der Mediziner

in seine nicht zu Ende geführten Aufzeichnungen mit zitternder Hand gekritzelt hatte, lautet: »Es ist mir irgendwo ein Fehler unterlaufen ...«
Vom siebenten Belecredos blieb auch nicht viel übrig. Er wollte unbedingt das Geheimnis der Materie erforschen. Für seinen entscheidenden Versuch ließ er eine Presse anfertigen, ein Meisterwerk der Prager Hufschmiede: Ein Eisenblock im Ausmaß von fünf mal drei Ellbogen wurde in den Boden des Labors eingemauert, ein ebenso großes Stück Eisen darüber auf Gleitschienen befestigt. Ein Hebel, der leicht zu betätigen war, sollte die zwei Bolzen, die den oberen Block hielten, lösen und das schwere Stück Eisen auf das untere aufprallen lassen. Man erfuhr nie, was im Kellerlabor geschehen war. Gegen Abend erschütterte ein heftiger Schlag das ganze Palais, Glasfenster zersprangen, und zwei kostbare Kristallüster zerschellten am Boden. Einige Diener liefen in das Kellerlabor hinunter, sahen die zwei Eisenblöcke aufeinanderliegen und vermuteten ganz richtig, daß der Graf dazwischen zerquetscht worden war. Nach vergeblichen Versuchen, die Eisenblöcke auseinanderzubringen, gab man auf. Den oberen Block schmückte man später mit dem Wappen der Belecredos.
Der achte Belecredos baute eine Dampfmaschine. Sie war ein Meisterwerk und funktionierte verläßlich. Eines Tages erklärte der Graf beim Abendessen: »Morgen lasse ich sie auf vollen Touren laufen.« Die Gräfin, eine zierliche Frau, ließ unverzüglich einen Priester mit den Sterbesakramenten ins Palais bestellen. Als am nächsten Tag Graf Jan tatsächlich nicht zum Mittagessen erschien, schickte man einen Diener, um nach ihm zu sehen. Der Mann kam sofort zurückgerannt, das Gesicht vor Entsetzen entstellt. Bevor er den Rest seines Verstandes verlor, erzählte er, daß sich der liebe und gute Graf verflochten mit dem großen Antriebsrad der teuflischen Maschine drehe und um Hilfe schreie.

Die Dampfmaschine kam am vierten Tag endlich zum Stillstand; vom Grafen Jan war nicht viel übriggeblieben. Die trauernde Familie ließ man aus dem erzbischöflichen Palais wissen, daß es besser und vernünftiger wäre, den Grafen bei seinen Vorfahren im Kellerlabor zur Ruhe zu betten.

Der neunte Graf Belecredos schien der Lösung eines komplizierten Problems ganz nahe gekommen zu sein. Er wollte als erster Mensch frei und ungehindert durch die Wände schreiten. Theoretisch hatte er bereits alles geklärt und aufgeschrieben. Eines Tages mauerte er sich in einen Nebenraum des Labors ein und kam nie wieder heraus. Eine schlichte Bronzetafel mit seinem Namen bezeichnet die Stelle.

Graf Belecredos Nummer zehn reiste viel in der Welt herum. Von seiner letzten Reise, die ihn bis nach Mesopotamien geführt hatte, kehrte er mit der Schlange, die einst Eva zur Sünde verführt hatte, zurück. Er erzählte allen Prager Zeitungen, daß er diese Schlange für ein Vermögen auf dem Basar von Bagdad von einem uralten, ehrwürdigen Araber, einem direkten Nachkommen des Propheten Mohammed, erworben habe. Der weitgereiste Graf Franz-Xaverius, der sich dem Koran verschrieben hatte und ein Freimaurer wurde, nahm, als er von der Schlange gebissen worden war, ruhig Abschied. Die Familiengruft in der St. Georgkirche wurde ihm versagt, und er mußte auch in den Keller.

Der elfte Belecredos hatte die ersten Transplantationen versucht. Er schnitt sich drei Zehen ab, ließ sie über Nacht im Kellerlabor liegen und nähte sie sich am nächsten Tag wieder an. Später begann er, sich die Finger an der linken Hand abzuschneiden; die Finger der rechten Hand verschonte er, denn ohne sie konnte er seine Versuche nicht durchführen. Nach zwei Monaten hatte er keine Ohrläppchen mehr, und als er sich an die Nase heranmachte, zog er sich eine schwere Blutvergiftung zu und starb. Seine Ver-

suche wurden als Gotteslästerung verurteilt, daher kam auch er in die Mauer im Kellerlabor.
Johann-Ferdinand Graf Belecredos war im Italienfeldzug unter Feldmarschall Radetzky Oberleutnant. Soweit man seinen handschriftlichen Notizen Glauben schenken kann, beschäftigte er sich mit dem Problem der Tapferkeit. Johann-Ferdinand schrieb: »Die Soldaten, auch wenn gut ausgebildet und ausgerüstet, neigen in kriegerischen Notsituationen, also vor dem Sturm oder im Kanonenfeuer dazu, sich den Befehlen zu widersetzen oder sie nur schlampig und immer mit Rücksicht auf ihre persönliche Sicherheit auszuführen. Ein derartiges Verhalten bezeichnet man als Feigheit vor dem Feinde. Nach dem Stand der heutigen Wissenschaft könnte man mit chemischen Präparaten den Soldaten so beeinflussen, daß er auch in gefährlichsten Situationen seine Urangst überwindet und sich tapfer für Kaiser und Vaterland schlägt. Der herkömmliche Schnaps, auch bei erhöhter Ration, reicht nach meiner Erfahrung nicht aus, um die Tapferkeit der Soldaten zu stärken. Sie besaufen sich meistens nur.«
Johann-Ferdinand entwickelte im Kellerlabor ein alkoholangereichertes Getränk, welches er mit verschiedenen Zusätzen schmackhaft machte. Zwei Hektoliter wurden insgeheim an eine galizische Garnison verschickt, wo der Tapferkeitsnektar an den Soldaten erprobt und die Wirkung erforscht werden sollte. Die Folgen waren verheerend. Nachdem jeder Soldat täglich einen Deziliter des Gesöffs zu sich genommen hatte, lief das ganze Regiment amok. Die Soldaten zogen heulend durch die Straßen der sonst verschlafenen Stadt und legten jede Frau um, die sie erwischen konnten. Ja sogar ein Straßenwärter, der in seiner ledernen Schürze friedlich am Stadtrand Pflastersteine zusammentrug, wurde von der Soldateska irrtümlicherweise für ein weibliches Wesen gehalten und aufs Kreuz gelegt.
Die Zeitungen der ganzen Monarchie berichteten über die

Vorfälle in Galizien. Eines Tages kamen drei Herren angereist und stiegen mit Graf Johann-Ferdinand in das Kellerlabor hinunter und sperrten sich dort ein. Was im Keller geschehen ist, weiß keiner genau. Nach drei Tagen kroch einer der Herren aus der Finsternis hervor und erklärte, er sei Jakow Jerofimowitsch Toporenko, Major des russischen Geheimdienstes. Zwei Stunden später kam der zweite Herr herauf, schüttelte besorgt den Kopf und vergewaltigte das Küchenmädchen. Der dritte Herr kam erst nachts aus dem Keller geklettert, zog vor der bestürzten Familie die Pistole, setzte sie sich an die Stirn und drückte mit den Worten: »Für Kaiser und Vaterland!« ab.
Den Grafen Belecredos fand man am nächsten Tag im Kellerlabor tot auf. Die Ursache des Todes durfte die Familie nie erfahren. Zwei Generäle kamen angereist und befahlen, den Grafen Johann-Ferdinand in die Grundmauern des Kellers zu senken.
Mein Vater, Martin Graf Belecredos, beschäftigte sich bis zu dem erschütternden Vorfall des Wintertages 1912 mit den Geisteswissenschaften und speziell mit der Entwicklung einer Signalsprache, die die gestörte zwischenmenschliche Kommunikation ganz leicht machen sollte. Nachdem Helenas chinesisches Kissen zu Boden gefallen war, was die Grundmauern des Palais erschütterte, ja ganz Prag so stark erbeben ließ, daß sogar die Eisdecke auf der Moldau zersprang, floh mein unglücklicher Vater ins Kellerlabor. Ich sah ihn nie wieder. Genauer gesagt: Ich sah ihn völlig geschrumpft, mit Asche vermischt in einer großen Glaslinse auf den Steinplatten des Kellerlabors liegen.
Wie ist mein Vater in die Glaslinse gekommen? Ist das die Frage, die Sie mir jetzt stellen wollen, lieber Freund? Fragen Sie mich bitte nicht, denn ich kenne die Antwort nicht und sie interessiert mich jetzt auch nicht mehr.

Fünfzehnte Geschichte

Eines Tages sah ich unten im Molwitzschen Garten die Sträucher und Bäume in frühsommerlicher Farbenpracht, ja sogar mit Girlanden geschmückt und mit bunten Lampions behängt. Strahlend weiße Tische hatten die Diener auf dem gepflegten, in der Sonne grünlich schimmernden Rasen aufgestellt. Ich hörte Militärmusik zuerst von weitem, dann kamen die Soldaten mit auf Hochglanz polierten Instrumenten die Walsche Gasse entlangmarschiert.

Vor dem Palais der Molwitz sah ich Kutschen anfahren, Damen in bunten Kleidern stiegen aus, Herren in grauen Anzügen, goldglitzernde Offiziere und Generäle waren darunter, und dann erblickte ich Wenzel von Salmo in der aufgeputzten und kantig gebügelten Uniform eines Oberleutnants. Er hinkte auf dem linken Bein. Eine Kugel hatte vor einem Jahr bei Lemberg sein Knie zerschmettert. Die Gäste versammelten sich auf dem Rasen vor dem Palais. Graf Molwitz trat aus dem Haus, ich sah seinen Mund sich bewegen, und sonderbarerweise kamen die Worte verspätet bei mir an: »Sehr geehrte Damen und Herrn, ich gebe die Verlobung meiner einzigen Tochter Helena von Molwitz mit Baron Wenzel von Salmo bekannt. Und da Krieg ist, werden wir heute zugleich auch die Hochzeit feiern.«

Die Militärkapelle spielte einen Tusch, die Diener trugen Wein auf; die ersten Gläser wurden den Verlobten gereicht. Erst jetzt entdeckte ich Helena. Sie stand, ganz in Weiß, unter einem grünweiß gefärbten Kastanienbaum.

Fast hätte ich vergessen zu erwähnen, daß ich an jenem Tag die Maske eines Husarenmajors anlegte, dazu natürlich auch die prächtige Uniform. Jeder Belecredos hat das Recht, sie zu tragen. Der Molwitzsche Garten lag im blauen Schatten, die Vormittagssonne traf die hellgelbe Fassade unseres ehrwürdigen Palais mit voller Wucht.

Helena hob ihr Glas mit rotem Wein, sie mußte mich in

diesem Augenblick im Fenster meiner Dachkammer glitzern gesehen haben. Langsam, sehr langsam verschüttete sie den Wein auf ihr schneeweißes Kleid. Ich glaube, daß meine Erinnerung mich auch nach so vielen Jahren nicht trügt und daß ich mit meinem weitsichtigen Auge in Helenas weit aufgerissenen Pupillen mein Bild sich spiegeln sah.
»Niki, Liebling! Verlasse mich nicht!« schrie mir Helena schrill ins Gesicht.
Was weiter geschah, habe ich nie zu erklären gewußt. Plötzlich hing ein blauer Vollmond über Helenas Kopf, die sich in ihrem Brautkleid nicht vom Platz rührte. Die Moldau glich einer silbernen Schlange, welche sich mitten in der Stadt zur Nachtruhe ausgestreckt hatte. Ein leiser Wind bewegte die lichtlosen Lampions im Molwitzschen Garten. Einige Schritte links von Helena bückte sich im Schatten eines Strauches ein Diener unter der Last des sechsarmigen Leuchters. Schwärme von Nachtfaltern umkreisten die Kerzenflammen, näherten sich der Glut, berührten sie und fielen lautlos, einer nach dem anderen, mit brennenden Flügeln in die seichte Finsternis auf den Rasen. Ein Schatten mit Säbel zog hinkend im Tau um Helena immer engere Kreise. Als er sie berühren wollte, schrie sie auf: »Verschwinde! Laß mich in Ruhe!«
Der Hinkende schleifte seinen Säbel durch den Lichtkegel des Kerzenleuchters. Dann verschwand er hinter zwei mächtigen Baumstämmen. Alles dauerte für mich eine Ewigkeit, aber als mich ein rosarotes Aufblitzen und der eine Sekunde später von meiner Maske zurückprallende Knall wachrüttelten, bedauerte ich, daß es eigentlich zu schnell abgelaufen war.
Der Diener mit dem Kerzenleuchter in der Hand rührte sich nicht. Irgend jemand schrie im Garten auf, aber es war nicht Helena. Sie stand noch immer da, einer Statue ähnlich oder einem erschrockenen Engel, der das flatternde Licht scheut. Schatten huschten an ihr vorbei. Einer, die

Arme wie Vogelflügel schwingend, überquerte die Blumenbeete und umkreiste das Licht des Kerzenleuchters. Bis in mein offenes Fenster herauf hörte ich ihn ein »Oh« ausstoßen.
Dann trugen vier Männer Wenzel auf einer Bahre am Kerzenlicht vorbei; seine Uniform war von einem dunkelroten Fleck verunstaltet.
Gleich darauf begann es im Osten zu glühen.
Helena von Molwitz stand noch immer im Garten, ihr Kleid färbte sich rötlich und war vom Tau durchnäßt, die hochgekämmten Haare waren zersaust.
Der Diener blies das Licht aus und stellte den Kerzenleuchter auf dem feuchten Rasen ab.

Sechzehnte Geschichte

Nach langen Monaten hängte ich mir meine weiße Pelerine um, die zur Husarenkluft gehörte, und verließ bei Sonnenaufgang wieder mein Palais.
Ich schritt langsam und würdig Richtung Karlsbrücke, verneigte mich dort tief und voll Ehrfurcht vor jedem Heiligen, auch vor den falschen, und sah schon von weitem den aus dem kaiserlichen Gewand drohend gegen Süden gehobenen Dingerich ragen.
Die Sonne stieg höher und erhitzte die stählerne Krone des Kaisers. Ich fühlte die vom kaiserlich-gesalbten Kopf herabfallende Glut in meinem Rücken. Zwei Kaiser sahen sich über fünf Jahrhunderte hinweg in ihre Gesichter. Der eine Karl IV., aus Stein im 14. Jahrhundert von Peter Parler in seiner Werkstatt gemeißelt, saß mit Krone, Zepter und Reichsapfel am Vorsprung auf der östlichen Wand des Brückenturmes, der andere stand aus Eisen gegossen links von der Kirche des heiligen Franziskus Seraphicus, den Kopf nachdenklich gesenkt. Es schien mir im Traum, als

hätte der ältere Karl IV. seinem um fünf Jahrhunderte jüngeren Spiegelbild aus Stahl unten auf dem Kreuzherrenplatz fröhlich zugezwinkert. Als ich meine träumenden Augen zum Brückenturm hob, sah ich den steinernen Karl IV. mit zwölf abgeschlagenen Köpfen von hingerichteten böhmischen Herren umgeben. Zwei der blutigen Köpfe gehörten aufständischen protestantischen Rittern, die nach 1620 nicht nur ihr Leben und ihre Landgüter, sondern auch ihre Prager Palais an den aus Siena nach Prag siegreich eingezogenen ersten Belecredos abgeben mußten. Die restlichen Statuen auf dem Brückenturm, die Heiligen Adalbert, Sigismund, Veit sowie auch König Wenzel IV. blickten düster auf das Glied des Kaisers über meinem Kopf.
Die Prager Glocken dröhnten.
Die Stunde der Mittagshexen war angebrochen. Schwarze Säcke vollgestopft mit Unheil auf den gebeugten Rücken, huschten sie von Osten in die Stadt, sie hielten sich nur im Schatten auf, um sich vor ihrer weiten Wanderung Richtung Westen auszuruhen. Ich hörte sie in der kühlen Karlsgasse schnaufen.
Ich wollte aufstehen, meine Glieder waren jedoch steif geworden. Gleich darauf schob sich ein seidenweicher Schatten vor mein kurzsichtiges Auge; es war eine Wolke, die nach billigem Parfüm duftete.
»Kann ich Ihnen helfen?« sprach mich der Schatten mit einer sanften Frauenstimme an.
Ich fühlte eine kühle Hand in meinem Nacken.
Eine Dame in schwarzer Seide, die nicht einmal in der Sonne glänzte, stand vor mir. Ihr Haar war rabenschwarz und ohne Glimmer, in ihren Augen sah ich ein Irrlicht.
Ich schämte mich meines erbärmlichen Zustands, den auch meine martialischen Kleider nicht verdecken konnten. Mit einer schnellen Bewegung versicherte ich mich, daß mein Schnurrbart richtig klebte. Mit Müh und Not konnte ich mich erheben.
»Gestatten Sie, daß ich mich vorstelle ...«

»Nicht nötig«, lächelte mich die Dame an.
Jetzt stand ich also da, ohne Namen, mein Gesicht maskiert, noch dazu in der Mittagshitze. Weiß der Teufel, welcher von seinen Gehilfen oder welche Hexe in mir das leise Kichern des polnischen Sturmvogels der Anarchie, des Jakub Grafen Mikolajczyks, erwachen ließ. Ich konnte es nicht abschütteln.
»Haben Sie Fieber?« fragte mich die Unbekannte besorgt.
Ich sah Mikolajczyks schwarzen Schnurrbart – auch ich trug an diesem Tag einen ähnlichen – und hörte seine verführerisch gedämpfte Stimme. Erst als ich bemerkte, daß ich diese Worte laut, wenn auch etwas verkrampft, gesprochen hatte, daß sie das scharf geschnittene Gesicht der Unbekannten trafen, verdammte ich mich und Jakub tausendmal.
Aus dem Mittagstraum unter der Statue des Kaisers und Königs erwachte ich im rötlichen Licht der Abenddämmerung.
»Tröste mich«, sagte Sarah.
»Von allen Trostmitteln tut Trostbedürftigen nichts so wohl als die Behauptung, für ihren Fall gäbe es keinen Trost«, erwiderte ich, nicht ahnend, daß ich Friedrich Nietzsche zitierte.
»Wieso hast du ausgerechnet mich herausgefischt?«
Sarah sah mich mit ihren schwarzen, vorwurfsvollen Augen an. Das rote Licht färbte sich wie immer zu dieser Stunde in Prag braun.
»Du hättest so viele andere Frauen haben können. Scharenweise laufen sie hier herum und lauern Männern auf. Stell dich doch in deiner Klamottenpracht an eine Ecke, und du wirst dich wundern, wie viele, ohne zu zögern, mit dir ins Bett kriechen!«
»Du hast auch nicht gezögert«, sagte ich traurig.
Ich stieg aus dem Bett und begann mich anzukleiden. Es machte mir überhaupt nichts aus, daß Sarah mich beobach-

tete, und daß mich, so schien es mir, aus ihren Augen ein ironisch böses Funkeln traf und mein kurzsichtiges Auge eine Zeitlang blendete. Ich schnallte den Säbel um, breitete mit einer prahlerischen Bewegung die Pelerine über die Schultern und sagte mit einer tiefen Verbeugung: »Ich danke dir, Sarah, für die schönen Stunden.«

Mit diesen Worten verließ ich ihre Wohnung, in der ich meinen ersten leiblichen Sohn Rudolf gezeugt habe, was ich natürlich an diesem, für mein Schicksal verhängnisvollen, von Hitze und erster Sommerpracht ermüdeten Tag des Jahres 1916 nicht im geringsten vermuten konnte.

Als ich Sarahs Haus verließ, fiel der Schatten des Hradschins bis aufs rechte Moldauufer. In der kühlen Luft, die noch nach erhitztem Sandstein, nach verwelktem Flieder und frisch gefallenem Tau duftete, der sich jedoch auf dem warmen Pflaster sofort in langgezogene Schleier verwandelte, konnte ich befreit aufatmen.

Siebzehnte Geschichte

Am nächsten Tag – die Turmuhren schlugen fünfmal gegen das grelle Sonnenlicht, jedoch ohne Erfolg – sah ich aus meinem Fenster im Molwitzschen Garten Helena noch immer mitten auf dem Rasen. Sie saß jetzt auf einem Stuhl. Ein Jesuit kniete betend vor ihr, ein Pfarrer beräucherte und bespritzte sie mit Weihwasser. Links von Helena packte Dr. Mosche Finkelstein sein Köfferchen zusammen. Gräfin Olga ging um Helena herum, ihre Armbewegungen, die denen eines Vogels glichen, waren erschlafft und langsam geworden. Als die Uhren siebenmal schlugen, blieb sie vor Helena stehen, hob ihre geballten Fäuste gegen mein Fenster und schrie zum ersten Mal nach langen Monaten mit lauter Stimme: »O du Scheusal! Schau her, was du angestellt hast!«

Ich sah, was ich angestellt haben sollte, doch es war nicht allein mein Werk.

Ein Morgengewitter zog auf.

Die Molwitzens hatten wohl schon vorgesorgt. Kurz bevor es zu blitzen, donnern und regnen begann, sah man Soldaten ein Zelt heranschleppen und es geschickt über Helena aufbauen.

In den folgenden Tagen gab es zwischen dem Palais und dem Zelt, in dem Helena saß, einen regen Verkehr. Diener liefen hin und her, die Krombholz erschien ab und zu, ehrwürdige Ärzte betraten das Zelt, kamen aber sehr bald kopfschüttelnd wieder heraus. Eines Tages erschienen vor dem Zelt hohe Kirchenväter, das Prager Jesulein wurde auf einer Bahre zum Zelt getragen, von sechs Posaunenbläsern begleitet. Die Wachsfigur strahlte vor Gold und den zahlreichen Edelsteinen, mit denen das Kleid und die Krone geschmückt waren. Dann sangen die Kirchenväter im Zelt, blauer Weihrauch stieg durch die offene Zeltplane; das alles dauerte den ganzen Vormittag und zog sich bis drei Uhr nachmittags hin. Erst dann kamen die unter der Last des Ornats gebeugten Kirchenväter aus dem Zelt wieder hervor, der eine winkte den Bläsern, man deckte das Prager Jesulein mit einem weißen Tuch zu und trug es im Laufschritt zurück in die in der Karmelitergasse gelegene Kirche Maria de Victoria.

Dann erschien in dem Garten der Prager Baumeister Josef Gregor mit seinen Gehilfen. Sie maßen rund um das Zelt ein Viereck ab und schlugen Pflöcke in den Rasen. Am folgenden Tag kamen dreißig Arbeiter mit Hacken, Schaufeln und Fuhrwerken und begannen, rund um das Zelt Gräben für die Grundmauern zu schaufeln. In der Nacht wurde die Baustelle mit elektrischem Licht beleuchtet, und als die Gräben am dritten Tag ausgehoben waren, waren sofort die Maurer zur Stelle. Anfang Oktober war der Rohbau einer zierlichen Gartenvilla fertig, und Mitte des Monats hatten auch die Stukkateure ihr Gerüst abbauen

können und das Wunderwerk war vollbracht: Eine bezaubernde Villa, nicht groß, zierte den Molwitzschen Garten, und Helena saß in ihr. Es war auch höchste Zeit gewesen, denn Ende Oktober war der milde Herbst vorbei, und gleich am ersten November fiel Schnee. Dessenungeachtet begannen andere Arbeiter neue Gartenwege anzulegen. Merkwürdigerweise liefen sie von der neuen Villa, die jetzt den Mittelpunkt des großen Gartens bildete, strahlenförmig in alle Himmelsrichtungen auseinander bis an die hohe Mauer. Nur ein Pfad war, so schien es mir, logisch angelegt: Er führte von der schön geschnittenen Eingangstür der Villa direkt zum Palais.
Ich sah Helena lange Zeit nicht mehr.

Achtzehnte Geschichte

Dreiundzwanzig bin ich damals geworden und ich sah hinreißend aus. Ich ähnelte Jakub Graf Mikolajczyk, dem Sturmvogel der Anarchie. Mein bleiches Gesicht wirkte in der grellen Sonne noch bleicher, der mächtige Schnurrbart, schwarz und gepflegt, verlieh mir einen sanften Ausdruck von Melancholie. Die graue Pelerine mit blutrotem Futter, die ich leicht im Wind wehen ließ, ergänzte mein Gesamtbild vorzüglich. Zwei Windströme stießen gerade an der Ecke Ferdinandstraße/Branntegasse zusammen. Der eine, der von der Moldau die Ferdinandstraße Richtung Wenzelsplatz wehte, kühlte mein geschminktes Gesicht ab, der andere, der sich aus den Schatten der Branntegasse gegen meinen Rücken stemmte, duftete nach Heckenrosen und blühendem Getreide. Er kam nämlich aus dem Süden.
Mein linkes, weitsichtiges Auge war hellwach.
Dann sah ich sie.
Sie ließ sich von der Strömung der Branntegasse zu mir treiben; die Brise war mild und schattig. Die Dame ähnelte

einer gut gebauten grünen Barkasse. Kurz bevor sie in meine Nebelzone hineinglitt, ließ sie ihr grünes Segel fallen.
Ich verbeugte mich tief, ließ meine Pelerine vom leichten Wind, der von der Moldau kam, ein wenig aufblähen und sagte mit einer bescheidenen und ein wenig traurigen Stimme, ja fast beschämt, meine für mich so verheißungsvolle Bitte in ihre dunkelgrünen, tiefen Augen.
Erst später wurde mir klar, daß ihre Überraschung genau so perfekt gespielt war wie die Willkür, mit der sie sich drei oder vier Schritte von mir entfernte. Mit einer langsamen Bewegung hob sie den Schleier, der, locker von ihrem grünen Hut herabfallend, ihr Antlitz und ihren Hals fast, so glaubte ich, verzauberte, und ich hörte ein leises Auflachen. Dann spannte die Dame ihr hellgrünes Segel und bog, mit ihren breiten Hüften die Wellenschläge des Lichtes in der Ferdinandstraße durchstoßend, Richtung Moldau ein.
Verzweifelt suchte ich den Fehler, der Jakub Graf Mikolajczyk nie unterlaufen wäre: Klang meine Stimme tatsächlich sanft? Ist mir der Schnurrbart nicht abgerutscht? Lag mein Gesicht im Augenblick, als ich sie ansprach, nicht im Schatten? Die Vernunft riet mir, diesen Rückschlag ohne Widerspruch hinzunehmen, die Verzweiflung wieder forderte aufdringlich nach Taten.
Ohne zu überlegen, stellte ich daher jeder Frau, die ins Blickfeld meiner Kurzsichtigkeit trat, meine dreiste Frage.
Meine Worte klangen bewußt und gezielt wie eine dumpfe Drohung.
Gleich darauf bekam ich eine Watsche verpaßt. Ich nahm sie gelassen hin. In den nächsten Minuten, wobei ich zugeben muß, daß es sich vielleicht um eine Viertelstunde handelte, spuckten mich drei Damen an, kassierte ich vier weitere Dachtel und einen Fußtritt in den Unterleib.
Ich mußte mich an die warme Wand lehnen. Tränen, groß

wie heißgekochte serbische Bohnen, rollten über mein geschminktes Gesicht und mußten zahlreiche parallel verlaufende Furchen hinterlassen haben. So konnte ich nicht sehen, daß die breithüftige grüne Dame, den Wind der Ferdinandstraße im Rücken, zu mir hersegelte und einen Schritt vor mir Anker warf.

»Sie sehen ziemlich mitgenommen aus«, sagte sie. »Ich habe Sie beobachtet«, fuhr sie nach einer Weile fort, »Sie haben einige ziemlich schmerzhafte Erfahrungen hinter sich.«

»Ich bin Ihnen, gnädige Frau, eine Erklärung schuldig«, brachte ich stotternd heraus.

»Ach was, Erklärungen interessieren mich nicht!«

Die Dame hob ihren Schleier, und ich sah ihre kühlen und neugierigen Augen.

»Haben Sie von dem, was Sie mir vorhin angeboten haben, noch ein wenig für mich übrig?« lächelte sie mich an.

Neunzehnte Geschichte

Am 28. Oktober 1917, ich erinnere mich ganz genau, war ich nach meinem zweihundertsten Erfolg erschöpft, ich konnte mich nur mit Müh und Not nach Hause schleppen. Mein physischer Zustand – schließlich habe ich auch ungezählte schmerzliche Schläge und Fausthiebe sowie Tritte in den Unterleib kassiert – und meine geistige Verfassung waren so schlimm angeschlagen, daß ich mich schweren Herzens entschloß, für dieses Jahr Schluß zu machen, um mich zu erholen.

Bis kurz vor Weihnachten schlief ich viel, aß gut und nahm wieder an Gewicht zu. Einen Tag vor Heiligabend unternahm ich wieder einen ersten Spaziergang. Es war warm und die Sonne schien. Langsam schlenderte ich am Moldaukai – heute Smetana-Ufer, damals hieß er Franzenskai, er hatte jedoch in den Jahren so oft den Namen gewechselt, daß ich einige schon längst vergessen habe – zum Nationaltheater hin. Es war mir zumute, als wäre ich um eine Haaresbreite einem sommerlichen Fegefeuer und einem herbstlichen Todestanz entkommen. Um das Franzensmonument schlug ich wie immer einen großen Bogen. Ich mochte den guten Kaiser Franz nicht. Hoch zu Roß saß er im böhmischen Krönungsornat, umgeben von Spitzsäulen im altdeutschen Stil. Die erstarrte neugotische Pyramide und ihre scharfen Kanten und Spitzen aus Gußeisen waren fremd in dieser Stadt aus weichem braungelbem Sandstein. Die Figuren der böhmischen Stände und Kreise, die den Kaiser umrahmten, waren für mich erbärmliche Gestalten mit heuchlerisch verzogenen, gedemütigten Gesichtern.

Die Mittagsglocken schlugen zwölfmal.

Ich ging gerade an den großen Fenstern des Café Slavia vorbei. In den Glasscheiben sah ich das verzerrte Bild der Schützeninsel und des Laurenzibergs sich widerspiegeln. Als ich das Café Slavia zum ersten Mal betrat, um hier auszuruhen, war es leer. An einzelnen Tischen hockten müde Gestalten, die meine Ankunft gar nicht wahrgenommen hatten oder nicht wahrnehmen wollten. Mir war es damals egal. Ich setzte mich an den Tisch vor dem großen Fenster mit der schönen Aussicht auf die graue Oberfläche der Moldau, die Schützeninsel mit ihren kahlen, verknoteten und verkrümmten Bäumen, auf den nackten Laurenziberg, die vernebelte Kleinseite und auf den Hradschin, der an diesem Tag kleiner und zierlicher als sonst wirkte.

»Wünscht der Herr einen Kognak?« Ein Kellner beugte sich zu mir und sprach mich so an, als wäre ich seit Jahren Stammgast im Café Slavia.

»Ja, einen Kognak, bitte.«

»Hinterher Kaffee, nicht wahr?«

»Bitte.«

»Mit Mineralwasser, wie es bei uns üblich ist. Ich meine Mineralwasser zum Kaffee, Herr Graf.«

Der Kellner richtete sich auf und schaute auf das herrliche Bild hinter der Glasscheibe.

»Woher kennen Sie mich?« Der leicht exaltierte Ton, in dem der Kellner mich ansprach, war mir jedoch nicht unangenehm.

»Man kennt Sie in Prag«, erwiderte er leise. Ich bemerkte, daß sein Blick über die Kleinseite hinweg immer höher und höher kletterte, bis hinauf zu den hellgelben Mauern des Palais Belecredos.

»Ich bin Alois Volný, Kellner im Café Slavia. Von Heldentaten im Krieg wegen meines Asthmas befreit.«

Herr Alois atmete tief und laut. Ich erwartete, daß er sich jetzt entfernte, um den Kognak zu bringen, doch er stand immer noch an meinem Tisch.

»Ich darf Sie, Herr Graf, von nun an zu unseren Stammgästen zählen«, sagte er. Ich versuchte aus Herrn Alois' Tonfall herauszuhören, ob sein letzter Satz als Frage oder als Feststellung zu verstehen wäre. Da ich diese Frage nicht sofort beantworten konnte, und später war es sowieso nicht mehr nötig, sagte ich und bedauerte sehr, daß meine Stimme ein wenig gereizt klang: »Ich bin doch zum ersten Mal hier!«

»Jeder von unseren Stammgästen ist ein erstes Mal hier gewesen«, antwortete Herr Alois, als fälle er eine schwerwiegende Entscheidung und fügte mit einer fast würdevollen Miene hinzu: »Dieser Tisch bleibt von nun an für Sie reserviert, Herr Graf.«

»Sie wissen ja nicht, ob ich das Café Slavia je wieder besuche!«

»O ja«, lächelte er und entfernte sich.

Sein Alter schätzte ich auf etwa dreiundzwanzig; er war ein wenig größer als ich, schlank, und was vor allem an ihm auffiel, waren seine wässerigen Augen, ständig voll von Unruhe und winzigen Wirbeln rund um die grauen Pupillen. Wenn ich sie damals als traurig bezeichnete, dann stimmte es nicht ganz. Herrn Alois' Augen waren abwe-

send, er schaute zwar mich oder etwas anderes an, aber allem Anschein nach sah er über alles hinweg.
Dann stellte er das Tablett mit dem Kognak auf dem Marmortisch ab. Als er in kurzen Sätzen zu sprechen begann, vibrierten seine Worte über meinem Kopf. Was mir Herr Alois zu sagen hatte, glich einer Prophezeiung, die ich damals, jung und unerfahren, überhörte: »Hier sind Sie gut aufgehoben, Herr Graf! Der Tisch ist von nun an Ihr Ankerplatz, der sichere Hafen. Mir können Sie alles erzählen, denn das hier ist kein gewöhnliches Café, sondern ein Zufluchtsort. Das Leben fließt an uns vorbei. Wenn Sie an Ihrem Tisch sitzen, sind Sie von allem, was hinter diesen Fensterscheiben geschieht, abgekapselt. Punkt zwölf bekommen Sie hier Ihren Kognak, Kaffee und Mineralwasser. Wir sind kein Café der Schwätzer, bei uns wird geschwiegen. Hören Sie unsere Stille, Herr Graf?«
Ich hörte die Glocken einmal schlagen.
Auf der Franzensbrücke sah ich eine Dame ganz in Grün gekleidet auf die Smichower Seite eilen. Plötzlich blieb sie stehen, drehte sich um, lief nach vorne geneigt, als ob ein Sturmwind sie mit aller Kraft antreiben würde, wieder ans östliche Ufer der Moldau zurück. Mein weitsichtiges Auge sah ihr grünfarbenes Gesicht, bestimmt eine optische Täuschung, denn die Sonnenstrahlen, die sich von Süden gegen ihre rechte Seite stemmten, prallten von ihrer Schulter ab und färbten ihr Antlitz im Schatten des grünen Hutes mit einem tieferen Farbton. Jetzt schritt sie langsam, nein, sie schaukelte wie eine vollbeladene Barkasse im milden Wellenschlag. Die feste Brücke, die ja so oft ihren Namen ändern mußte, schien sich unter ihrem Gewicht zu biegen.

Im Frühjahr war ich in ihre Kutsche gestiegen und fuhr mit ihr in ein Haus am Rande des Laurenziberges in eine grüne Wohnung. Sie schwieg, und ich hatte auch nichts zu sagen. Als ich mich angezogen hatte und mich verabschiedete, schwieg sie noch immer. Erst als ich die Verriegelung der hellgrünen Tür aufmachen wollte, kam sie im dunkelgrünen Schlafrock ins Vorzimmer und sagte: »Wissen Sie, daß ich unglücklich bin?«

Ich nahm damals einen besorgten Ausdruck an, und da mir nichts anderes einfiel, stellte ich leise die banale Frage: »Wo liegt eigentlich die Grenze zwischen Glücklich- und Unglücklichsein?«

»Das möchte ich eben wissen.«

»Gnädigste, es war eher eine rhetorische Frage, auf die es keine Antwort gibt.«

»Ich bin aber unglücklich!«

»Es ist schön und gut, wenn man überhaupt etwas empfindet«, sagte ich und verließ die Wohnung.

Nein, sie kann mich nicht erkennen, dachte ich, ich trug damals die Maske eines fünfunddreißigjährigen polnischen Revoluzzers, und seit unserer Begegnung sind immerhin sieben oder acht Monate vergangen. Aber jetzt stand sie unter dem großen Fenster des Cafés und starrte mich an. Sie winkte mir zu, ja sie lächelte mich wehmütig an, vielleicht sogar, das konnte ich damals nicht entscheiden, zugleich auch hoffnungsvoll.

Ich bemühte mich, mein weitsichtiges Auge über den grünen Hut der Dame zur Schützeninsel schweifen zu lassen, ich hob sogar das leere Kognakglas an die Lippen, denn ich wollte ihr deutlich signalisieren: Ich sehe Sie nicht, gnädige Frau. Sie sind für mich nur ein grünes Loch in der sonnigen Winterluft!

Plötzlich stand sie vor mir.

»Da sind Sie endlich! Einen ganzen Monat laufe ich mir die

Füße wund, habe Sie überall gesucht und erst jetzt gefunden. Oh, ich bin so unglücklich, ich bin schwanger, ich bekomme ein Kind, Sie Schuft!«
Sie sprach leise und mit der Stimme eines grünen Engels, eines Seraphims, dem ranghöchsten im Himmel. Sie hatte wunderschöne Augen, das linke war grau, das rechte grün.
»Ein Kind zu erwarten ist doch kein Unglück«, erwiderte ich.
»Aber was sagt mein Mann dazu? Er kann es sich doch ausrechnen, Mitte April ...«
»Sie irren, Madame«, unterbrach Herr Alois, der rechtzeitig aus der Nebelzone auftauchte, die Dame in Grün. Mit seinem abwesenden Blick überschaute er das sanft gezeichnete Panorama über der Moldau.
»Den ganzen April waren wir mit dem Herrn Grafen auf seine Güter in Nordböhmen zum Angeln gefahren. Soweit ich mich erinnere, war auch unser Koch, Herr Franz, und der Oberkellner, Herr Adolf, dabei. Dies können wir vor jedem Gericht beschwören. Es tut mir leid, Madame, Sie irren. Ich muß Sie bitten, unsere Gäste nicht zu belästigen!«
»Das ist doch gemein!« stotterte mehrmals die Dame und wurde immer kleiner. Zuletzt blieb nur ein kleiner grüner Fleck an der gläsernen Eingangstür des Café Slavia von ihr übrig, aber auch der löste sich auf.
»Ich danke Ihnen, Herr Alois«, sagte ich gerührt.
Die Dame in Grün sah ich dann wieder auf der Franzensbrücke. Sie ging zuerst nach vorne geneigt, als hätte sie gegen einen mächtigen Wind zu kämpfen, dann machte sie vier schnelle Schritte, verlangsamte die nächsten fünf. Den sechsten schaffte sie nur mit größter Anstrengung, zum siebenten setzte sie an, blieb aber stehen. Plötzlich stieg sie auf das Brückengeländer, warf mit einer eleganten Bewegung ihren grünen Hut samt Schleier ins Wasser und segelte ihm nach. Ihr breiter grüner Mantel und Rock

blähten sich auf. Sie glich einer großen Birne, die zu langsam ins Wasser fällt. Als sie an ihrem Hut vorbeifiel, streckte sie die Arme, als wollte sie ihn wieder einfangen. Einige Wellenkreise, die sich langsam auf der glatten Wasseroberfläche ausbreiteten, ließen das Zentrum des Aufschlags vermuten.
Drei Raubvögel, die mein weitsichtiges Auge vorher zwischen den schwarzen Ästen der Schützeninsel gesehen hatte, kamen angeflogen und umkreisten das zerbrökkelnde Spiegelbild der drei Türme des Sankt-Veit-Domes. Der Hut mit Schleier fiel erst später auf das Wasser. Von der leichten Brise und von der Strömung erfaßt, trieb er langsam zur Karlsbrücke hin. Die Raubvögel stürzten sich mit wildem Geschrei auf den Hut und begannen ihn mit scharfen roten Schnäbeln zu zerfetzen.
»Tja, das passiert hier öfters. Interessant, die Selbstmörder wählen nicht die viel schönere Karlsbrücke, sondern die unsere«, sagte Herr Alois.
»Ich zahle.«
»Unsere Stammgäste zahlen immer am Ende des Monats«, seufzte der Kellner.

Einundzwanzigste Geschichte

Ich habe mir damals hoch und heilig versprochen, die Dame in Grün nie zu vergessen. Und ich habe, lieber Freund, dieses Versprechen eingehalten. Immer, wenn ich vor Weihnachten im Café Slavia saß, widmete ich ihr meine Art von Andacht: Ich hob das Kognakglas an die Lippen und ich ließ sie wieder ins eiskalte Wasser stürzen. In manchen Jahren war die Moldau schon vor Weihnachten zugefroren. Da blieb mir eben nichts anderes übrig, als, kurz bevor ihr grün aufgeblähter Körper auf das Eis schlug, schnell die Augen zu schließen.

Zweiundzwanzigste Geschichte

Ich schritt langsam über die Franzensbrücke, die Sie, mein Freund, Brücke des 1. Mai nennen und vielleicht nicht vergessen haben, daß sie einmal auch den Namen von Adolf Hitler trug, in Richtung auf die Smichower Seite. Eine Möwe flog ganz dicht über meinem Kopf. Im Schnabel hielt sie den zerfetzten Rest des grünen Schleiers aus hauchdünner Seide. Am Ende der Brücke bog ich auf die Kampa-Insel ein, wählte jedoch nicht den sandgestreuten Spazierweg, sondern drängte mich durch das dichte Gebüsch, das den Weg vom Ufer trennt, und stolperte am Wasser entlang über Kieselsteine zur Karlsbrücke hin. Nach einigen hundert Metern, dort, wo das Stauwehr oberhalb der Karlsbrücke auf das linke Ufer trifft, ruhten einige Fischerboote, die geteerten Bäuche nach oben. Der süßliche Geruch von Teer, Fisch, Wasser und Fäulnis ermüdete mich. Ich setzte mich auf einen flachen Stein. Hinter meinem Rücken hörte ich Schritte und ein Keuchen. Als ich mich umdrehte, sah ich einen kräftigen jungen Mann, der seine Angelruten hinlegte und ein Boot, ganz neu und mit einem strahlend hellblauen Anstrich versehen, ins Wasser schob.

»Kann ich Ihnen helfen?« fragte ich den Mann.

Er beachtete meine Frage nicht. Er gab sich sogar große Mühe, mich überhaupt nicht wahrzunehmen. Es gelang ihm, das Boot aufs Wasser zu setzen; dann holte er die Angelruten, stieg ins Boot und ruderte mit kräftigen Schlägen auf den ruhigen Strom oberhalb des Stauwehrs hinaus.

Sein junges Gesicht strahlte vor Zuversicht, Hoffnung und Kraft.

Die Dämmerung fiel schnell über den Fluß.

Am gegenüberliegenden Kai sah ich einen alten Mann die Gaslaternen anzünden. Er trug einen langen Stab, mit dem er die Glaskugel der Lampen berührte, und sofort leuchteten diese auf. Dann schritt er langsam, den Zauberstab auf die Schulter gelegt, zum nächsten Laternenmast. Je weiter er sich von der ersten Laterne entfernte, die er gleich gegenüber den Fenstern des Café Slavia angezündet hatte, um so dunkler wurde es. Als er bei der zehnten Lampe angekommen war, sah ich nur noch seinen Schatten und dann die hagere Gestalt im Lichtkegel. Er legte wieder den Zauberstab auf die Schulter und tauchte lautlos in der Finsternis unter. Kurz darauf leuchtete einige Meter stromabwärts eine weitere Lampe auf; die Lichtkugel lag genau in der Höhe der pseudogotischen Reiterstatue des Kaisers Franz und ersetzte seinen gekrönten Kopf. An der letzten Gaslampe beim Königsbad angekommen, blieb hinter dem gebeugten Rücken des Laternenmannes eine Kette von Lichtkegeln zurück.

Im dreizehnten Lichtkegel links vom Café Slavia erkannte ich die Umrisse des Bootes mit dem jungen Mann. Drei- oder viermal riß er blitzschnell die Angel aus dem Wasser, ruderte dann in den vierzehnten Kegel hinein und wiederholte mehrmals in immer schnellerer Folge die Bewegung mit der Angelrute. Als er sie hob, um das Bleigewicht mit dem Haken ins Wasser zu schleudern, schien es mir, als ob er ein Wesen, das sich dicht unter der Wasseroberfläche duckte, peitschen wollte.

Im achtzehnten Kegel riß er die Angel heraus und schrie in die Dunkelheit: »Ich krieg' schon meinen Fisch, ich krieg' das verdammte Luder!«

Ich sah die Umrisse des Bootes im Strom schaukeln, ich hörte das Knirschen der Ruder, das Klatschen auf dem Wasser, und ich sah auch, daß das Boot immer näher zum schäumenden Stauwehr trieb. Der Fischer saß mit dem Rücken zur Karlsbrücke. Er merkte wohl nicht einmal, daß er bereits von der Strömung erfaßt worden war, mehr Fahrt bekam und immer näher an die Felsblöcke des Stauwehrs getrieben wurde. Drei oder vier Meter vor dem Aufprall riß der Mann die Angelrute hoch, dies alles

geschah im letzten Lichtkegel rechts von Königsbad, stand im Boot auf und schrie: »Jetzt hab' ich dich!«
Gleich darauf krachte das Boot gegen die Steinblöcke, der Mann fiel rückwärts um. Das Boot war zwischen zwei Granitblöcke geraten und drohte zu kentern.
»Holen Sie mich heraus! Nehmen Sie einen Kahn und rudern Sie zu mir!« schrie er.
Der Mann schrie so laut, überlegte ich, daß man ihn ganz bestimmt am gegenüberliegenden Ufer und auf der Karlsbrücke hören mußte. Weshalb wandte er sich an mich? Ich biete ihm, als er das Boot ins Wasser schiebt, Hilfe an, und er bemerkt mich nicht einmal. Soll das der Faden sein, der uns zusammenhält? Wenn das so ist, lasse ich den Faden reißen.
»Hier liegt eine Tote im Wasser!« brüllte der Mann entsetzt.
Es gibt wohl noch mehrere Fäden, die uns verbinden, dachte ich, holte Luft und schrie zurück: »Hat sie ein grünes Kleid an?«
Ein Feuerzeug oder ein Streichholz leuchtete am Stauwehr kurz auf.
»Ich kann es nicht erkennen ... Ja, ich glaube es ist grün.«
»Dann also, gute Nacht«, sagte ich leise und stieg die Böschung, die das Ufer vom Spazierweg auf der Kampa-Insel trennte, hoch.

Dreiundzwanzigste Geschichte

Zu Hause wollte ich mir alles noch einmal in Ruhe überlegen, doch die Regie dieses Tages, der so ein trauriges Ende nahm, wollte es leider anders.
Schon in der Halle wartete Herr Václav auf mich.
»Herr Graf, im Blauen Salon ist eine Dame ...«

»Sie wissen doch, daß ich grundsätzlich niemanden empfange. Werfen Sie sie hinaus!«
»Das habe ich bereits mehrmals versucht, aber sie sagte, daß Sie sie empfangen müssen, weil sie sich mit dem Säugling, den sie auch mitgebracht hat, bei uns einzuquartieren gedenkt.«
»Wie heißt die Dame?«
»Sarah Salzmann.«
Natürlich wäre ich am liebsten fortgelaufen, aber was hätte es genützt? Nach meiner traurigen Erfahrung mit der ertrunkenen Dame in Grün ging mir ein erschreckend grelles Licht auf und warf vor meine Augen den unbarmherzigen Schatten einer meiner zahlreichen Erkenntnisse, die ich leider in meinem weiteren Leben so oft mißachtet habe: Unsere Fluchten sind immer nur zum Scheitern verurteilte Versuche, aus dem Labyrinth der verzwickten und heimtückischen Fallen auszubrechen, die wir uns meistens selbst stellen.
»Ist schon gut, Herr Václav, ich erledige die Angelegenheit«, sagte ich und gab die Flucht auf.
Im Blauen Salon saß Sarah am Teetisch, den in Windeln gewickelten Säugling auf dem Schoß. »Guten Abend«, begrüßte ich sie kühl, als wäre sie mir fremd.
»Guten Abend«, antwortete sie, hob das Kind schützend vor ihre Brust. »Ich wollte Sie nicht stören oder belästigen. Ich warte hier nur auf Nikolaus Graf Belecredos.«
Sarah hat mich nicht erkannt, jubelte ich für einen kurzen Augenblick innerlich auf. Und wie sollte sie mich auch erkennen? Das erste und letzte Mal hatte sie mich in der glitzernden Uniform eines Husarenmajors gesehen, mit einem angeklebten Bart, wie ihn Jakub Graf Mikolajczyk getragen hatte, und jetzt stand ich mit fast nacktem Gesicht vor ihr, die Narben, Kratzer und die mir mit dem Rasiermesser geschnittenen Mensuren nur von einer dünnen Schicht Schminke verdeckt. Ich hätte damals mit der verlockenden Versuchung, mich selbst zu verleugnen, nicht

zu lange und verbissen kämpfen sollen, hätte die Chance, die mir so hoffnungsvoll zugeworfen wurde, nutzen, mich vor Sarah verneigen und mit besorgter Stimme sagen können: »Es tut mir leid, Ihnen mitteilen zu müssen, daß mein älterer Bruder vor einem halben Jahr in Galizien an der Front gefallen ist.« Ich hätte ganz bestimmt die Tränen genossen, die Sarah meinetwegen geopfert hätte, und auch wenn sie meinen Tod nicht beweint hätte, wäre ich zufrieden gewesen, denn damit hätte ich die ganze, für mich äußerst peinliche Angelegenheit als erledigt betrachten können.

Dann aber fiel mein Blick auf den schlafenden Säugling. O Allmächtiger, fuhr ich zusammen, das bin doch ich! Als ich drei oder vier Monate alt war, ließ meine Mama bei einem namhaften Fotografen ein Bild anfertigen, die Aufnahme hing über dem einstigen Schreibtisch meines Vaters, und wann immer ich an ihr vorbeiging, versäumte ich nie, mich zu bewundern. Ich konnte es nicht fassen, der Säugling war tatsächlich meine Frucht!

»Ich bin Nikolaus Graf Belecredos«, gab ich beschämt, schuldbewußt, aber zugleich auch stolz zu.

Sarah legte das Kind sanft und vorsichtig auf das Sofa, stand auf, musterte meine Narben, Scharten und Kratzer und flüsterte: »Das ist doch nicht möglich! Ich müßte den Vater meines Kindes erkennen.«

»Ich bin es aber, Sarah!«

»Sie lügen, mein Herr! Aber auch wenn Sie mit mir keinen Schmäh treiben sollten – dazu ist die Sache nämlich zu ernst –, wie soll ich Ihnen glauben, daß Sie tatsächlich der Vater sind?«

»Ich werde dich küssen, Sarah!«

Und ich küßte sie. Sarah ließ sich neben das Kind auf das Sofa fallen.

»Es war so schwer, dich zu finden. Natürlich habe ich sofort geahnt, daß du aus einer ganz feinen Familie bist. Ein Offizier ... Da habe ich zunächst bei allen Prager

Garnisonen angeklopft, und erst Oberst von Baschitz sagte mir, daß du auf keinen Fall der österreichischen Armee angehörst, so eine Schande würde er nie zulassen, und gab mir den guten Rat, mich in den Prager Adelspalais umzusehen.«

»Und das hast du getan ...«

»Gestern, als ich schon am Ende meiner Kräfte war, kam ich zu den Molwitzens ...«

»Oh, Allmächtiger!« stieß ich aus und mußte mich setzen.

»Gräfin Olga hatte mich empfangen, und als ich ihr den Grund meines Besuches erklärte, war sie überhaupt nicht empört oder verärgert, im Gegenteil ...«

»Und du hast ihr alles erzählt ...?«

»Freilich. Und dann sagte mir die Gräfin, du, nur du, Nikolaus Belecredos, könntest es gewesen sein. Und so bin ich hier.«

Da war sie also, saß neben mir auf dem Sofa, die Hände artig in den Schoß gelegt und schaute sich benommen im Salon um.

»Ich nehme es dir nicht übel, Sarah. Du hast eben so gehandelt, wie es dir richtig erscheint, aber ...«

»Was für ein Aber? Du bist der Vater, das Kind bleibt hier, und damit basta!«

Das Kind, das zwischen uns lag, rührte sich und wimmerte leise.

»Wie heißt er?« fragte ich, da mir nichts anderes einfiel.

»Rudolf, Rudolf Salzmann.«

»Schrecklich«, stöhnte ich.

»Er könnte auch Belecredos heißen«, flüsterte Sarah und sah mich bittend an.

Ich zog meine Taschenuhr heraus, sie zeigte kurz vor zehn.

In diesem Augenblick, dachte ich, könnte die Leiche der Dame in Grün schon auf dem Marmortisch liegen, und der Leichenbeschauer hätte wahrscheinlich festgestellt, daß die

Ertrunkene schwanger war. Der Fischer mit dem blauen Boot hätte bereits ausgesagt. Die drei oder vier Gäste im Café Slavia, die den Auftritt der grünen Dame beobachtet hatten, würden morgen in den Zeitungen ihre Beschreibung lesen und sofort zur Polizei eilen. Herr Alois, der Kellner, würde meinen Namen preisgeben müssen.

»Sarah, ich kann dir nicht helfen, ich sitze nämlich in der Patsche«, sagte ich traurig und dachte damit natürlich nicht so sehr an sie und an das Kind.

»Ich habe auch meine Sorgen«, hauchte Sarah. Sie legte ihre Hand auf das in einer Wolldecke liegende Kind und fuhr fort: »Nikolaus, Liebster! Du mußt mir helfen. Ich kann unseren Sohn nicht behalten, es sieht ziemlich schlimm mit mir aus.«

»Was hast du angestellt, Sarah?«

»Bisher noch nichts, aber damit du es weißt: Ich werde demnächst etwas Großartiges tun! Deswegen habe ich dir deinen Sohn gebracht, ich werde keine Zeit haben, mich um ihn zu kümmern.«

»Was hast du vor, Sarah?«

»Nikolaus, ich kämpfe für die Revolution!« Sarah stand auf und musterte mich verächtlich. »In Rußland ist es schon unter Lenins Führung soweit. Die Flammen von Petrograd und von Moskau greifen jetzt nach Prag über, und wir werden auch hier die Geschichte umkrempeln!«

»Da bin ich aber beruhigt. Wenn es nur um die Geschichte geht, dann wird es nicht so schlimm.«

»Wie meinst du das?«

Ich beugte mich über Rudolf, berührte zuerst mit dem Zeigefinger seine warme Stirn, und dann küßte ich meinen Sohn. Er duftete nach Kamille und nach neuem Leben. Ich sprach zu Sarah mit einer vielleicht zu pathetischen Stimme: »Wir leben hier abseits der Geschichte, Sarah, hier passiert schon seit 1620 nichts Besonderes. Die große Geschichte hat in dieser Stadt aufgehört. Und jetzt willst du hier deine Revolution haben? Mit wem willst du sie machen und gegen wen? Gegen den Kaiser und die Monarchie? Sarah, Sarah, die machen sich selbst kaputt. Laß es sein, das ist eine Stadt und ein Land, in dem es sich auch ohne große Geschichte leben läßt.«

Ich richtete mich auf. Sarahs Mund stand offen, ich mußte sie an einer schwachen Stelle getroffen haben. Um diesen Erfolg, den ich nicht erwartet hatte, noch zu verstärken, hob ich das Kind auf, bettete es in meinen Arm und fuhr fort: »Mir scheint, du hast durch Zufall den richtigen Vater erwischt, mein Sohn! Aber deine Mutter, sieh sie dir nur an! Eine schöne, kluge Frau, aber eine Weltverbesserin. Und weißt du, wofür ich, dein Papa, Ideologen und Weltverbesserer aller Art halte? Für die schlimmsten Verbrecher! Zuerst vernichten sie alles rund um sich herum und dann sich selbst.«

»Du mußt mir helfen, ich muß das Kind loswerden, es hindert mich an meiner revolutionären Arbeit.« Sarah bebte am ganzen Körper.

»Was sagst du da«, schrie ich sie an. »Weißt du überhaupt, was du sagst? Ein neugeborenes Kind, das ist die Revolution! Es verändert alles, wirft unser Leben über den Haufen ...«

Ich brach den Satz ab. Behutsam legte ich das Kind wieder auf das Sofa und hatte dabei das erhabene Gefühl, soeben eine große Wahrheit entdeckt und ausgesprochen zu haben. Ich war von meinen Gefühlen so benommen, daß ich Sarahs Verwandlung nicht beobachten konnte. Sie stand unerwartet vor mir, ihre schönen Gesichtszüge waren durch Zorn und Wut zerstört, und sie zischte mich an: »Nun gut, damit alles klar ist. Wenn du dich nicht um das Kind kümmerst, lege ich deinen Sohn in der Bartholomäusgasse vor dem Tor des Polizeipräsidiums ab und schreibe einen Zettel, daß du der Vater bist! Weißt du, was mich heute unsere Genossen, die für uns bei der Polizei arbeiten, wissen ließen? Oberwachtmeister Kudlatschek ist schon lange Monate hinter einem Wüstling her, der an verschiedenen Prager Ecken Frauen belästigt und verführt.«

Den letzten Satz sprach Sarah nicht mehr so entschlossen und fest aus.

Ich überstand diesen harten Schlag mit Würde.

»Kudlatschek, sagst du?« Ich stotterte bei dem mir bis dahin völlig unbekannten Namen, der allerdings in meinem Leben eine verhängnisvolle Rolle spielen sollte.

»Ja, Kudlatschek, Friedrich Kudlatschek, dieser Schnüffler, der überall seine Nase stecken hat«, erwiderte Sarah.

»Sarah, es wird nicht leicht, dir zu helfen.« Ich erwog jedes Wort, um Zeit zu gewinnen. »Wir müssen einen Ausweg finden, laß mich nachdenken.«

»Mach aber schnell!«

»Zuvor muß ich einige Freunde sprechen, so zum Beispiel Dr. Mosche Finkelstein«, überlegte ich laut.

»Wie kommst du auf Finkelstein?«

Sarahs leicht braune Haut färbte sich grau. Ich habe zwar diesen Farbenwechsel wahrgenommen, da aber auf meine Augen kein Verlaß war, dachte ich eher an eine optische Täuschung.

»Ich kenne ihn seit Jahren. Als Lenin 1912 in Prag war ...«, fuhr ich in meinem Selbstgespräch fort. Sarah unterbrach mich mit einem erschrockenen Aufschrei: »Du warst dabei?«

»Freilich, ich kenne so ziemlich alle. Jakub Graf Mikolajczyk, den Stanislaw, Leszek, die Petite Komtesse.«

»O nein!« stöhnte Sarah. Ihr schön geformtes Kinn fiel auf den gekräuselten Kragen ihres schwarzen Kleides. Draußen begann es zu regnen. Die Tropfen mit Eis und Schnee vermischt trommelten gegen die Fensterscheiben.

»Jetzt verstehe ich alles!« Sarah sah mich mit Bewunderung an. Ich hatte den guten Willen gehabt, sie aus ihrem Irrtum herauszuführen, sie davor zu warnen, meine angeblichen Kontakte zu den Revoluzzern nicht falsch zu verstehen.

Es war jedoch schon zu spät. Sarah ließ mich nicht zu Wort kommen.

»Deine Uniform, deine Maske! Nikolaus, verzeihe mir, ich konnte nicht ahnen, daß du einer von uns bist. Es ist meine Schuld, die ich vor den Genossen bekennen werde. Durch mein unvorsichtiges Handeln aus egoistischen, ja kleinbürgerlichen Gründen, habe ich die konspirativen ... Oh, Nikolaus, was soll ich jetzt tun?«

»Das müssen wir gut überlegen«, antwortete ich düster.

Vierundzwanzigste Geschichte

Ich hatte das Gefühl, in einem dichten Netz zu stecken. Wohin ich mich auch wendete, stieß ich auf unheimliche Überschneidungen, auf Querverbindungen, wie ich sie mir nicht in bösesten Träumen hätte ausdenken können. Zweimal an einem Tag mußte ich erfahren, daß ich Vater bin: Die Dame in Grün sprang in die eiskalte Moldau, damit begann das Unheil, und jetzt sitzt Sarah vor mir und hat mir gleich meinen Sohn mitgebracht. Und wie hatte mir der Name Finkelstein so leichtfertig herausrutschen können! Meinen Sohn konnte ich nicht den Spinnern und Verrückten in der Fleischergasse 14 anvertrauen, als das kleinste Mitglied, wie sie sagten, einer revolutionären Familie. Nein, in keinem Fall! Das konnte ich meinem Erstgeborenen nicht antun. Blieb also die Frage: Wohin mit Rudi und wohin mit Sarah? Im Kopf hörte ich plötzlich mehrere Peitschenhiebe. Als sie lauter wurden, knallten gegen meine kalte Stirn immer wieder die drei Silben: Ku-dla-tschek, Ku-dla-tschek ... Ich sah alles grün. Die Moldau führte plötzlich hellgrünes Wasser, die Franzensbrücke war dunkelgrün, und die Dame, die unter dem zweiten Bogen der Brücke, die so viele Namen zu tragen hatte, schwebte, ähnelte einer großen unreifen Birne. Die eintönige Farbveränderung störte mich nicht. Auf meine Augen war ja kein Verlaß, das wußte ich. Aber dann geschah etwas ganz Besonderes: Die grünen Bilderfetzen, die rasend schnell an mir vorbeihuschten, blieben immer häufiger an den hellgrün erleuchteten Fenstern des Café Slavia hängen. Und schließlich sah ich Herrn Alois, den Kellner, durch die hellgrün schimmernde Schlucht des Cafés schreiten. Er blieb mitten im Lokal stehen und lächelte mich an. Mit einer Handbewegung wischte er das Grün ab, und ich konnte wieder alle Farben sehen, allerdings alle leicht rot verschleiert.

»Sarah, mach dich bereit, wir fahren ins Café Slavia zu Herrn Alois!«

Dieser Satz entschied das Schicksal meines Sohnes Rudolf.

Fünfundzwanzigste Geschichte

Als wir vor dem Café Slavia ankamen, ließ ich Sarah mit dem Kind in der Kutsche zurück und betrat das Lokal. Man räumte dort schon auf, Herr Alois zog sich eben seinen Mantel an. Er sah mich an und mußte gleich vieles erraten haben, denn er fragte mich: »Gibt es ein Problem, Herr Graf.«

Es fiel mir damals auf, daß Herr Alois nie Fragezeichen benutzte. Auch die schwerwiegendsten Fragen trug er stets als unmißverständliche Feststellungen vor.

»Herr Alois, ich brauche Ihre Hilfe!«

Da ich mit dem Rücken zur gläsernen Eingangstür des Cafés stand, konnte ich nicht ahnen, daß Sarah mit dem Kind in den Armen aus der Kutsche ausgestiegen war und daß sie, gegen die Scheibe gelehnt, Herrn Alois und mich beobachtete.

Der Kellner schaute über meine Schulter hinweg, und seine Augen wurden noch trauriger und wässriger als sonst.

»Ich weiß nicht, wie es kommt, aber unsere Stammgäste rutschen ständig von einem Malheur ins andere. Was mich dabei empört, ist die Tatsache, daß ihre Mißgeschicke nie die Modellsituationen und deren festgelegte Grenzen sprengen. Immer ist Eifersucht, Liebe und Geld mit im Spiel. Ab und zu gefälschte Wechsel und solches Zeug. Es wird langsam langweilig, Herr Graf! Ihr Malheur scheint mir anders, hoffnungsvoller, möchte ich sagen. Lassen Sie mich raten! Da ist eine schöne Frau, die Sie kennengelernt haben. Alles verlief erfreulich einfach, ohne große Szenen und Aufregung, jetzt aber sucht Sie die Dame nach langen Monaten auf und bringt gleich ein Kind mit ...«

»Sie ... Sie sind ein Hellseher!«

»Im Prinzip auch eine banale Geschichte, Herr Graf. Eine von vielen, die sich hier im Café Slavia bereits mehrmals wiederholten. Wenn Sie aber mit im Spiel sind«, Herr Alois lächelte mich wehmütig an, »dann kann sie sich zum Wunderlichen hin entfalten, vermute ich. Sie wissen also jetzt nicht, wohin mit der Dame und dem Kind. In Ihrer Not haben Sie sich an den Kellner im Café Slavia erinnert und werden mir jetzt mit der Geste eines Grandseigneurs die Dame samt Kind anbieten. Herr Graf, ich akzeptiere Ihr Angebot!«

»Ich danke Ihnen, Herr Alois!« stotterte ich verlegen.

»Kommen wir aber jetzt zum Problem und seinen, ich möchte sagen, verzwickten Folgen zurück. Setzen wir Männer, die das grandios Poetische im Leben zu schätzen wissen und bereit sind, dafür Zoll zu bezahlen, voraus, daß die Dame einverstanden wäre, ihr Schicksal mit dem meinen zu verbinden ...«

»Sie kennen die Dame nicht!« stieß ich entsetzt aus.

»Ich kann sie mir vorstellen«, lächelte Herr Alois über meine Schulter hinweg. »Schwarzhaarig, große, dunkle Augen, leider in diesem Augenblick voller Verzweiflung ...«

»Sie sind ein Zauberer, Herr Alois!«

»Vielleicht.«
Herr Alois lächelte zum zweiten Mal in so kurzer Zeit, was bei ihm, soweit ich mich erinnere, nie wieder vorgekommen war.
»Jetzt aber Schluß mit der Zauberei, Herr Graf«, sagte er dann ganz ernst und fügte besorgt hinzu: »Eine Frau und ein Kind kosten Geld, viel Geld!«
»Das habe ich, Herr Alois! Ich bin bereit, Sarah und Rudi, so heißt der Junge, das kleine Haus in der Schwedengasse, ganz nahe am Kinskygarten, zu überschreiben und natürlich finanziell ...«
Mit einer großen Geste brachte mich Herr Alois zum Schweigen.
»Ich merke, Herr Graf, daß Sie ein sehr vernünftiger Mensch sind.«
Herr Alois ging zur Tür, machte sie auf und verbeugte sich tief vor Sarah und sagte: »Treten Sie näher, gnädige Frau. Ist es nicht befremdend, zugleich aber auch hoffnungsvoll, daß wir uns in dieser bösen Welt auf diese Weise kennenlernen? Vom ersten Augenblick an liebe ich Sie! Es wird für mich eine große Ehre sein, Ihr Lebensgefährte zu werden. Ich will Ihrem Kind ein guter Vater sein, und was Sie betrifft, gnädige Frau, werden Sie bei mir alles finden, was im Leben zu suchen ist: Geborgenheit und Freiheit!«
Sarah preßte das Kind enger an die Brust. Sie schaute mich an; aus ihren großen Augen voller Schatten meinte ich damals eine Frage herausgelesen zu haben. Ich habe sie aber, lieber Freund, wieder vergessen.
Ich zuckte mit den Achseln, lächelte Sarah, wie ich meinte resignierend und bitter, an und fühlte, wie meine zarte Haut links und rechts der Unterlippe zersprang.

Die Straßen und Gassen waren leergefegt, mein klatschnasser Mantel lag schwer auf meinen fröstelnden Schultern. Vielleicht habe ich das Frösteln, die Nässe und die feuchtkalten Windböen, die mich umzuwerfen drohten, als eine Strafe des Allmächtigen für mein zweimaliges Versagen und für die Niederträchtigkeiten des vergangenen Tages resignierend hingenommen. Eine Dame in Grün, die meine Frucht unter ihrem Herzen getragen haben könnte, ließ ich ins eiskalte Wasser der Moldau fallen, eine andere, ohne Zweifel die Mutter meines Erstgeborenen, habe ich samt Kind an den Kellner des Cafés Slavia verschachert. Ich habe gesündigt, ich habe mein Gewissen mit einem Verbrechen belastet, ich habe zwei mich liebende Frauen verstoßen.

Den Kutscher schickte ich nach Hause.

Ich sprach mir das Recht ab, in die Wärme und Geborgenheit meiner sonst so gemütlichen Salons, Zimmer und Kabinette zurückzukehren und ließ mich von Wind und Regen, der sich allmählich in einen Schneeschauer verwandelte, über die Franzensbrücke auf die Smichower Seite treiben. Auf den Abhängen des Laurenziberges lag schon eine dünne Schicht feuchten Schnees. Die Wege, die zum Gipfel führten, waren nicht mehr zu erkennen. Ich stieg den Berg Richtung Aussichtsturm hoch. Oft blieb ich stehen, um Luft zu holen und meine Spuren im nassen Schnee anzusehen. Zuerst waren es fünf, in der Mitte des Berges drei und kurz vor dem Gipfel nur eine einzige. Das Schneetreiben war dicht geworden, der Wind kräftiger.

Oben am Laurenziberg angekommen, sah ich im Osten einen silbernen Streifen aufglühen, der das Weiß der Erde von der grauen Finsternis des Himmels trennte. Es hörte auf zu schneien. Aus dem farblosen Moldaubecken begannen Mauerstümpfe zu wachsen. Erst später erkannte ich die Umrisse der zahlreichen Türme. Mir kam es vor, als

wäre ein jeder aus der weißen Finsternis an falscher Stelle gewachsen. Eine leichte Brise, die aus dem Westen kam, verdrängte den nächtlichen Schleier über der Stadt ostwärts. Ich konnte die Moldau sehen; der Fluß glich einer schwarzen Trauerschleife, mitten in die Stadt gelegt und mit silbernen Brückenspangen ans linke und rechte Ufer geheftet.
Mit dem Mittagsläuten kam ich in einem erbärmlichen Zustand in mein Palais zurück, jedoch fest entschlossen, mich in eine der zahlreichen Unterschlüpfe, die meine Vorfahren in Prag als geheimgehaltene Rettungsinseln zusammengekauft hatten, zu verkriechen. Ich wählte eine nette, nicht große, mit dem Geschmack meines Vaters eingerichtete Wohnung in der Porschitzerstraße. Ja, hier wollte ich mich verschanzen, nachdenken und vielleicht auch einen hoffnungsvollen Fluchtweg in die Zukunft finden.

Siebenundzwanzigste Geschichte

Ich ging in meinen Überlegungen so weit, daß ich an einen endgültigen Bruch mit meinem bisherigen Leben dachte, in der Porschitzerstraße einen unauffälligen, aber wohlklingenden bürgerlichen Namen annehmen und als neugeborener, durch eine freiwillige Inkarnation verwandelter, seinem ursprünglichen Schicksal entlaufener Mensch einen neuen Anfang machen wollte. Natürlich überlegte ich als erstes, welche Maske ich für meine, mir zum Teil aufgezwungene, zum Teil selbstgewählte Verwandlung anlegen sollte. Ich sah mich in der kleinen Wohnung um, fand zunächst nichts, womit ich meine Gesichtszüge hätte verändern können. Als ich jedoch am Abend die Schränke zu durchstöbern begann, entdeckte ich eine wahre Schatztruhe! Köstlich altmodische Perücken, Schminke, gepflegte

Bärte und eine Anzahl phantastischer Gewänder. Das alles stammte ohne Zweifel von meinem Vater, zum Teil sicher auch noch vom Großvater. Mir war es unheimlich zumute, als ich eine Menge von Utensilien fand, die mir bewiesen, daß die Kunst des Maskierens und der Verkleidung schon meine Vorfahren hervorragend beherrscht hatten und daß ich, im Vergleich zu ihnen, bisher nur ein kläglicher Amateur gewesen war.

Mit Bedacht und Geduld, ich hatte ja viel Zeit, begann ich die Maske eines leichtsinnigen Dichters anzulegen. Der passende Mantel, der Hut, der Spazierstock und alles, was das Bild eines eitlen Poeten und geistig zersplitterten Romantikers ergänzen sollte, lag im Schrank bereit. Ich arbeitete an dieser Maske einige Wochen, ja vielleicht zwei Monate lang. Als ich endlich die von mir angestrebte Perfektion erreicht hatte, trat ich ausgeglichen und zufrieden aus der Haustür auf die Porschitzerstraße hinaus und war ziemlich überrascht: Die Zeit spielte mir nämlich einen netten Streich: Es war Frühling geworden. Der Tag war zwar ein wenig vernebelt, die Straße jedoch voll mit dem würzigen Duft von frischem Grün. Die Pfützen auf dem Gehsteig glänzten wie polierte Tabletts; die Sonne durchstieß die Nebelschwaden und leuchtete wie eine silberne Krone über den grauen Dächern auf.

Dann sah mein weitsichtiges Auge sie aus dem Osten über die Pfützen springen. Unter dem Arm trug sie eine große Mappe, und ihr dunkelblauer Mantel schien ein Bestandteil der frischen Morgenluft unter dem Himmel zu sein.

Plötzlich befand ich mich inmitten einer Wolke, die nach Lavendel duftete.

»Sie habe ich schon einmal gesehen«, schwatzte ich sie unbeholfen an. Ich schämte mich jedoch sofort dafür, in meiner weltmännischen Aufmachung mit diesem banalen Satz eine atmosphärische Störung erzeugt zu haben.

»Fällt Ihnen tatsächlich nichts Besseres ein?« fragte sie mich, und ihr Schatten berührte mein Gesicht.

»Ich habe Sie im Traum gesehen ...«
»Blödsinn!«
Halt lieber dein Maul, Niki, schrie ich mich im Innern an.
Aber dann geschah es: Das Bild des Mädchens, das ich tatsächlich schon im Unterbewußtsein getragen haben mußte, klärte sich auf: Ich sah die verträumte Schönheit von Preislers Bild vor mir! Sie war es, ohne Zweifel! Wie oft habe ich sie im Schaufenster einer Galerie in der Ferdinandstraße bewundert und der Stummen hinter Glas ein Abenteuer mit mir anbieten wollen. Jeden Tag pilgerte ich in die Ferdinandstraße, um das Mädchen zu sehen, jedesmal fühlte ich mich jedoch von dem handgekritzelten Zettel am Bildrahmen gekränkt, ja beleidigt: Verkauft ...
»Ich habe Sie tatsächlich gesehen, ein Bild von Preislers ...«, sagte ich leise, senkte meinen Kopf und sah, wie sich mein verzerrtes Bild in einer blauen Pfütze spiegelte.
»Wenn es so ist, dann lügen Sie nicht«, sagte sie, hob die Mappe vor die Brust und fragte mich: »Sie wohnen hier?«
»Ja, ich bin in die Porschitzerstraße umgezogen«, gab ich kleinlaut zu.
Sie schaute über meine linke Schulter hinweg. Ich fühlte die Last der Sonne in meinem geschminkten Gesicht.
»Ich heiße Kudlatschek, Anna Kudlatschek«, sagte sie und lächelte mich an.
Kalter Schweiß drang unter der Schminke aus meinen Poren.
»Den Namen habe ich schon gehört«, verschluckte ich mich.
»In Prag gibt es viele Kudlatscheks«, erwiderte sie.
Mit der rosaroten Spitze fuhr Anna über ihre vollen Lippen. Dann musterte sie mich eine Weile und stellte mit einer Sachlichkeit, die mich eigentlich hätte warnen sollen, fest: »Sie haben vergessen, mir Ihren Namen zu sagen.«

»Ich bin ein Dichter«, antwortete ich vielleicht zu laut und zu aufgeblasen, um die Lüge zu verdecken.
»Wieder ein Künstler!« seufzte Anna, und ich war in diesem Augenblick nicht fähig zu unterscheiden, ob ihr Seufzer ehrlich oder nur gespielt war. »Mir laufen nämlich nur Jambefritzen, Pinsler und Stimmbandhengste über den Weg. Verschonen Sie mich bitte und ziehen Sie jetzt nicht etwas von Ihnen Gekritzeltes aus der Tasche! Bitte, keine aufgeblasenen Verse! Bieten Sie mir auch nicht eine Zuflucht in Ihrer armseligen Behausung an, und versprechen Sie mir nicht bei allem, was Ihnen heilig und vornehm vorkommt, mich dort mit ihren sauber abgeschriebenen Gefühlen füttern zu wollen. Hab' ich aber Pech im Leben! Wieder einmal einer von diesen genialen, bisher verkannten Künstlern!«
Zuerst hatte ich geglaubt, daß Anna sich über mich lustig machte, aber ihr letzter Satz überzeugte mich; ich konnte aus ihren Worten nicht die leiseste Ironie heraushören.
»Ich schreibe keine Gedichte, ich schreibe überhaupt nichts. Ich dichte nur mein Dasein zusammen«, gab ich kleinlaut zu.
Es schien mir, als hätte ich die richtigen Worte gefunden, Anna hörte mir mit gespanntem Ausdruck zu.
»Haben Sie schon ein Wunder erlebt, Anna? Ich meine ein Wunder, das uns leise und unerwartet begegnet?«
Ich kam mir jetzt wie eine große Spinne vor, die ihr Opfer umgarnt. Annas Augen waren erstarrt, sie war oder wirkte wie gelähmt.
»Verstehen Sie etwas von Radiofonie? Überall um uns flitzen elektrische Wellen durch die Luft. Man hört sie nicht, nur ein ziemlich kompliziertes Gerät kann sie empfangen, entziffern und in Worte umsetzen. Ich aber bin der Sonderling, Anna, der alles hört, auch das Unhörbare. So hörte ich Sie kommen ... nein, ich hörte eigentlich nichts, ich empfing nur Ihre Wellen, lange bevor Sie in mein Blickfeld hüpften. Das ist meine Art von Dichtung.«

Anna sah mich ein wenig benommen an.
»Daß wir uns heute begegnen, gnädiges Fräulein, war kein Zufall. Es gibt ihn im Prinzip nicht. Die Ketten unseres Schicksals sind bereits geschmiedet und wir tasten uns von einem Kettenglied zum nächsten voran.«
Ich hievte mich in Tonfall und Ausdruck hoch und war zufrieden mit mir.
»Das ist doch alles abgedroschener Quatsch«, sagte Anna ziemlich unsicher.
»Kommen Sie!« befahl ich, packte sie am Arm und zog sie zum Hauseingang. Anna ließ sich stillschweigend abführen, ihre Mappe an die Brust gepreßt.
Erst als ich die Tür öffnete, fragte sie mich: »Wohin gehen wir?«
Ich holte Atem, nahm die Stimme eines nach Liebe ausgehungerten Romantikers an und sagte: »In meine Schatzkammer. Ich beschenke Sie mit meiner Zukunft.« Anna schwieg.
Erst nach einer Weile sah sie mich ganz hart an und sagte: »Sie begehen einen großen Fehler!«

Achtundzwanzigste Geschichte

Zu dieser Stunde, wie ich später erfahren habe, geschah in Prag viel Böses: In der »Goldenen Gans« am Wenzelsplatz trug die Kellnerin vier Bierkrüge zum Tisch am großen Fenster mit der Aussicht auf den belebten Platz. Auf einmal blieb sie stehen, schrie fürchterlich auf und ließ die Krüge fallen. Als der Oberkellner hinzueilte, um die unglückliche Frau zu schelten, sah auch er die Mittagshexe. Sie hatte die Rübe ans Fenster gepreßt, grinste frech, öffnete lautlos ihre schwarze Gosche und hob mit der rechten Pfote ihren dreckigen Sack. Am jüdischen Friedhof erschoß sich ein Kavallerist, und als die Polizei ihn gegen

zwei Uhr nachmittags fand, saß ein schwarzer Rabe auf seiner Stirn und hackte die blauen Augen aus.
Zu diesem Zeitpunkt habe ich, töricht und glücklich zugleich, meinen Sohn Thomas den Pfeifer gezeugt.

Neunundzwanzigste Geschichte

Mein Unglück stampfte bereits die Treppe zu meinem Zufluchtsort herauf. Erst als ich ein Klopfen an der Tür hörte, es war nicht das mit Herrn Václav vereinbarte Signal, erschrak ich, weil mir einfiel, daß ich vergessen hatte, die Wohnungstür abzuschließen. Dann polterte mein Schicksal ins Vorzimmer, riß die Tür zum Schlafgemach auf und brüllte mich an: »Hab' ich dich endlich erwischt!« Es stürzte zum Bett hin. Nun konnte ich es erkennen: Es trug die Uniform eines Oberwachtmeisters.
»Anna, raus aus dem Bett, es reicht! Jetzt ist uns der Vogel in die Falle geraten!« grinste mich der Polizist offensichtlich zufrieden an.
Anna wickelte sich geschickt das Leintuch um den nackten Körper und stieg mit Würde und Gelassenheit, einer Venus ähnlich, aus dem Bett.
»Wie heißt du Lump?« fragte mich der Polizist in fast gutmütigem Ton.
»Nikolaus Graf Belecredos.«
Da der Blaurock in der richtigen Entfernung für mein kurzsichtiges Auge stand, konnte ich sehen, wie er zweimal leer schluckte, das Kinn fiel ihm auf den steifen Unterkragen. Seine Augäpfel drohten herauszurollen, die Zunge wäre ihm aus dem weit aufgerissenen Mund herausgeglitten, hätte sie die Unterlippe, die trocken und rauh gewesen sein mußte, nicht gebremst.
»Durchlaucht, entschuldigen Sie! Ein schrecklicher Irrtum ...«, lallte er.

Ich war zu sehr mit Kudlatschek beschäftigt, um Annas weitere Verwandlung wahrzunehmen und bekam deshalb nur ihr Ergebnis zu hören.
»Vater, was redest du für ein Schmarrn zusammen! Mag sein, daß du im falschen Laden bist, ich aber nicht. Ich habe ihn mir geschnappt, und damit Sense!«
Der harte Schlag saß. Es ist zwar nicht möglich, im Liegen zu taumeln, ich taumelte trotzdem und mit mir das Bett, die Wände, das ganze Haus, ja vielleicht die gesamte Stadt. Fließender Sand, seit Jahrtausenden von der Moldau ins Becken zwischen dem Laurenziberg und dem Žižka-Berg angeschwemmt, setzte sich in Bewegung. Und dann passierte etwas, womit ich nicht gerechnet hatte. Oberwachtmeister Kudlatschek holte Luft und schrie seine Tochter, die, in ihr Leintuch gewickelt, lässig am Schrank lehnte, laut, fast brutal, jedoch mit väterlich besorgtem Unterton an: »Marsch zurück ins Bett, Anna!«
Ich sage Ihnen, lieber Freund, in dieser Stadt geschehen Wunder! Der Inhalt des Aufschreis war mir damals nicht so wichtig, seine, ja ich kann es behaupten, unheimliche Wirkung, bekam ich jedoch sofort zu spüren: Der Sand beruhigte sich, ich hörte zwar noch immer das leise Knirschen der Grundmauern, ich wußte jedoch zugleich, daß sich die unheimlichen Naturkräfte dem Befehl des Oberwachtmeisters beugten. Drei graue Tauben, die entsetzt vor dem Fenster hin und her flatterten, setzten sich auf das gegenüberliegende Dach nieder und steckten ihre Köpfe unter die Flügel.
»Endlich kommen wir auch so einer Lösung näher«, feixte Anna ihren Vater an, schritt einer römischen Göttin gleich zum Bett und legte sich neben mich.
»Kinder, Kinder«, überschlug sich die Stimme des Oberwachtmeisters. »Was für ein Glück, was für ein Glück!«
»Verschwinde«, fauchte ihn Anna an.
»Natürlich, ich verschwinde, ich werde ganz winzig, nur ein Tupferl!«

Es war kaum zu fassen, es war wunderlich! Der Polizist löste sich in meinem Blickfeld auf, er wurde immer kleiner, und kurz bevor er verdunstete, hörte ich noch sein liebevolles Gurgeln: »Keine Sorge, liebster Graf, mein Sohn! Die Sache mit der Sitte bringe ich schon in Ordnung.«

Dreißigste Geschichte

Mein Abgang aus der Wohnung in der Porschitzerstraße sollte mit aller Würde geschehen. Ich gab mir Mühe, sie und Anna nicht fluchtartig zu verlassen, im Gegenteil. Am Anfang sollte es, und darauf legte ich großen Wert, so wirken, als ob ich mich nur für einige Stunden entfernte, um aus dem Palais all das zu holen, was Anna sich wünschte: neue Bettwäsche, Champagner, sowie eine Kammerzofe, ohne die sie jetzt nicht mehr auszukommen meinte. Sie lag im Bett, die Augen geschlossen und träumte laut von unserer gemeinsamen Zukunft.
»Laß die Augen geschlossen«, sagte ich leise und achtete darauf, meine Stimme gerührt vibrieren zu lassen. »Träume weiter, Anna. Ich gehe jetzt, ich entferne mich, ich komme jedoch wieder. Behalte in deiner Erinnerung nur die schönsten Augenblicke. Wir werden sie bis an unser Lebensende nicht vergessen!«
Ohne ein weiteres Wort zu sagen, verließ ich auf Fußspitzen die Wohnung und trat meine Flucht ins Ungewisse an. Die gerade Porschitzerstraße schien mir gekrümmt, die Häuser auf unsicherem Sand gebaut, nordwärts geneigt. Der Himmel war weit aufgerissen und blutete blau.

Einunddreißigste Geschichte

In meinem Palais angekommen, entdeckte ich Risse in den Wänden. Der Blaue Salon war noch blauer als zuvor, der Leuchter hing schief, der Raum war mir zu klein, die Möbel zusammengedrängt. Herr Václav hatte sich schon Sorgen um mich gemacht. Er schlug mir ein warmes Bad vor und viel Schlaf, aber daran war nicht zu denken.

»Herr Václav, diesmal ist es ernst! Ich muß fliehen, die Polizei ist hinter mir her«, sagte ich.

Mein Diener grinste mich an,

»Ich verstehe, Herr Graf. Kein Brei wird jedoch so heiß gegessen, wie er gekocht wurde.«

Nach einer Stunde waren meine Koffer gepackt und in der Kutsche verstaut.

»Falls etwas Wichtiges geschieht, wo kann ich Sie finden?« fragte mich Herr Václav, als ich schon in der Kutsche saß.

»Bei Mosche Finkelstein, in der Fleischergasse«, antwortete ich. »Und noch etwas« – ich zog den Diener näher an mich heran – »falls die Polizei hier auftauchen und behaupten sollte, sie hätte mich mit einer gewissen Anna Kudlatschek in der Porschitzerstraße ertappt, dann müssen Sie beschwören, daß ich die Nacht und den heutigen Tag zu Hause verbracht habe. Und wenn der Oberwachtmeister Kudlatschek ...«

Ich bemerkte zu spät, daß Herr Václav plötzlich steif wurde. Er musterte mich entsetzt und fuhr mit der Zunge über seine Lippen: »Also der Kudlatschek von der Sitte ist hinter Ihnen her, und er hat Sie mit seiner Tochter in der Porschitzerstraße ertappt? Tja, dann ist mir die Sache zu happig, Herr Graf!«

Der Wagen setzte sich in Bewegung. Ich hätte ihn am liebsten umkehren lassen, doch dazu war ich nicht mehr imstande. Ein nasser Strick fiel mir um den Hals und würgte mich. Oh, Allmächtiger, Herr Václav, der treue

Diener, den ich von meinem Vater sozusagen geerbt habe, ist mein hauseigener Denunziant! Wie sonst hätte mich Kudlatschek in der Porschitzerstraße aufschnüffeln können? Keiner außer mir und Herrn Václav wußte, daß ich mich gerade in diesem Unterschlupf versteckte. Natürlich wollte ich mich nicht mehr in die Fleischergasse kutschieren lassen, ich hatte ja noch zahlreiche andere über ganz Prag verstreute Zufluchtsorte von meinen Vorfahren geerbt, die Wohnungsschlüssel hatte jedoch Herr Václav in Gewahrsam und unter Kontrolle. Ich war verloren, ausgeliefert! Mag kommen, was geschehen muß, sagte ich mir, ich lasse mich in die Fleischergasse Nr. 14 zu Mosche Finkelstein fahren, werde ihn um Hilfe und Beistand bitten, vielleicht schaffe ich es, dort eine neue Maske anzulegen, oder ich reiße die alte ab und werde mit nacktem Gesicht in der Stadt meine Fluchtwege ziehen, denn mein wahres, entsetzlich verunstaltetes Antlitz kannte hier noch keiner!

Auf der Karlsbrücke ergab ich mich in mein Schicksal.

Wie sehr habe ich damals die Stadt verachtet!

Diese unzähligen Prager Klugscheißer, die über einem Halbliter Bier ständig neue Gesellschaftsordnungen entwerfen, es jedoch nie verstehen, aus der gegebenen etwas Anständiges zu machen! Sobald ein Spitzel im Gasthaus aufkreuzt, verstummen sie und erdulden zähneknirschend seine Demütigungen. Zwischendurch blicken sie verstohlen zu dem Tisch, wo der für dieses Beisel zuständige Spürhund seinen Hintern drückt und einsam sein Bier schlürft. Ab und zu läßt der Zinker seine müden melancholischen Augen im Raum umhergleiten. Sein gequältes Gesicht weist immer eine sonderbare Art von Wehmut auf, und wenn man in sein Inneres hineinhorchen könnte, würde man, davon bin ich fest überzeugt, ein Jammern vernehmen. Ja, die Prager Spitzel hatten stets eine unheimliche Last und eine ungeheure Verantwortung zu tragen, die ihnen nicht die Obrigkeit und nicht einmal Gott abneh-

men konnte. Mit der Niedertracht und den Sünden der Mitbürger blieb der Spitzel hier stets allein. Er ist dazu verdammt, sein Gewissen nie erleichtern zu können, er schleppt fremde Lasten ständig mit sich. So betrachtet, überlegte ich, sind die Prager Schlucker wahrhaftig unglückliche Menschen. Ein Spitzel funktioniert hier als Staatsanwalt, Richter und Strafvollzieher in einer Person, er ist die allererste Instanz, die zu beurteilen hat, was an die Obrigkeit weitergeleitet werden kann und was für immer ein Geheimnis zwischen ihm, dem Denunzianten, und dem allwissenden Gott zu bleiben hat. Gottes Fehlurteile, ja seine ungerechten Strafen werden von den Betroffenen mit Demut hingenommen, der Spitzel dagegen wird verdammt, obwohl er, nach menschlichem Maß gemessen, für all das Unheil weniger Verantwortung als der Allwissende trägt.
Meine Gedanken verdüsterten sich: Darüber hinaus übernimmt hier der Zuträger die Rolle eines Vermittlers. Er mildert ab und zu den harten Zugriff der Staatsmacht, die aus der Scheuklappenperspektive ihrer Gesetzgebung jeden von Minderwertigkeitskomplexen besessenen Dummkopf, Angeber oder Weltverbesserer als ihren Erzfeind verurteilen und einsperren möchte. In der grauen Zone zwischen den Bosheiten des Menschen und der schiefen Gerechtigkeit des Staates wird der arme Schlucker aufgerieben. Zu verabscheuen sind jedoch diejenigen Spitzel, die ihren Beruf mit Begeisterung und unter dem Vorwand, dem Recht zu dienen, ausüben. Niemand ist dann vor ihnen sicher, nicht der geschwätzige Bürger, nicht der rechthaberische Staat. Ein ehrlicher Spitzel – bei diesen Worten fuhr ich erschrocken zusammen, faßte jedoch Mut und fuhr in meinen Überlegungen weiter – ist ein Mensch, der resigniert hat, der geduldig und gelassen seinem miesen Schicksal ergeben ist, der den Haß seiner Mitbürger erträgt und beim Jüngsten Gericht vor seinen allerhöchsten Herrn aufrechten Hauptes treten kann: Ich habe, Allmächtiger

und Allwissender, das blasphemische Wagnis auf mich genommen, meine Mitmenschen mit deinen allsehenden Augen zu betrachten. Ich habe ihnen auch die Sünden abgenommen, von denen du, Herr, zu wenig verstehst oder die in keines deiner Sündenregister aufgenommen sind.

Die Herrscher berufen sich stets darauf, von deiner Gnade begünstigt, den Thron oder den Gipfel der Macht bestiegen zu haben – fuhr ich in meinem Selbstgespräch mit dem Allmächtigen fort –, andere wieder sprechen von der Gunst der Geschichte. Aber, Herr, wenn dein Wille geschehen muß, wozu hast du Denunzianten geschaffen, und wenn du sie schon geschaffen hast, dann vernichte sie, Allmächtiger, mit einem Schlag! Oh, Allmächtiger und Allwissender – stöhnte ich, als die Kutsche an der Statue des heiligen Nepomuks vorbeifuhr –, warum hast du es versäumt, zwischen Jan Nepomuk und seinen König einen erfahrenen Zuträger zu stellen? Von dieser Sorte gab es und gibt es in Prag immer welche. Ein lebenserfahrener Denunziant hätte bestimmt des König Wenzels Neugier befriedigt, ihm ab und zu einige Beichtgeheimnisse von Jan Nepomuk zugeflüstert. Da aber zwischen dem König und dem Beichtvater seiner Gemahlin kein anständiger Schnüffler vermitteln konnte, kam es zur Katastrophe, und die beiden, der König und Jan Nepomuk, machten sich gegenseitig kaputt. Der gute Christ Wenzel IV. ließ den ergebenen Diener des Herrn, Jan Nepomuk, foltern und ihn schließlich von dieser Stelle in die Moldau stürzen. Diese Geschichte, die so schwer auf Prag lastet, ist ein Schandfleck, den deine Kirche, Herr, dadurch zu vertuschen suchte, daß sie den, meiner Meinung nach, überflüssigen Märtyrer heilig sprach und den König, diesen Schwächling, Versager und Sünder, nicht zu verdammen wagte. Eine ziemlich peinliche Angelegenheit, die ein erfahrener Prager Spitzel viel klüger als die allerheiligste weltliche Instanz hätte bereinigen können!

Oh, Allmächtiger, ich habe gesündigt, ich habe Herrn Václav stellvertretend in deinem Namen verdammen wollen, aber ich sollte dem alten Diener eigentlich dankbar sein. Früher oder später wäre mein Versteck aufgeflogen, und nur du, Allwissender, weißt, in welche unkontrollierbare Turbulenzen ich hineingeraten wäre, wenn mein hauseigener Spitzel nicht im rechten Augenblick meiner Torheit ein grausames, aber klares Ende gesetzt hätte!

Zweiunddreißigste Geschichte

Vor dem Haus in der Fleischergasse Nr. 14 angekommen, stieg ich aus und klingelte an der Wohnungstür dreimal lang und dreimal kurz. Mosche öffnete mir, und ich betrat, ohne ein Wort zu sagen, das dunkle Vorzimmer. Aus dem großen Wohnraum hörte ich aufgeregte Stimmen, ein hysterisches Auflachen; ein Stuhl wurde umgeworfen.

»Es geht wieder einmal darum, ob Lenins Thesen über den kollektiven Terror zu akzeptieren sind«, flüsterte Mosche Finkelstein.

Das große Wohnzimmer war vollgestopft mit Revolutionären aus ganz Europa. Manche kannte ich, andere nicht. Die Nebelgrenze, die bisher ziemlich klar meine weitsichtigen Ausblicke von der scharf gezeichneten kurzsichtigen Perspektive trennte, umhüllte meinen Kopf. Das aufgeregte Geschrei, die polternden Ausbrüche von Haß und Leidenschaft nahm ich nur als einen unregelmäßigen Wellenschlag wahr, der sanft gegen meine Beine plätscherte. Von Müdigkeit erfaßt, die mich in einen Stuhl drückte, schlief ich ein. Als ich erwachte, sah ich meine zwei Koffer neben dem Stuhl. Ich stand auf, ergriff sie, denn es kam mir wichtig vor, den Verschwörern zu signalisieren: Ich bin nur ein Durchreisender, der für eine Nacht Ruhe sucht, keinesfalls ein gehetzter Flüchtling, auf Almosen oder

Mitleid angewiesen. Meine Geste war überflüssig, keiner der Anwesenden registrierte mich, nicht einmal die Mischkina, die in der Ecke an der Wand lehnte und laut und nervös lachte: »Gagaga! Wer quatscht gier über revolutionäres Proletariat? Wo gibt es denn noch sowas?«
Jakub Graf Mikolajczyk saß in seinem Stuhl, im Schoß die Pistole, die er anscheinend wieder geputzt hatte. Ganz langsam glitt ein Lächeln über sein abgemagertes Gesicht.
Dr. Mosche Finkelstein war nicht mehr der alte. Sein Gesicht war runzlig und eingefallen, ja sogar der Buckel war spitz geworden, der jetzt so aussah, als schleppe Mosche Finkelstein unter dem verschwitzten Hemd einen eckigen Stein. Seine Stimme klang heiser und verschleiert.
»Setz dich gin, Nikolaus!« befahl mir die Mischkina, und ich begriff, daß meine einstige Erzieherin hier das Kommando übernommen hatte.
Ich wollte mich setzen, mein Stuhl war jedoch nicht mehr frei. So blieb ich, die Hände in den Hosentaschen, die Koffer neben meinen Beinen, in der Mitte des Raumes stehen.
Die Mischkina erhob ihre Stimme: »Genossen, an der Schwelle der Revolution angelangt, ist es unsere Pflicht ...«
»Das haben wir schon mehrmals gehört«, knurrte Jakub und steckte die Pistole in den Gürtel. »An der Schwelle der Revolution herumzustehen, ja, das haben wir bereits gelernt.«
»Also dir wird das Herumstehen zu langweilig, Jakub? Sechs Jahre hockst du in Prag herum, putzt deinen Revolver und erzählst uns deine Heldengeschichten. Hast du begriffen, daß ich dich satt habe?« Milena sprach mit einer wohl absichtlich gelangweilten Stimme, denn plötzlich überraschte sie alle mit einem Aufschrei: »Scher' dich endlich zum Teufel, Jakub!«
Graf Jakub zündete sich eine Zigarette an, stand auf, schob

Milena sanft beiseite, lehnte sich gegen einen Schrank, schloß die Augen und runzelte seine edel gewölbte Stirn. Erst nach einer Weile sagte er leise: »Ich habe schließlich bei Warschau einen zaristischen General erschossen. Das solltest du nicht vergessen, Milena!«
»Lenin lehrt uns, daß der individuelle Terror der Revolution nur schadet«, erwiderte mein einstiger Schmetterling.
»Dieser Klugscheißer, Verräter!« knurrte Graf Jakub. »Zur Revolution läßt er sich im Salonwagen des deutschen Kaisers fahren!«
Ich wagte meinen Kopf ein wenig zu wenden, so daß ich Jakub ins Gesicht sehen konnte. Mit Genugtuung stellte ich fest, wie sehr er sich verändert hatte. Auf den ersten Blick fielen mir seine Veränderungen nicht auf, aber jetzt sah ich sie genau: Die Stirn war schneeweiß und mit Schweiß bedeckt. Als er die ringgeschmückte Hand mit der Zigarette zu den Lippen hob, zitterte sie.
Dr. Mosche Finkelstein ging zu Mikolajczyk. Sein eckiger Buckel schien das Hemd sprengen zu wollen.
»Jakub, ich bitte dich, eines mußt du bedenken: Lenin hat die Prinzipien der revolutionären Strategie und Taktik formuliert und sie in Rußland mit Erfolg angewendet!«
»Und was tut er jetzt in Petrograd?« fragte Jakub. »Zuerst ließ er die Anarchisten abschlachten, und jetzt macht er mit den Imperialisten Frieden. Was muß er denn noch alles tun, damit wir begreifen, daß er ein Opportunist und Verräter ist?«
Ich schwitzte. Der Ausbruch auf meiner Stirn unterspülte die erste Schminkschicht und riß zwei tiefe Furchen auf.
»Wirf ihn hinaus, Mosche!« zischte eine Stimme.
»Laßt uns abstimmen!« sagte Milena entschlossen. »Ich schlage eine Resolution vor: Wegen seines kleinbürgerlichen Radikalismus und wegen mangelnder revolutionärer Disziplin ist Genosse Jakub Graf Mikolajczyk zu liquidieren.«

Jakub lehnte noch fester gegen den Schrank. Er kicherte leise, aber man sah ihm an, daß ihn das Lächeln viel Mühe kostete.
»Lenin wird nicht mehr lange das Maul aufreißen können, weil ich ihn nämlich umbringen werde! Jetzt warte ich nur, bis die Petite Komtesse aus Finnland zurück ist, dann breche ich nach Rußland auf.«
Noch nie habe ich eine so erschöpfte Stimme gehört. Jakub Graf Mikolajczyk war am Ende, das war mir in diesem Augenblick klar. Seine Fluchtwege waren verschanzt. Er hatte es bereits begriffen.
Ich versuchte die Koffer zu heben. Sie waren plötzlich so schwer geworden, ich schaffte es dennoch, sie vom Teppich loszureißen und einen Schritt zur Tür zu machen.
»Keiner verläßt den Raum!« schrie mich die Mischkina an. Ich roch ihren Schweiß. Aus dem Körper meiner einstigen Erzieherin hörte ich genauso wie vor Jahren auf dem Kreuzherrenplatz, als mir die Sonne grausam in die Augen stach, ein Murmeln, ein Dröhnen und ein Brodeln steigen, diesmal jedoch mit Orgelmusik vermischt. Aus der Nebelzone, die meinen Kopf umhüllte, löste sich allmählich ein Bild: Aus dem weit offenen Tor der Kirche, die dem heiligen Franziskus und den Seraphimen, den ranghöchsten Engeln, geweiht worden war, trat ein schwarzer Mönch auf den sonnenüberfluteten Kreuzherrenplatz hinaus. Engel stellte ich mir stets in Weiß vor, dieser war jedoch ganz schwarz und finster. Er lobte mit lauter Stimme den Herrn, gleich darauf, fast ohne Übergang, nutzte er, der schwarze Seraphim, seine Macht und rief die blitzartigen Geister zusammen, die verpflichtet waren, ihm zu dienen, und befahl ihnen, mit tausend Fäusten aus heißen Sonnenstrahlen auf meine Augen, die das sahen, was nicht gesehen werden durfte, einzuschlagen.
»Genossen, wer bringt Jakub um?« hörte ich noch Mischkinas Stimme.
»Jeden Abend beschließen wir, jemanden zu liquidieren.

Ja, so ist es, die Revolution verwirklicht sich in Beschlüssen. Nur das Vögeln funktioniert. Da haben wir keine Resolutionen nötig«, sagte, glaube ich, Stanislaw, der Bulgare.
»Es ist zum Kotzen«, gähnte Leszek, ein kräftiger schwarzer Mann, erhob sich und streckte seine Glieder.
»Nein, nein« – Finkelstein fuchtelte mit seinen rotbehaarten Pranken – »die Lage ist eben anders. Wir müssen die Petite Komtesse abwarten, sie soll heute nacht die neuesten Nachrichten aus Finnland bringen. Also Ruhe bewahren, Genossen, und noch ein wenig warten!«
»Das tun wir bereits seit zwei Jahren. Ich habe allmählich die Schnauze voll!« sagte Stanislaw düster.
»Mich kotzt es an«, wiederholte Leszek. Jetzt sollen wir die Komtesse abwarten. Und wenn sie gekommen ist, sollen wir wieder strammstehen und uns Lenins Anweisungen anhören? Und was wird aus unseren Resolutionen? Genossen, es liegen bereits sieben Beschlüsse gegen Jakub Graf Mikolajczyk vor! Also ...«
»Halt's Maul«, sagte Jakub leise, löste sich vom Schrank und griff nach seiner Pistole.
Jakubs Geste schien niemanden beeindruckt zu haben. Im Gegenteil, sie reizte Leszek, den Polen, nur zu einem ironischen Ausbruch, der, meine ich, gar nicht böse gemeint war.
»Wie ihr seht, Genossen, ist es uns nicht gelungen, unseren Helden und Bock von seinem kleinbürgerlichen Anarchismus abzubringen. Acht Jahre putzt er seine Pistole für den Zarenschuß, und jetzt haben ihm die Bolschewiki Nikolaus weggeschnappt. An den kommt unser Held Jakub nicht mehr ran, und so fuchtelt er uns mit seiner Pistole vor der Nase herum. Jeden Abend dasselbe.«
»Ich bring dich um, Leszek«, zischte Jakub auf Polnisch und richtete den Lauf seiner Pistole gegen die Brust seines stämmigen Landsmannes.
Erst viel später versuchte ich die folgenden Ereignisse in

Finkelsteins Wohnung zu ordnen. Lieber Freund, Sie müssen mir also verzeihen, wenn ich mich irre. Aber Sie waren nicht dabei, keiner von denen, die damals dabei waren, lebt heute noch. Ich bin der allerletzte Zeuge; auch wenn ich mich tatsächlich irren sollte oder absichtlich lüge, ist es die Wahrheit.

Zuerst sah ich Milena an Jakubs Seite. Dann zitterte Jakubs Hand, und mir schien, als wollte er den Lauf gegen mich richten. Verdrücken konnte ich mich nicht. Leszek starrte Jakub an, aber dann sah ich auch Stanislaw. Sehr langsam zog er seinen riesigen Trommelrevolver, und ich stellte mit Entsetzen fest, daß ich genau in der Schußlinie stand und mich nicht rühren konnte, weil die anderen Genossen zu Boden gegangen waren und zwei sich an meinen Beinen festklammerten.

»Sag' doch unserem Grafen, daß es mich langweilt, drei- oder viermal am Tag seine geputzte Pistole von vorne zu sehen«, hörte ich Stanislaws Stimme.

»Ich sag's ihm«, grinste Leszek. »Oder glaubst du, Stanislaw, daß es besser wäre, unserem Helden eine Ohrfeige herunterzuhauen? Gestern hat es geholfen.«

»Der Graf ist kein Hampelmann zum Ohrfeigen, Leszek! Er hat doch den General bei Warschau erschossen. Aber nun laß dir erklären, Leszek, wieso der erschossene General noch immer munter in einem österreichischen Gefangenenlager herumläuft!«

»Machen wir also Schluß mit dem Spaß«, fletschte Graf Jakub die Zähne. Gleich darauf zuckte der Lauf seiner Pistole und spuckte Feuer aus. Erst dann hörte ich den Schuß.

Ja, es schien mir, als hätte ich das Sausen der Kugel gehört, die an meiner Stirn vorbeiflitzte. Jetzt und auch früher hätte ich schwören können, daß ich den Aufschlag der Kugel an Leszeks Kopf wahrgenommen habe. Unsicher bin ich mir bis heute in einer Hinsicht: Habe ich damals zwei Schüsse gehört? War es Stanislaw oder Leszek, der den russischen Fluch »job tvoju matj« ausstieß? Auf jeden Fall flog eine zweite Kugel in entgegengesetzter Richtung an meinem Kopf vorbei.

Dann wurde es still.

Mein kurzsichtiges Auge sah Leszek mit der Schußwunde mitten auf der Stirn dastehen. Seine Lippen waren trocken, aus seinem Mund schienen rosarote Dampfwolken aufzusteigen, die Augen hatte er weit geöffnet, und ich konnte in ihnen eine Frage lesen. Damals wußte ich ganz genau, was für eine unausgesprochene Frage in Leszeks Augen stehengeblieben war, jetzt weiß ich es nicht mehr. Mit der linken Hand unternahm Leszek den letzten Versuch, seine Stirn zu betasten, aber er schaffte es nur noch, sie bis in die Höhe des Brustkorbs zu heben. Diese Bewegung warf ihn rückwärts um.

Jakub Graf Mikolajczyk lehnte am Schrank, den Kopf ein wenig nach links geneigt. Das rechte Auge hatte er friedlich geschlossen, das linke, durch welches die Kugel in seinen Kopf eingedrungen war, glich einem aufgerissenen Krater, aus dem dunkelrote Lava strömte. Erst nach einer Weile gaben seine Knie nach, und er sackte langsam auf den Teppich. Dort setzte er sich hin, als hätte er sich nur für einige Augenblicke niedergelassen, um auszuruhen.

Milena riß ihren Mund auf, um zu schreien. Ich sah ihre Zunge, wie sie in der rosaroten Höhle vibrierte. Sie färbte sich schwarz und glich einem schwarzen Seraphim.

Dreiunddreißigste Geschichte

Vor dem Haus in der Fleischergasse Nr. 14 konnte mein weitsichtiges Auge das beleuchtete Zifferblatt des Turmes auf dem Karlsplatz sehen. Die Uhr zeigte zwanzig Minuten vor Mitternacht. Das kurzsichtige Auge sah nichts, nur ein schwarzes Loch voll Ruß und Finsternis. Ich nahm meine Koffer und bog rechts ein, hielt mich dicht an der Häuserwand, um bald die erste Laterne in der Stephangasse zu erreichen. An der Ecke Stephangasse/Fleischergasse stieß ich zuerst mit einem Schatten, gleich darauf mit einem Körper zusammen.

»Entschuldigen Sie«, murmelte ich verlegen.

Die Gaslaterne an der Ecke warf Licht auf mein Gesicht.

»Sie sind doch Graf Belecredos, ist das aber ein Zufall!« lachte mich der Schatten an, und ich erkannte sofort die Petite Komtesse. »Mein Gott, wie sehen Sie aus? Haben Sie Pocken, Graf?«

Ich schwieg. Es war auch nicht viel zu sagen.

»Was ist passiert?« fragte sie mich und musterte mein Gesicht.

»Etwas Entsetzliches!« antwortete ich und dachte nicht an die zwei Leichen in Finkelsteins Wohnung, sondern eher an die bösen Zufälle, die mir wieder einen Streich gespielt hatten.

»Kommen Sie doch mit, bei Finkelstein können Sie mir alles in Ruhe erzählen.«

»Komtesse, Sie dürfen jetzt nicht zum Finkelstein.«

»Wieso?«

»Graf Jakub und Leszek liegen dort, tot.«

Die Turmuhr auf dem Karlsplatz, also in meinem Rücken, schlug zwölf. Erst beim zwölften Schlag rührte sich die Petite Komtesse, ich glaube, sie fuhr mit der rechten Hand über ihre Stirn und fragte mich leise: »Hat er einen leichten Tod gehabt?«

»Wer?« – »Jakub.«

»Es war ein ... es war ein überraschender Tod«, sagte ich unsicher. »Ich bin unschuldig, nur durch Zufall hineingeraten ...«

Die Petite Komtesse trat einen Schritt zurück, lachte nervös und gereizt auf.

»Lieber Graf, Ihre Zufälle!«

»Es war ein Zufall.«

»Natürlich, nehmen wir es an, auch wenn ich fest davon überzeugt bin, daß das Wort Zufall falsch ist. Aber wir wollen nicht streiten, Graf. Sie lassen mich doch jetzt nicht mitten in der Nacht auf der Straße stehen. Was machen wir, was schlagen Sie vor, Graf?«

»Es gibt nichts vorzuschlagen. Unsere Wege trennen sich«, antwortete ich, nahm meine Koffer, die ich auf das Pflaster gestellt hatte, und ging langsam die Stephangasse Richtung Wenzelsplatz hinunter. Ich verfluchte alle diese Zufälle und hörte hinter meinem Rücken die hohen Absätze der Komtesse auf dem Granitpflaster klappern. Ab und zu sah ich links oder rechts ihr in klaren Umrissen gezeichnetes Profil, machte einige schnellere Schritte, wurde sie aber nicht los.

An der Ecke Wenzelsplatz/Stephangasse blieb ich keuchend stehen, stellte die Koffer ab und sagte noch einmal deutlich: »Komtesse, unsere Wege trennen sich, und zwar für immer.«

»Wie wollen Sie das wissen?« fragte sie mich frech.

Tja, wie wollte ich es wissen? Das war die Frage, auf die ich keine Antwort fand.

»Wie wollen Sie das wissen?« wiederholte die Komtesse ihre Frage und lächelte mich mit einer Überlegenheit an, die mir einen Schreck einjagte.

Am Wenzelsplatz, der mit Gaslaternen gelblich beleuchtet war, registrierte mein kurzsichtiges Auge, daß die Komtesse viel schöner war als ihr Bild, welches in meiner Erinnerung hängenblieb. Ich konnte damals nicht unterscheiden, wo ihre gespielte Unbeholfenheit aufhörte und wo die Raffinesse, mit der sie mich umgarnte, begann; eine erregende Mischung, wie ich fand. Es wurde mir bewußt: Niki, du bist eben in eine Falle gerutscht! Es ist überflüssig, jetzt darüber nachzudenken, ob dir diese Falle die Petite Komtesse gestellt hat oder ob sie nicht das Ergebnis meiner zahlreichen Malheurs ist, eine Fehlkonstruktion meiner Geschichte. Ja, die Falle schnappte über meinem

Kopf in dem Augenblick zu, als mich die Komtesse noch einmal anlächelte und fragte: »Und was machen Sie, Graf, wenn ich auf Ihre unausgesprochene Frage mit einem sehnsüchtigen, ja begierigen Ja antworte?«
Mit dem kurzsichtigen Auge starrte ich sie an. Mit dem weitsichtigen suchte ich am Ende der zwei Laternenreihen die Statue des heiligen Wenzel, des Beschützers des böhmischen Königreiches. Von dem Reiter aber keine Spur; ich war also wieder einmal ausgeliefert.
»Sagen Sie bitte nein«, flehte ich die Petite Komtesse an.

Vierunddreißigste Geschichte

Den Rest der Nacht regnete es. Die Komtesse atmete tief ein und aus, die schwarzen Haare auf dem Kissen neben mir ausgebreitet. Als es hinter den Vorhängen des Hotelzimmers zu dämmern begann, wurde ihr Haar grau.
Ich war mir all meiner Mißgeschicke bewußt, ja ich sah eines von ihnen an diesem Morgen neben mir liegen. Hatte ich einen Grund dafür, mich in dieser kurzen Nacht darüber zu freuen, wieder einen Grundstein zu der allgemeinen Weltverschwägerung in die Petite Komtesse gelegt zu haben? Proletarier aller Länder vereinigt euch! Wie oft habe ich dies in Finkelsteins Wohnung mitanhören müssen! Wie dumm das doch klingt! Absurd und unklar. Wie sollen sich die Proletarier vereinigen, wie könnte eine solche Art von Vereinigung zustande kommen? Die Parole klingt zwar erhaben, aber was steckt dahinter? Nichts. Man sollte auf die Straße gehen und laut rufen: Proletarier aller Länder verkuppelt euch, zeugt quer zu allen Unterschieden und ideologischen Querelen Kinder, eine nicht vereinigte, jedoch verschwägerte Armee, die irgendwann in einer stillen, unblutigen Schlacht diese Welt retten kann! Ich bin auch ein Proletarier, wahrhaftig, ich bin einer!

Ich bemühe mich, Nachkommen zu zeugen und ich werde sie auch ernähren. Mit meinem Samen verwische ich alle Klassen-, Rassen- und Nationalitätsunterschiede, ich schaffe den Keim zu einer unendlich verschwägerten Gesellschaft. Ich freue mich schon auf den Augenblick, an dem hier in Prag ein Tagelöhner, der zum Beispiel Kohle austrägt, nach seinem Namen befragt, stolz antwortet: Ich bin František Graf Belecredos! Kein verkommener Adliger also, der durch Suff, Weibergeschichten oder Kartenspiel sein Hab und Gut verloren hat und den Rest seiner altehrwürdigen Familie in zahlreiche Verlegenheiten bringt, sondern ein Mensch wie jeder andere. Prinzessinnen werden einmal am Prager Gemüsemarkt Kartoffeln und Kohlrüben mit schreienden Stimmen feilbieten, einen Baron als Kellner im Café Slavia möchte ich noch erleben, einen Reichsfürsten als Kirchendiener!

Auch wenn mich der Blick auf die schlafende Komtesse ein wenig beunruhigte, so war ich an diesem Morgen doch ziemlich zufrieden, und zwar auch noch aus einem anderen Grund: Von nun an konnte ich nämlich mit ziemlicher Sicherheit unterscheiden, wann mein Same fruchtbaren Boden gefunden hatte und wann er in einer ausgetrockneten Höhle mit kläglichem Wimmern abstarb.

Ich vermute, daß dies mit den sonderbaren Eigenschaften meiner Augen zusammenhing. Im Augenblick der Zeugung verwandelte sich mein weitsichtiges Auge in ein weit in die Zukunft gerichtetes Fernglas. Das kurzsichtige Auge nahm dagegen die Eigenschaften eines Mikroskopes an. Ich konnte seit jener Nacht den Weg meines Samens im weiblichen Körper verfolgen, und zwar in schneller Folge, wie ich es später im Film mehrmals gesehen habe: das Kind im Urzustand, sein Reifen und Heranwachsen. Die Geburt wurde in der Nebelzone, die mein kurzsichtiger Blick von den unendlichen Räumen dahinter trennt, vollzogen. Und dann sah ich mein Kind, ein Mädchen oder einen Knaben, den Weg seines Lebens betreten.

Ich behielt die Augen geschlossen und legte meine Hand auf die Brust der zukünftigen Mutter meines Kindes. In diesem elegant gewölbten Körper beginnt meine Saat zu keimen, dachte ich, es wird ein kräftiger Sohn, der nach neun Monaten die Schwelle des Lebens erreicht und mit einer erfreulichen Lebenskraft gegen das verzauberte Tor des Schicksals pochen wird.

Fünfunddreißigste Geschichte

Ich zog mich vor dem Frühling und vor der ersten Sommerglut in mein Palais zurück und versuchte, so gut ich konnte, mich mit meinem hinterlistigen Schicksal zu versöhnen oder wenigstens abzufinden. Wochenlang saß ich am Fenster. Hinter mir die jahrhundertealten Mauern des Palais, vor mir ein Loch – der Ausblick auf eine Stadt, die sich unten im Moldaubecken auf fließendem Sand zur Ruhe gelegt hatte und mich nicht mochte. Den ganzen Frühling und Sommer über war der Fluß angeschwollen; eine braune Krampfader, die mit einer ungeheuren Kraft die Häuser und Palais auf beiden Ufern zu erdrücken drohte.

Mein Fleisch war breiig geworden, die Knochen zerschlagen, und mein Kopf eine Blase voll von bunt gefärbten Dampfwolken. Ich hielt noch immer meine Glaskugel mit kristallklarem Bergwasser gefüllt, in welchem bunte Zierfische schwammen. Das Glas war jedoch an einer Stelle schon zersprungen, das Wasser tropfte Tag und Nacht. Meine Hände waren stets feucht.

In Prag erzählte man, so berichtete mir Herr Václav, ich wäre in einen schrecklichen Spionagefall verwickelt, hätte dabei zwei Menschen umgebracht und zwei Frauen vergewaltigt. Kaiser Karl hätte höchstpersönlich Interesse daran gehabt, die Affäre zu vertuschen und mir zwei Lösungen vorgeschlagen: entweder eine Kugel in den Kopf oder die Heirat mit Helena von Molwitz.

Um zwölf Uhr schwiegen die Glocken. Nur der große Sigismund versuchte richtig zu dröhnen, aber es war nicht wie früher. Jeder Schlag klang zu dumpf; ich habe die Zeitmessung nur als ein Erzittern des Fußbodens wahrgenommen. Zur Mittagszeit stiegen aus allen Gassen, Straßen, Lauben, Plätzen und den finsteren Winkeln der Stadt sowie aus allen Parkanlagen und Gärten graue, ja manchmal kaum sichtbare Dunstwolken zum Himmel. Wenn die Sonne schien, wurden sie ab und zu durch das Aufblitzen von einigen Fensterscheiben durchstoßen. Gegen drei Uhr nachmittag, als die rote Sonne schon über dem Laurenziberg schwebte oder im Gitter des Turmes aus Eisen oben am Gipfel steckenblieb, glühten die großen Fensterscheiben vom Café Slavia am gegenüberliegenden Ufer der Moldau auf und färbten die Dunstwolke über der Stadt rosa. Die braune Ader, die angeschwollen, jedoch ruhig unter den Glasscheiben des Cafés Slavia lag, begann zu zucken. Von unten stiegen neue Farbtöne an die Wasseroberfläche; vielleicht war es das Blut von hingerichteten, ermordeten, geköpften oder erstochenen Opfern, die man seit Jahrhunderten nachts in den Strom warf.

Von den zwei Möglichkeiten, die mir zur Auswahl standen, ergriff ich, ohne zu zögern, die, an meinem Stand und an meiner Herkunft gemessen, feigere. Am 1. August 1918 wurde Helena von Molwitz meine Frau.

Verzeihe mir, Helena, alles, was ich dir angetan habe und noch antun werde, dachte ich vor dem Altar und sagte dabei klar und deutlich mein Ja. Wir hätten einander nie begegnen sollen. Da aber unsere Begegnung unausweichlich gewesen war, kamen auf uns auch unausweichliche Folgen zu.

»Ich schenke dir einen Sohn«, sagte Helena und hob ihr Champagnerglas. »Es wird ein kräftiger Bursche sein, ein echter Belecredos!«

Ich röchelte nur.
Die Gäste, viele hatten wir nicht eingeladen, faßten es als den Ausdruck allerhöchster Rührung auf, und ich sah und hörte, wie die Gräfin Hortensia Lichtenberg, die Oberste Richterin, ja sogar manchmal Henkerin in Sachen Moral und Anstand, laut schluchzte: »Was hat man dem jungen Belecredos nur angetan! Die Helena läßt sich mit dem Gärtner ein, und er soll die Schande decken! Wie schrecklich, wie ungerecht!«
Unsere Gäste verstummten und starrten mich an.
Mein Freund, Wenzel von Salmo, dem ich seine Hochzeit mit Helena ohne mein Verschulden vermasselt hatte, zog mich in eine dunkle Ecke des Molwitzschen Gartens und sagte mir: »Du hättest dich doch lieber erschießen sollen, Niki.«
»Das wäre aber für mich das endgültige Ende.«
»Jetzt bist du erledigt, Niki.«
Ich ließ Wenzel im feuchten Gras stehen.
Ein türkischer Mond stand über seinem Kopf. Ich schloß die Augen und hörte Meteoriten sausen und ihre Bahnen über der Stadt in Richtung Westen ziehen. Irgendwo hinter der verblaßten Silhouette des Hradschins fielen sie in den Schatten der hügeligen böhmischen Landschaft. Ich hörte ihre dumpfen Aufschläge auf die verkrustete Erde und sah am schwarzen Horizont winzige Staubwolken aufsteigen.
Im Schatten des Gartenlabyrinths hörte ich neben mir die Stimme der Prinzessin Magdalena von Hlowositz.
»Niki, warum hast du sie geheiratet?« fragte sie mich.
Ich schwieg.
»Ich habe dich seit meiner Jugend geliebt.«
Das stimmt, Magdalena, sagte ich zu mir, du bist jedoch nicht die einzige gewesen.
»O Niki, wäre ich in Prag gewesen, ich hätte dich gerettet! Du bist so unbeholfen. Wir sind aber erst vor drei Tagen aus der Schweiz zurückgekommen und stell dir vor, mein

Vater hat schon einen Vertrag mit der zukünftigen Regierung abgeschlossen. In unseren Fabriken in Nordböhmen werden wir Millionen Meter Stoff für die neue Armee anfertigen. Kannst du dir fünf Millionen Meter Stoff vorstellen?«

»Fünf Millionen Meter? Nein, das ist mir zuviel, Magdalena«, antwortete ich.

»Und dazu kommt sicher noch Stoff für neue Polizei- und Gendarmerieuniformen!«

Ich wollte mir weder fünf Millionen Stoff noch etwas anderes vorstellen. Die Meteoriten, so schien es mir, sausten jetzt ganz dicht über meinen Kopf hinweg. Die schon fast verwelkten Sommerrosen dufteten nach Verwesung. Vom Stauwehr oberhalb der Karlsbrücke hörte ich das Schäumen und Plätschern des braunrot gefärbten Wassers. Irgendwo unterhalb des Laurenziberges spielte Blasmusik. Alle Geräusche und Klänge drangen gedämpft zu mir herauf, als hätte sie jemand in grünbraunen Stoff, aus dem man Uniformen näht, eingewickelt.

»Sei doch nicht so unglücklich, Niki«, flüsterte Magdalena zärtlich in mein linkes Ohr. Auch in diesem Augenblick klang in ihren Worten eine verschleierte Drohung.

Der schwarze Schatten des Laurenziberges fiel auf uns herab. Mir wurde schwach in den Knien, aber Magdalena hielt mich aufrecht. Sie war kräftig gebaut und stand fest wie ein schön geformter Meilenstein meines Lebens in der Prager Erde.

Aber dann mußte sich der angeschwemmte Sand unter der Stadt wieder gerührt haben. Magdalena taumelte ein wenig, sie klammerte sich an mir fest und riß mich zu Boden. Auch im tiefen und kühlen Schatten glänzten ihre Augen. In ihrer rechten Pupille sah ich den oberen Rand des türkischen Mondes hinter dem Laurenziberg verschwinden. Und ich hörte das leise Knirschen des Sandes unter meinem Rücken. Er bewegte sich nordwärts. Der Buckel des Laurenziberges wurde immer kleiner, der Turm am

Gipfel neigte sich gegen Osten. Magdalena atmete tief, regelmäßig und ruhig. Dann ging ein Licht im Norden auf, und ich sah die ganze Stadt eng zusammengerückt, die Türme zersprungen oder sich, von den Grundmauern bis zu den erloschenen Uhrwerken aufgerissen, entlang des steilen Ufers oberhalb der Kaiserinsel in die nordböhmische Ebene schieben. Oh, und dann sah ich meine zukünftige Tochter, in diesem Augenblick mit Magdalena Prinzessin Hlowositz gezeugt, ein bildschönes Mädchen im rosa Kleid, wie sie über die verwüstete Ebene lief, in der noch vor einigen Minuten die Grundmauern der Kleinseite, der Alt- und der Neustadt gelegen hatten, wie sie den zusammengedrängten und berstenden Haufen der Ruinen, Turmreste, zersprungenen Statuen aus Sandstein und auch aus Bronze nachlief.

Ein fast unmenschlicher Aufschrei – es klang wie ein Aufbrüllen der allerhöchsten Engel – vertrieb das Bild meiner zukünftigen Tochter. Drei oder vier Schritte von mir sah ich meine Frau Helena von Belecredos, geborene von Molwitz, mit einem Kerzenleuchter in der linken Hand stehen und wie eine Hündin dem untergegangenen türkischen Mond nachheulen. Die Hochzeitsgäste kamen aus allen Richtungen angelaufen, sie stolperten über Blumenbeete und verwickelten sich im Gesträuch. Die schnaufenden Damenschatten fielen einer nach dem anderen um; sie tauchten in den finsteren Schatten, der sich auf dem gepflegten Rasen breitmachte, und ich sah sie nie wieder.

Helena schrie noch immer. Ich wunderte mich, woher meine vermutlich schwangere Frau die Kraft zu einem so langgedehnten Heulen nahm. Sie hörte in dem Augenblick auf, als ihre Mutter, Gräfin Olga, sich als einzige von dem verwelkten Rosenbeet erhob und ausrief: »Nein, mein Kind, das wirst du nicht überleben, das darfst du nicht!«

Und da geschah ein Wunder. Ich erhob mich und sah, daß alle Palais, der Hradschin, die dunkle Silhouette der Stadt wieder mit ihren ursprünglichen Grundmauern im angeschwemmten Sand verankert standen. Ja sogar der eiserne Turm auf dem Laurenziberg richtete sich auf, und ich hörte die ruhige und überlegene Stimme meiner Gattin Helena: »Mama, kein Grund zur Aufregung. Dieser freche Gärtner zieht sich die Kleider meines geliebten Mannes an, veredelt seine Visage mit der Maske des Grafen Belecredos und verführt die arme Prinzessin. Was sich heutzutage das Personal alles erlaubt, kaum zu glauben! Packen Sie Ihre Sachen zusammen«, schrie mich dann meine Frau an, »Sie sind entlassen!«

Ich fiel vor meiner Frau auf die Knie, ja ich schlug mit dem Kopf auf den weichen Rasen und ließ meine Stimme vibrieren: »Gnade, gnädigste Gräfin! Ich konnte nicht ahnen, daß die Dame ... es war so finster! Denken Sie an meine vielen Kinder!«

»Verschwinden Sie!« zischte mich meine Frau an. Und ich flüchtete, um die Ehre meiner Frau und die der Prinzessin von Hlowositz zu retten und mich in Sicherheit zu bringen.

Ich keuchte den Berg zu meinem Palais hoch und versteckte mich in der Dachkammer. Dort wartete ich geduldig und mit großer Sehnsucht den Zerfall der Monarchie ab.

Sechsunddreißigste Geschichte

Am 28. Oktober 1918 schritt ich langsam über die Karlsbrücke zur Altstadt hin, bog am Kreuzherrenplatz auf den Moldaukai ein und sah von dort unterhalb der nördlichen Spitze der Schützeninsel das hellblaue Boot des kräftigen jungen Fischers leicht schaukeln. Endlich hatte er gelernt, daß man ein Boot im Strom verankern muß. Die Oberfläche des Wassers sieht zwar oberhalb des Stauwehrs ruhig

aus, aber es gibt da gewisse Strömungen, die zum Stauwehr hin und ins Verderben treiben können.
Ob mich der Mann gesehen hatte, wußte ich nicht, doch schien mir, als wenn er mich erblickt hätte. Er hob den Kopf, riß die Angelrute mit einer gekonnten Bewegung aus dem Wasser und fluchte laut, da der Haken leer war. Wenn ich ihm jetzt eine freundlich-versöhnende Frage zuriefe, könnte er sie als Hohn verstehen. Ich schwieg also und schlenderte weiter zum Café Slavia.
Aus Gründen, die ich heute nicht mehr erklären kann, befaßte ich mich mit der Schuldfrage. Bei den Fenstern des Cafés angekommen, sprach ich über mich ein mildes Urteil: Weder schuldig noch unschuldig. Du bewegst dich, Niki, wohl in einem zu engen Raum und da passieren eben zu viele sonderbare Dinge, die man sonst und anderswo Zufall nennen könnte. Mit diesen Worten betrat ich das Café Slavia.
Herr Alois durchstieß meine Nebelgrenze, stellte Kaffee, Mineralwasser und Kognak auf die Marmorplatte und sagte: »Herr Graf, die Zeiten ändern sich.«
»Und wir auch, Herr Alois.«
»Den nächsten Kognak werden Sie schon in der neuen Republik trinken. So schnell geht es, Herr Graf.«
Sehr bald – ich hatte den ersten Kognak noch nicht getrunken – tauchte er wieder auf, stellte das zweite Glas auf meinen Tisch und sagte: »Ein gewisser Herr Josef Tkaczyk wartet auf Sie und will Sie unbedingt sprechen. Gute Prager Familie. Der Vater ein angesehener Rechtsanwalt mit Kontakten zu der Exilregierung und zu Professor Masaryk. Der Sohn, der sie sprechen will, studiert Jura, scheint jedoch mehr Neigungen zum künstlerischen Beruf zu haben.«
»Was will Herr Tkaczyk von mir?« fragte ich überrascht, denn bisher hat mich Herr Alois zwischen dem ersten und dem zweiten Kognak nie gestört.
»Hören Sie ihn an.«

Nach einer Weile saß Josef Tkaczyk an meinem Tisch. Ein junger Mann mit klugen Augen, für meinen Geschmack zu unruhig, ja nervös. Das, was er mir zu sagen hatte, klang ernst, überzeugend und erschreckend.

»Herr Graf, Prag ist seit heute die Hauptstadt eines neuen Staates«, sagte er mit einer unsicheren und sich zugleich überstürzenden Stimme. »Mein Vater unterhält schon seit drei Jahren Kontakte zur tschechoslowakischen Exilregierung, und jetzt hat er endlich den Auftrag erhalten, einige Palais des österreichischen Adels für die zu erwartenden ausländischen Botschaften zu kaufen, zumindest die Kaufverträge vorzubereiten.«

»Ich mache keine Geschäfte«, erwiderte ich barsch.

»Auch Sie werden verkaufen müssen, Herr Graf«, fuhr Tkaczyk ruhiger und fast gelassen fort. »In Vaters Büro liegen schon Gesetzentwürfe für eine Bodenreform. Sie, Herr Graf, verlieren mindestens die Hälfte Ihrer Güter in Nordböhmen. Woher wollen Sie dann das Geld für Ihr aufwendiges Leben im Palais nehmen?«

Ich hob mein Glas und sah meine Hand zittern.

»So stehen die Dinge, Herr Graf! Außerdem werden Sie besteuert, man wird Sie ausquetschen wie eine Zitrone. Nein, man wird Sie als Österreicher nicht aus dem Land vertreiben, man wird Sie nur gründlich schröpfen.«

Tkaczyk lehnte sich im Stuhl zurück und musterte mich mit dem Ausdruck eines Menschen, der alle meine nichtgedeckten Wechsel in der Hand hält.

»Tja, Herr Graf, vor mir sitzt ein Belecredos aus einer Familie, die vor dreihundert Jahren am Weißen Berg mitverantwortlich für Böhmens Katastrophe gewesen ist. In drei Jahrhunderten haben sie sich hier rücksichtslos bereichert. Jetzt wird bezahlt, Herr Graf!«

Herr Alois war zum Glück mit einem weiteren Kognak zur Stelle.

»Kommen wir zum Geschäft, Herr Graf«, fuhr Tkaczyk fort. »Mein Vater wird als Honorar für Kaufvermittlung mindestens fünfundzwanzig Prozent verlangen. Ich finde das unverschämt. Ich jedoch würde mich mit fünfzehn zufriedengeben. Ich will mit offenen Karten spielen, Herr Graf. Das Jurastudium ekelt mich an, aber wenn ich aufgebe, zahlt mein Vater keinen Groschen mehr, und ich will Kunst studieren, Malerei. Folglich brauche ich Geld. Wenn Sie mir dabei helfen sollten, Ihre Freunde, die Molwitz, die Salmos, die Pretschans und wie sie alle heißen zu überzeugen, würde ich von Ihnen nur fünf Prozent vom Verkaufspreis fordern. Ein faires Angebot, Herr Graf.«

»Herr Alois, bringen Sie mir noch einen Kognak.«

»Und außerdem denke ich an eine bestimmte Klausel im Kaufvertrag«, sagte Tkaczyk leiser und rückte an mich heran, »die Franzosen, die Engländer, die Amerikaner, die Chinesen, die Schweizer, sie alle werden es eilig haben, ein Domizil für ihre Prager Botschaft zu finden, und ich bringe sie dazu, auch meine Klausel zu akzeptieren.«

»Was für eine Klausel?«

»Daß eine Wohnung oder drei, vier Zimmer im Palais den jetzigen Eigentümern zeit ihres Lebens zur Verfügung stehen sollen. Sie haben doch nicht vor, in der neuen Republik irgendwo in Nordböhmen den Landwirt zu spielen!«

Josef Tkaczyk schwoll eine Ader an der Stirn an. Seit jenem Tag blieb sie ihm, rotlila gefärbt und einem Rufzeichen ähnlich.

»So einfach ist es also«, sagte er und kippte einen Kognak hinunter.

Ich mußte an die im Keller eingemauerten Belecredos denken, an meine Vorfahren, deren sterbliche Überreste im eingeschweißten Kanonenrohr, im durchsichtigen Panzer, oder, wie mein Vater, in einer Glaslinse mit Asche vermischt, ihre letzte Ruhestätte gefunden haben.

»Sie werden es nicht bereuen«, flüsterte mir Tkaczyk ins linke Ohr.

»Ich habe nie etwas bereut«, erwiderte ich gereizt.

»Für Sie, Herr Graf, habe ich einen besonders interessanten Kunden.«
»Wen denn?« fragte ich ohne Neugier.
»Die Chinesen«, antwortete Tkaczyk und grinste mich an.

Siebenunddreißigste Geschichte

Es war Nacht, als ich aufwachte. Der Himmel war voll von herbstlichen Sternen, die rot glitzerten. Die zwei Türme der Teynskirche verneigten sich vor meinem blutig geschlagenen Gesicht. Jan Hus, in Bronze gegossen und umgeben von seinen Glaubensbrüdern, zeigte mir den Rücken und starrte in Richtung Moldau. Ich lag auf jenem Pflasterstein, bei dem im Jahre 1620, ein Jahr nachdem der erste Belecredos siegreich nach Prag eingezogen war, siebenundzwanzig böhmische Rebellen hingerichtet worden waren. Ich roch Blut.
Ich konnte mich nicht erinnern, wo ich mich befand; zuerst dachte ich ans Fegefeuer, aber dazu war es zu kalt. Ich sah nichts außer den zwei Kirchtürmen und den hageren Rücken des Reformators, denn meine Augenbrauen waren aufgerissen und das Blut hatte sie verklebt. Meine linke Hand fand ein versteinertes Gesicht und tastete es ab. Ich fuhr mit den Fingern über die fremden Gesichtszüge und stellte bald fest, daß diese Frau, als sie noch lebte, schön gewesen sein mußte. Erst dann fiel mir auf, daß meine Hände überall um mich herum auf harte Steinkanten, scharfe Splitter und Geröll stießen. Ich rieb mir das Blut mit dem Ärmel aus den Augen und erst jetzt bemerkte ich, daß ich inmitten der zertrümmerten Mariensäule auf dem Altstädter Ring lag, mit der linken Brustseite gegen den abgeschlagenen Kopf der Muttergottes gelehnt.
In der Brust spürte ich ein Stechen, doch nach einigen Atemzügen schaffte ich es, mich zu erheben, und taumelte

über das Geröll auf das erleuchtete Zifferblatt des Altstädter Uhrwerkes zu. Sie werden sich fragen, lieber Freund, wie ich am 8. November 1918, genau 298 Jahre nach der Schlacht am Weißen Berg, in der sich mein erster Vorfahr in Böhmen, Francesco Graf Belecredos aus Siena, durch nichts anderes als durch seine Anwesenheit auszeichnete, auf dem Altstädter Ring gekommen bin? Ich weiß es nicht mehr, und es ist für mich auch nicht mehr wichtig, es zu erfahren. Aber bitte, wenn Sie unbedingt eine Erklärung haben wollen, hier ist sie: Ich ging auf den Altstädter Ring, um Abschied zu nehmen von der nicht ruhmreichen Geschichte meines Geschlechts in Prag. Auf den Ring kam ich gerade in dem Augenblick, als die Prager Anarchisten unter Franta Sauer die Mariensäule stürzten.

»Franta, es ist ein Irrtum«, sagte ich zu Franta Sauer leise und bescheiden. – »Was für ein Irrtum?«

»Ist nicht der Rede wert, Franta«, erwiderte ich mit einer Gleichgültigkeit, die mich selbst überraschte. »Diese Mariensäule wurde nicht zum Andenken an die Niederlage der böhmischen Aufständischen am Weißen Berg aufgestellt. Sie ist doch als Ausdruck des Dankes für die Rettung der Stadt vor den Schweden, vor Plünderungen und vor der Pest errichtet worden. Man sollte historische Tatsachen berücksichtigen, denn ...«

Ein fürchterlicher Schlag traf mich von hinten auf den Kopf.

Oh, lieber Freund, diese böhmischen Versager! Für jeden Irrtum finden sie stets nachträglich eine Rechtfertigung. Jetzt weiß ich es: der Glaube an Gott, an politische Programme oder ähnliches waren hier nur Metapher. Es tut sogar gut, geschlagen und gedemütigt zu werden, denn man weiß ja, daß man nachträglich aller Welt seine Wehwehchen vorführen wird, indem man laut um Mitleid jammert, das einem auch zuteil wird, sowie die Chance, sich später sogar als Held zu produzieren.

Mein Weg nach Hause in mein einstiges Palais, welches

schon den Chinesen gehörte, dauerte lange. Am Franzenskai sah ich die Reiterstatue des guten Kaisers Franz gestürzt und in Stücke zersägt. Die Figuren der böhmischen Stände und Kreise, die noch vor einigen Tagen Kaiser Franz mit heuchlerischen Gesichtern und gedemütigt auf seinem kurzen Ausritt in die böhmische Geschichte begleiteten – natürlich nicht hoch zu Roß wie er, sondern zu Fuß –, lächelten jetzt böse den abgesägten Kopf des Monarchen an, der ohne Krone ins Gras biß.

Auf dem Kleinseitner Ring unter der angefaulten Kuppel der St. Niklaskirche lag Feldmarschall Radetzky mit zerschlagenem Gesicht auf dem Pflaster.

Zu Hause angekommen, ging ich zu Bett, und dort blieb ich ein halbes Jahr lang. Meine Wunden heilten schnell. Der Riß in meiner Seele blutet jedoch noch immer.

Achtunddreißigste Geschichte

Der April 1919 duftete weder nach blühenden Fliedersträuchern noch nach Kastanienbäumen oder nach Gras, sondern nach naßkalter Feuchtigkeit. Ich verließ mein Palais, jetzt die chinesische Botschaft, in der ich die drei Zimmer unter dem Dach auf Lebenszeit bewohnen durfte, um wieder einmal ins Café Slavia zu spazieren. Ich war melancholisch gestimmt und ein wenig verworren. Das Atmen fiel mir schwer. Für diesen Tag wählte ich die Maske eines klugen Mannes in den besten, also nicht näher zu bestimmenden Jahren.

Als ich aus dem Café Slavia nach Hause zurückkehrte, wartete eine Frau mit Kinderwagen auf mich. Ich erkannte sie, es war eine Dienerin aus dem einstigen Palais der Molwitz, jetzt Botschaft der USA, in der meine noch immer laut Gesetz rechtmäßige Frau Helena von Molwitz-Belecredos ihre Gartenvilla bewohnen durfte.

»Ich warte auf Sie, Herr Graf«, sagte das Mädchen.
»Mit einem Kinderwagen?« fragte ich erstaunt.
»Ihre Frau hat vom lieben Herrgott ein wunderschönes Mädchen geschenkt bekommen. Die gnädige Frau meint aber, daß Sie sich des Kindes annehmen sollten. Ich bin hier, um Ihnen die Julia, so heißt der Schatz, zu übergeben.«
Dieses lebendige Geschenk hätte sich der Allmächtige sparen können, dachte ich und wollte es auch der Dienerin sagen, doch da die Frau unschuldig und an meinen Mißgeschicken nicht beteiligt war, schwieg ich. Ich nahm das Kind in die Arme. Julia war wirklich schön, sie duftete nach Kastanienblüten und sie schien mich sogar anzulächeln. Ich trug sie in meine Wohnung hoch und legte sie auf mein Bett.
Ich dachte über das Mädchen nach, die nicht meines Blutes war, und entschloß mich, edel zu handeln und das Kind als das meinige anzuerkennen, zugleich aber, da ein jeder Mensch auch aus seinen Wohltaten Profit schlagen will, es einmal als lebenden Grund für die Scheidung von Helena auszunutzen. Diese Angelegenheit schien mir klar und übersichtlich. Zu dieser Stunde konnte ich noch nicht ahnen, daß sich über der Stadt und über meinem Kopf ein Sturm zusammenzog und daß gerade in dem Augenblick, als die untergehende Sonne die Abhänge des Laurenziberges mit tiefen Schatten bedeckte, Anna Kudlatschek ihren und meinen Sohn Thomas in einen Kinderwagen gelegt hatte, um sich auf dem Weg zum einstigen Molwitz-Palais zu machen. Zur selben Zeit wickelte in der Fleischergasse Nr. 14, in Finkelsteins Wohnung, wo sie vorübergehend Zuflucht gefunden hatte, die Petite Komtesse einen Säugling namens Helga ein und brach auch in Richtung Kleinseite auf. Prinzessin Magdalena, seit einigen Monaten mit dem Textilfabrikanten Rosenkranz verheiratet, ließ zu dieser Stunde ihre frischgeborene Tochter Irena in feinste Spitzen hüllen und in einer noblen Kutsche zur

amerikanischen Botschaft, also ins einstige Molwitz-Palais, fahren.
Der Zufall, dieser mächtige und hinterhältige Zauberer, wollte es, daß ich mir eben in diesem Augenblick die Sache mit Julia, meiner ehelichen, nicht jedoch leiblichen Tochter, anders überlegte und mich entschloß, das Mädchen der Obhut ihrer Mutter anzuvertrauen und unverzüglich zurückzugeben.
Ich hob das Kind auf und ging hinunter zum einstigen Molwitz-Palais. Im Gartenhaus traf ich die Gräfin Olga mit Helena beim Abendessen. Oh, hätte ich damals nur geahnt, daß ich, als ich die Eßzimmertür geschlossen hatte, bereits in der Falle saß, dann hätte ich das Kind an der Schwelle des zierlichen Hauses abgelegt oder es unter dem Fliederstrauch vor dem Eingang versteckt und wäre weggelaufen.
»Na siehst du, Niki! Kaum haben wir dir das Kind geschickt, da bist du wieder bei deiner Gattin. So gehört es sich!« begrüßte mich Schwiegermama.
»Es ist nicht meine Tochter. Wenn Helena erst nach der Heirat schwanger geworden wäre, müßte Julia noch ...«
»Julia ist deine Tochter!« unterbrach Gräfin Olga von Molwitz meine ängstlich und stotternd vorgetragene Rede.
»Ich bin zwar bereit, Julia zu akzeptieren, verlange dafür aber die sofortige Scheidung!« rief ich verzweifelt aus und war damit am Ende meiner Widerstandskraft angelangt.
»Soll mir das Kind etwa der Gärtner gemacht haben? Oder war es der Stallbursche, der Koch? Oh, mein lieber Niki, ich habe nämlich alle deine Maskeraden durchschaut!«
Meine Frau mußte mich laut angeschrieen haben, denn sie wurde rot und lila im Gesicht. Leider hörte ich ihre Worte immer leiser; ich hatte das Gefühl, in einen finsteren und bodenlosen Schacht zu fallen. Ich segelte hinunter und wollte nichts mehr hören und nichts mehr sehen. Ich war bereit, in der endgültigen Dunkelheit zu verschwinden.

Eigentlich hätte meine Frau oder meine Schwiegermama bemerken müssen, daß in dem Augenblick, als ich schon zu tief in dem Schacht steckte, um die Vorgänge oben im Eßzimmer übersehen zu können, Magdalena von Hlowositz-Rosenkranz mit einem Kind in den Armen den Raum betreten hatte. Es geschah etwas Sonderbares: Magdalena ging auf das Loch zu, in dem ich gerade mit meinem Fall beschäftigt war, sie beugte sich zu mir, hielt das Kind über meinem Kopf und teilte mir dann mit einer erschreckend sachlichen Stimme mit: »Nikolaus, das ist deine Tochter Irena!«
Magdalenas Worte brachten meinen Sturz zum Stillstand und schleuderten mich mit einer unerwartet unheimlichen Wucht wieder ins Eßzimmer zurück. Plötzlich hielt ich Irena in meinen Armen, ich konnte allmählich zwar taumelnd, aber immerhin aufrecht stehen, war jedoch so benommen, daß meine Stimme wohl nur als ein unbeholfenes Röcheln klang.
»Mach dir keine Sorgen, Magdalena. Ich kümmere mich um unsere Tochter.«
»Nein!« schrie Helena gellend. »Das Kind hat dir, Magdalena, doch der Gärtner in Nikis Maske gemacht. Wir alle haben es gesehen!«
Niemand bemerkte in der Aufregung, daß Gräfin Olga in Ohnmacht fiel. Sie rutschte langsam vom Stuhl zu Boden, wachte erst am nächsten Tag auf und sagte dann lange Jahre hindurch kein Wort; in regelmäßigen Abständen stöhnte sie wieder ihr »Oh« aus, und versuchte bei jedem Schritt, den sie tat, sich in die Lüfte zu erheben.
»Du irrst, Helena, dieses Kind ist meins, dein Kind ist vom Gärtner oder Stallburschen, vielleicht sogar vom Koch«, sagte ich wohl kaum verständlich.
»Gib ihr das Kind zurück!« zischte mich meine Frau an.
Ich legte den Säugling vorsichtig auf das Sofa. Allmächtiger, überlegte ich, was habe ich oder was hast du mir wieder angetan? Ein Unrecht an einem unschuldigen We-

sen geschieht, aber wie konnte ich es jetzt in ein Recht, in eine resignierende Versöhnung mit dem bösen Schicksal oder wenigstens in einen stillen Ausgleich zwischen den Betroffenen, also zwischen mir, der ich in dieser Geschichte die verantwortungsvolle, jedoch schuldbeladene Vaterfigur zu spielen hatte, zwischen den beiden verzweifelten Frauen und dem nichtsahnenden Kind verwandeln?
Vom Mitleid bemächtigt, sprach ich zu meiner Frau: »Es war alles ein Irrtum, Helena. Ich bedaure es sehr, aber dein Kind ist tatsächlich nicht meines, ich schwöre es!«
Heute sehe ich es ein: Ich hätte Helena herzlicher und gefühlvoller ansprechen sollen, aber es fielen mir keine anderen Worte ein. Und es war auch schon zu spät, denn die Ereignisse spielten auch weiterhin verrückt. Anna Kudlatschek betrat den Raum und hielt, fest an ihre Brust gepreßt und in eine Wolldecke eingewickelt, ein Kind.
Anna brauchte überhaupt nichts zu sagen. Ich begriff sofort, was auf mich zukam: ein Weltuntergang im Ausmaß meines weit- und kurzsichtigen Blickfeldes.
»Endlich habe ich dich erwischt!« schrie mich Anna unbarmherzig an. »Ich habe gehört, daß du dein Palais verkauft hast und dich ganz bestimmt aus Prag verdrücken willst. Hier also hast du deinen Fratz!«
Anna glich in diesem Augenblick einer geschlagenen, einst rachsüchtigen Göttin. Das Kind legte sie auf das Sofa. Dann setzte sie sich, faltete die Hände und preßte sie zwischen ihre Knie.
»Verstehe mich recht, Nikolaus, ich kann mich um Thomas nicht kümmern«, sagte sie mit einem Ton, als hätte sie plötzlich ein Verbrechen zu gestehen. »Ich stehe einem Maler Modell und er will mich heiraten. Ich hab' das Kind vor ihm verheimlicht.«
»Also, ich habe hier nichts mehr zu tun«, sagte Magdalena von Hlowositz-Rosenkranz. Sie schritt langsam zur Tür; ihr mächtiger Körper, der immer Kraft ausgestrahlt hatte, wirkte verfallen. Sie blickte mich verstohlen an, und in

ihren Augen breitete sich plötzlich schieres Entsetzen aus. Durch die Tür trat nämlich die Petite Komtesse mit festem und entschlossenem Schritt ein, blieb jedoch eine Armlänge vor Magdalena stehen, wie vor den Kopf geschlagen von dem Anblick, der sich ihr bot. Zuerst mußte sie Magdalena wahrgenommen haben, denn die adligen Nasenflügel der Petite Komtesse begannen sich auszuweiten, so daß ihre edel gewachsene Nase wie ich meinte zu zerspringen drohte. Ohne Zweifel: Die Komtesse beschnupperte die Magdalena. Die Tatsache, daß die Schwarzhaarige ein in einer blauen Decke eingewickeltes Kind trug, erschien mir damals so selbstverständlich, daß ich sie nur mit erschreckender Gleichgültigkeit registrierte.
Am meisten schien die alte Gräfin Olga die Komtesse zu irritieren, die, regungslos und von niemandem beachtet, auf dem Teppich lag. Dann glitt ihr Blick zu Helena hinüber, die zusammengebrochen in einem Stuhl saß und in tiefer Ohnmacht, besser gesagt, in der tiefsten Unbeholfenheit, die ich je bei einer Frau erlebt und beobachtet hatte, langsam unterging. Magdalena hatte inzwischen das linke Bein angehoben, als ob sie im nächsten Augenblick einen weiteren Schritt tun wollte. Sie hatte jedoch vergessen, diesen Schritt zu beenden, und so stand sie hier in dieser höchst unbequemen Pose. Anna Kudlatschek hielt noch immer ihre Hände zwischen ihre Knie gepreßt, und auf ihrem schlanken Hals schienen die Adern zu platzen. Was für ein Bild ich bot, kann und will ich mir nicht vorstellen. Als ich den Kopf bewegte, hörte ich ein Knirschen in meinen Halswirbeln.
»Niki, was geht hier vor?«
»Nichts«, brachte ich mühsam heraus.
Die Petite Komtesse legte das Kind zu den anderen.
»Ich hätte dich fast nicht erkannt. Weißt du, Niki, daß ich lieber das Mädchen als den Buben behalten hätte?«
»Was für einen Buben?«

»Hab' Zwillinge bekommen«, antwortete die Petite Komtesse hastig und gab mir nicht die Gelegenheit, diese Überraschung zu verkraften. »Mosche und ich verlassen die Stadt, wir gehen nach München, nach Budapest oder nach Berlin, wohin die Genossen uns halt schicken. Ich kann das Mädchen nicht mit mir herumschleppen, der Junge ist bei meinen Eltern untergebracht, die wollten immer einen Erben. Die Kinder sollen ein Zuhause haben.«

»Wie heißt es?« röchelte ich und vergaß nach dem Namen des Zwillingsbruders zu fragen.

»Helga«, hauchte die Komtesse.

»Ein Kind mehr oder weniger, das spielt nun keine Rolle mehr« – die Verkrampfung meiner Stimmbänder lockerte sich –, »laß das Mädchen hier, ich kümmere mich um es.«

»Ich hole sie später ab, ja ich hole sie ganz bestimmt ab, sobald unsere Revolution gesiegt haben wird!«

»Das kann noch eine Weile dauern.«

»Danke dir, Niki,« sagte sie, wandte sich mit einer überraschend energischen Bewegung um und hatte das Speisezimmer verlassen. Ich sah die Petite Komtesse nie wieder.

Erst jetzt konnte Magdalena ihren Schritt zu Ende bringen. Sie ging zur Tür hinaus, schwer unter der Last ihres mächtigen Körpers ächzend. Auch Anna Kudlatschek erhob sich, sie flennte leise vor sich hin, und ich hörte sie noch im Flur und in der Halle weinen.

»Was waren das für Weibspersonen, was wollten sie hier?« murmelte Helena erschöpft.

»Nichts, Helena, überhaupt nichts. Sie brachten mir nur einige Kinder und gingen wieder friedlich nach Hause«, antwortete ich.

Ich kann es mir bis heute nicht erklären, wie ich in dieser Nacht, mit vier Säuglingen beladen, meine Wohnung unter dem Dach der Botschaft der Republik China erreicht habe.

Kaum hatte ich die rosigen Würmchen auf das Bett gelegt, da begannen sie alle auf einmal zu heulen.
»Sie werden Hunger haben«, bemerkte Herr Václav, trocknete sich die Stirn mit einem Taschentuch und sah bekümmert aus. »Herr Graf, was haben Sie wieder angestellt! Ich bitte Sie, ja ich flehe Sie an, geben Sie die Kinder zurück, bringen Sie sie in ein Waisenhaus oder sonst wohin! Großer Gott! Nein, man darf Sie nicht aus den Augen lassen.«
»Meine Kinder kommen nicht in ein Waisenhaus!«
»Ich habe in diesem Palais schon manches erlebt und vieles, was eigentlich nicht zu meinen Pflichten gehörte, getan. Ich hätte mich schon längst zur Ruhe setzen können, blieb jedoch als einziger bei Ihnen. Eine Amme kann ich aber nicht spielen, dazu fehlen mir die körperlichen Voraussetzungen.« Herr Václav ließ sich neben den Kindern auf das Bett fallen.
Jemand pochte an unsere Tür, und als Herr Václav sich erhob und öffnete, stieß ihn Rosa, das ziemlich kräftige und höchst aufgeregte Zimmermädchen der Molwitz, zur Seite und stürmte auf mich zu.
»Herr Graf, die gnädige Frau schickt mich, die kleine Julia abzuholen!«
»Ich hab es ja gewußt, Herr Václav, kaum bin ich eine Stunde mit den Kindern hier, schon wollen die Mütter sie zurückhaben!« triumphierte ich.
»Ich will nur Julia haben, sonst niemanden!« sagte Rosa energisch. – »Bitte, die sollen Sie auch bekommen.«
Ich beugte mich über die vier Säuglinge, drei weinten noch, und kalter Schweiß trat auf meinen Rücken. Herrn Václav, der an meiner linken Seite stand, flüsterte ich ins Ohr: »Sie wissen nicht zufällig, welches die Julia sein könnte?«
»Herr Graf, den Buben erkennen wir sicher, aber die Mädchen ... die sehen ja alle gleich aus!«

Auch Rosa beugte sich über die Kinder. Sie war erst achtzehn Jahre alt und dementsprechend unerfahren. Sie schaute von einem Säugling zum anderen, ihre Augen füllten sich mit Tränen.

»Jesesmarja, ich kann die Kinder nicht auseinanderhalten! Großer Gott, stehe mir bei!«

»Herr Václav, überlassen wir die Wahl dem Schicksal!« Ich richtete mich auf, und meine Stimme klang auch für mich zu hart, vielleicht sogar schon grausam.

Da stand ich also vor den vier Würmchen und war mir dessen bewußt, daß ich als oberster Richter hier und jetzt die Lebensbahn eines Menschen vorausbestimmen würde. Herr Václav hatte meine Gedanken und Absichten begriffen, er fiel vor mir auf die Knie und flehte mich an: »Ich bitte Sie, tun Sie es nicht, Herr Graf!«

Das Kind, das ich jetzt wähle, überlegte ich, wird eine Molwitz werden und auf Ewigkeit durch diesen Zufall mit der Geschichte jener Familie verbunden. Es wird sich von ihr nie lösen können. Im gewissen Sinne spreche ich jetzt stellvertretend für den Allmächtigen mein endgültiges, unwiderrufliches Urteil.

»Herr Graf!« Herr Václav hob die Arme zum Himmel. »Schauen Sie wenigstens nach, eines von den Kindern ist doch ein Junge!«

»Das ist nicht das wahre Problem«, dozierte ich. »Denn dadurch wäre die Wahrscheinlichkeit des Irrtums nur geringer. Vielleicht ist mir das Schicksal jetzt freundlich geneigt und ich erwische gerade den Jungen. Das würde bedeuten, daß ich damit aus den wahrscheinlichen Irrtümern den sichersten ausgewählt hätte. Ich wäre beruhigt, weil ich dann wüßte, daß ich mich tatsächlich geirrt habe.«

Ich tastete mit der rechten Hand die in Windeln gepackten Säuglinge ab, meine Hand zitterte. Im stillen betete ich zu Gott: Allmächtiger, begehen wir jetzt gemeinsam den richtigen Irrtum, laß Deine Gerechtigkeit walten! Gestehe mir jedoch dabei das Recht zu, mich an meiner Frau, die ich, wie Du weißt, nicht haben wollte und unfreiwillig nehmen mußte, zu rächen. Auge um Auge, Zahn um Zahn!

Ich ließ meine Hand auf einem der Säuglinge ruhen.

»Die Wahl ist getroffen!« sagte ich feierlich. »Wenn du, mein Kind, groß und erwachsen sein wirst, werde ich dir alles erzählen und ich werde mich bei dir für diesen Augenblick entweder entschuldigen oder gerührt deine Dankbarkeit entgegennehmen. Wer weiß ...« Ich wandte mich nach einer Weile, in der ich mir wie der Herrgott selbst vorkam, mit unsicherer Stimme Rosa zu: »Falls es ein Junge sein sollte, erklär' meiner Frau, die Hebamme hätte sich geirrt, ich aber hätte meinen ehelichen Sohn sofort erkannt.«

Mit diesen Worten legte ich das Kind in Rosas Arme.

»Schauen wir doch lieber nach!«

»Der liebe Herrgott hat entschieden!«

»Nein, Sie haben entschieden, nicht der Herrgott!«

»Ich bin der Vater des Kindes, also geh' schon!« fuhr ich das Zimmermädchen barsch an.

Als Rosa weg war, wickelten wir die restlichen Kinder aus den Windeln, und tatsächlich, der Junge lag in der Mitte, links und rechts die Mädchen.

»Nun bestimmen wir die Namen der Kinder!« erhob ich meine Stimme. »Julia sind wir los, obwohl wir uns nie sicher sein werden, ob wir sie tatsächlich ihrer Mutter zurückgegeben haben. Jedenfalls bleiben uns noch die Namen Irena und Helga übrig. Thomas ist klar.«

Ich überlegte eine Weile, zeigte dann auf das Mädchen links von Thomas und nahm die Stimme eines Propheten, eines ehrwürdigen Rächers oder vielleicht die des Allmächtigen an: »Du bist Irena, meine Tochter, mit Magdalena Prinzessin von Hlowositz unter sehr peinlichen Umständen gezeugt. Und du«, ich zeigte auf das Baby rechts, »bist Helga, ein niedliches Mädchen, dem ich in der bisher aufregendsten Nacht meines Daseins mit deiner Mutter, deren richtigen Namen ich bis heute nicht kenne, den Weg auf diese Welt ebnete. Du bist, Helga, ein Teil meiner Rache an dem Grafen Mikolajczyk und ...«

»Sündigen Sie nicht, Herr Graf!« schrie Herr Václav.

»Sie haben recht, Herr Václav«, fuhr ich mit ruhiger Stimme fort, sah meinen Sohn Thomas an und sagte: »Mit dir, Thomas, scheint bisher alles in Ordnung. Du bist tatsächlich mein leiblicher Sohn.«

»Herr Graf«, flüsterte mir Václav ins Ohr, »ich glaube eine Lösung gefunden zu haben. Schauen Sie, bei dem Mädchen links ist der Nabel noch nicht ganz geheilt, folglich dürfte das Kind ...«

»Die Entscheidung ist gefallen, Herr Václav!« wies ich meinen Diener zurecht. »Eine Korrektur ist überflüssig und würde die Wahrscheinlichkeit des Irrtums nicht mindern, ja im gewissen Sinne sogar noch vergrößern!«

Vierzigste Geschichte

Am nächsten Tag gab ich mir große Mühe und legte die Maske eines verantwortungsvollen Vaters an, dessen Sorgen nicht einmal der strahlende Sonntag vertreiben konnte. Kurz vor dem Mittagsläuten betrat ich das Café Slavia und nahm Platz an meinem Tisch.

Ich hörte ein leises Knistern, und da stellte Herr Alois auch schon den Kognak auf die Marmorplatte und schaute über mich hinweg auf den Fluß hinaus.

Wir schwiegen.

Die Mittagsglocken dröhnten, die Luft erzitterte unter den dumpfen Schlägen.

»Wie geht es Sarah und dem Jungen?« fragte ich Herrn Alois.

Der Kellner schwieg, holte dann Luft und sagte – ein

seltener Fall – mit einer ein wenig gereizten Stimme: »Gut, recht gut. Rudi läuft schon. Sie sollten uns besuchen.«
»Vielleicht wäre es besser, wenn ich ...«
»Vielleicht«, sagte Herr Alois hart, um mich rechtzeitig zu unterbrechen, und es war gut so.
Ich trank meinen ersten Kognak.
»Ich habe Kummer, Herr Alois.«
»Um Sarah und um Rudi brauchen Sie sich keine Sorgen zu machen, die sind bei mir gut aufgehoben.«
»Es geht nicht um Sarah und um Rudi.«
In Herrn Alois' Gesicht regte sich kein Muskel.
»Es geht um die drei Kinder, die ich zu Hause habe, Herr Alois.«
»Herzlichen Glückwunsch, Herr Graf. Ihre Frau hat also Drillinge. Ich bringe noch einen Kognak. Lieber aber gleich drei.«
»Nein, Herr Alois, so einfach ist es nicht. Ich hatte eigentlich gestern vier Kinder geschenkt bekommen, eines bin ich losgeworden, so blieben mir nur noch zwei Mädchen und ein Bub.«
»Das verstehe ich nicht.«
»Ist doch ganz einfach, Herr Alois. Meine Frau hat ein Mädchen bekommen, aber es ist nicht von mir. Die drei anderen Kinder sind ohne Zweifel die Früchte meiner Liebe ...«
»Das verstehe ich nicht«, wiederholte Herr Alois und sah mich besorgt an. »Moment, ich bringe zwei Kognaks und dann erklären Sie mir alles noch einmal.«
Ich hörte leise Geräusche, als Herr Alois die Nebelgrenze, die meine sonderbaren Blickwinkel trennte, durchstieß. Er stellte zwei Gläser auf den Tisch und setzte sich hin.
»Das verstehe ich nicht«, sagte er zum dritten Mal. »Also, Sie haben vier Kinder, von denen eines ohne Zweifel von Ihrer Frau ist, aber Sie bestreiten ...«
»Ich habe dieses Kind als meines anerkannt, aber der Mutter zurückgegeben.«

»Dann schicken Sie den Müttern auch die restlichen drei zurück!«

»Das ist ausgeschlossen!« fuhr ich den Kellner an. »Im Prinzip ist das Problem jedoch einfach. Da habe ich den Thomas, der ohne Zweifel mein Sohn ist, und dann gibt es noch zwei Mädchen, Irena und Helga, und die habe ich, so wie die Sache gelaufen ist, verwechselt. Genauer gesagt, höchstwahrscheinlich verwechselt.« Ich hob meinen Zeigefinger und fuhr fort: »Wenn der Allmächtige sein Geschöpf im Stich läßt, muß es sich eben selbst helfen.«

Herr Alois starrte mich an, seine wässerigen Augen drohten jetzt auszutrocknen.

»Das verstehe ich nicht, nein, das kann ich nicht verstehen«, stammelte er und erhob sich, um noch zwei Kognaks zu holen. Er schaffte es nicht, den kürzesten Weg zur Bar zu finden, er irrte eine Zeitlang zwischen den Stühlen und Tischen herum und bewegte sich wie ein Mondsüchtiger. Als er von seinem Irrweg durch das Café Slavia zurück war, hob er sein Glas. – »Trinken wir auf Ihre Kinder!«

Ich beobachtete mit meinem kurzsichtigen Auge jede Bewegung in seinem Gesicht. Es war da ein Zucken, ein Zusammenziehen und Erschlaffen zu sehen. Die Maske des professionellen Kellners, der so viel vom Leben versteht, bröckelte langsam ab, und nach einer Weile saß Herr Alois mit nacktem Gesicht vor mir.

»Herr Alois, Sie sind der einzige, der mir helfen kann, die Kinder loszuwerden!« flehte ich ihn, den Unbeholfenen und Verstörten, an.

»Jesusmaria, Herr Graf, wenn's ein Kind wäre, na, sagen wir, wenn's zwei wären ... aber drei!« Herr Alois bebte so stark, daß sogar der Marmortisch zitterte.

»Herr Alois, ich habe an einem See in Nordböhmen ein Häuschen, nicht groß, aber nett. Bringen Sie die Sache mit den drei Kindern in Ordnung, und das Häuschen steht Ihnen zur Verfügung!« Das war mein letzter Rettungsversuch.

Herr Alois hörte mit einem Schlag zu beben auf, der Marmortisch beruhigte sich. Es war interessant, sein Gesicht zu beobachten: Wie in einem Film, den man rückwärts laufen läßt, flogen die Splitter und Fetzen seiner Maske zurück und setzten sich genau dort fest, wo sie hingehörten. Es dauerte nicht lange, und Herr Alois sah wieder wie vorher aus: Er hatte seinen professionell traurigen Ausdruck und die Züge eines ständig lauernden Menschen.

»Ein Häuschen an einem See?« Er schluckte zweimal und führte dann ein Selbstgespräch, wobei er mich aufmerksam musterte, um nur nicht die winzigste Regung meiner Maske zu versäumen. »Naja, ich müßte mich ein wenig umhorchen, einige Leute sprechen, hier und dort fragen ... Oh, Herr Graf, warum haben Sie alles so ungeschickt angestellt! Eine Chance haben wir, eine einzige Chance! Warten Sie mal!«

Einem Schlafwandler gleich erhob sich der Kellner, er verirrte sich wieder in der Nebelzone, taumelte zwischen den Stühlen und Tischen des Cafés Slavia hindurch, hörte nicht die Stimmen der Gäste, die nach ihm verlangten, stieß wieder einen Stuhl um und merkte es überhaupt nicht. An der Theke sah ich ihn dann mit unsicherer Hand den Telefonhörer aufnehmen, er wählte eine Nummer. Obwohl ich mein feines Gehör bis zur äußersten Grenze angespannt hatte, hörte ich nur kurze Satzfetzen und Silben und sah Herrn Alois' angestrengtes Gesicht. Dann hängte er auf, kam wieder zu mir zurückgetaumelt und holte tief Luft: »Herr Graf, er kommt in zehn Minuten, dann reden wir weiter!«

»Wer kommt?«

»Josef Tkaczyk, Sie kennen ihn bereits!«

Der Kellner hatte plötzlich die Miene eines Richters, der dem unschuldig Angeklagten lebenslänglich aufbrummt.

»Unter gewissen Umständen wäre Herr Tkaczyk bereit ... Tja, das Problem ist eben nur seine zukünftige Frau ...«

Herr Alois unterbrach sich. Er lief rot im Gesicht an. »Entschuldigen Sie, mein Asthma ...« stieß er mit Müh und Not aus.
Sie werden es mir nicht glauben, mein Freund, aber in diesem Augenblick vernebelten sich die Fenster des Cafés Slavia. Draußen, so schien es mir, brach unerwartet eine Sonnenfinsternis aus, ein dunkelbraunes Licht floß vom Laurenziberg herunter. Am Kai sah ich eine unter der Last eines schweren Sackes gebückte Mittagshexe vorbeihinken. Sie blieb stehen, grinste mich frech an und hob ihre knochige Hand. Die Schützeninsel verschwand von der Wassroberfläche der Moldau. Gleich darauf rührte sich der Sand unter dem Café Slavia.
»Oh, Herr Alois!« heulte ich und spürte, wie die heißen Tränen meine Maske unterspülten. »Verschweigen Sie bitte den Namen einer gewissen Anna Kudlatschek, und wenn es ein anderer sein sollte, dann bitte ich Sie, um Gottes Willen, schreien Sie ihn laut und deutlich!«
»Was sind Sie für ein Mensch, Herr Graf?« stammelte in der mittäglichen Sonnenfinsternis Herr Alois. Er erhob sich, entfernte sich rückwärts von meinem Tisch, stieß an eine Säule und blieb dort wie erstarrt und mit dem Mörtel verwachsen stehen und stöhnte: »Nein, in Ihrem Fall glaube ich an keine Zufälle. Sie sind ein gezeichneter Mensch. Jetzt ist mir klar, weshalb Sie Masken anlegen. Die Narben in Ihrem Gesicht sind die Zeichen des Teufels, Herr Graf.«

Einundvierzigste Geschichte

Die Frage nach dem Sinn meines Lebens erübrigt sich, lieber Freund. Ich war eben nur gezwungen, mich jeden Tag für den nächsten zu retten. Erst viel später wurde mir bewußt: Niki, du bist unheilbar mit den Gebrechen dieser

Stadt verbunden! Aber wie heißen all die Krankheiten, die diese Stadt seit Jahrhunderten lähmen, zugleich aber auch den Nährboden bilden, auf dem sich so erfolgreich zahlreiche betrügerische Weltverbesserer und schlaue Versager, wahrhaften Helden zum Verwechseln ähnlich, vermehren können? Die Antwort auf diese Frage will ich gar nicht kennen. Sie muß grausam sein, erschreckend und deprimierend.

Zweiundvierzigste Geschichte

Eines warmen Frühlingstages, es könnte aber genausogut schon Altweibersommer gewesen sein, sah ich mich wieder nach langer Zeit an der Ecke Ferdinandstraße, die jetzt aber Nationalstraße hieß, und Branntegasse in der meisterlichen Maske eines selbstbewußten jungen Dandys stehen, der seine ersten Malheure gekonnt aus dem Weg in die Zukunft geräumt hatte und deswegen mit einem überlegenen Lächeln, vermischt mit einem Hauch Skepsis, blinzeln und schielen durfte.
Im leichten Wind segelten fest gebaute Boote – sturmerprobt und, obwohl manche angeschlagen waren, immer noch fahrtüchtig – an mir vorbei. Ich lächelte verlegen, ja vielleicht wehmütig und zog meinen Hut, sprach sie jedoch nicht an. Meine Signalwimpel blieben zusammengerollt. Das Kielwasser der Damen plätscherte an meiner Brust, und ich spielte mit der Vorstellung, wie sie auf meine bekannte Frage antworten würden. Ich verbeugte mich tief vor jedem Bug, der nach Abenteuer, nach Parfüm und gesundem Schweiß duftete, sagte jedoch kein Wort. Nur aus der Art und Weise, wie die Damen an mir vorbeiglitten, mich mit bunten Fähnchen, mit Aufblitzen der Augen begrüßten oder nur stumm in die unendliche Ferne starrten, versuchte ich ihre Antworten zu erraten. Ich hörte

auch das Knistern, Knacken, Biegen und Stöhnen ihrer festen Masten und das Flattern der bunten Segel. Als sie an mir vorbeischwammen, wechselten viele ihre Farben. Manche wurden rot, andere ganz weiß. Fast alle wollten vor mir Anker werfen, überlegten es sich aber im letzten Augenblick anders, denn das Fahrwasser in meiner Nähe schien ihnen wohl zu seicht oder zu tückisch. Sie segelten also weiter zu ihren sicheren Häfen oder in geschützte Buchten irgendwo unter dem Laurenziberg oder zu den flachen Ufern der Arbeiterviertel in Holeschowitz, Wysotschan oder in Karlin.

Ich fühlte mich wie ein wackeliger Leuchtturm am Rande eines Wirbels, der an dieser Straßenecke hohe Wellen schlug und mit dumpfem Gemurmel entweder Richtung Wenzelsplatz oder westwärts zum Moldaukai weiterfloß. Mit verklärten Blicken versuchte ich, die reizendsten Boote anzulocken. Ohne Erfolg. Ich wiederholte mir meine Frage, wagte sie jedoch nicht laut auszusprechen. Und da geschah etwas ganz Besonderes: Das Echo meiner Worte prallte von meinem Brustkorb ab und drang durch die Kehle in meine Mundhöhle. Aus ihr mußte es, zu einigen unverständlichen Signalen verstümmelt, die sensiblen Ohren der vorbeischaukelnden Damen erreicht haben, denn auch die, die sich mir schon näherten, warfen plötzlich das Ruder herum, drehten sich im Wind, der einmal von der Moldau kam, dann wieder aus der Brannte-gasse oder vom Wenzelsplatz wehte, verharrten eine Weile auf der Stelle und zeigten mir dann jedoch ihre schön geformten Achterdecks.

Kurz vor Sonnenuntergang ließ ich mich selbst in die Nationalstraße schwemmen und wurde vom Strom entlang der Häuserwand Richtung Moldau getragen.

So verging meine Zeit, und ich war zufrieden mit ihr.

Dreiundvierzigste Geschichte

Ab und zu, es mußte jedoch eine helle Nacht sein, stieg ich von der Brücke der Legionäre, die einmal Franzensbrücke geheißen hatte, später dann den Namen Adolf Hitlers trug, die Sie jedoch, mein Freund, aus mir unverständlichen Gründen die Brücke des 1. Mai nennen, auf die Schützeninsel hinunter. Vor mir lag die schwarz glänzende Oberfläche der Moldau, rechts von den Laternen am Kai gesäumt, im Norden durch die Lichtklammer der spärlichen Beleuchtung auf der Karlsbrücke überwölbt. In der Mitte des Stromes lag als helles Loch das auf den Kopf gestellte Spiegelbild der großen Fenster des Cafés Slavia. Unweit der nördlichen Spitze der Schützeninsel zeichnete sich der Umriß eines Bootes ab, in dem ein Mann über zwei Angelruten saß.

»Warten Sie noch immer auf Ihren großen Fisch?« rief ich laut in die Nacht.

Einige Wildenten, die dicht am Ufer schliefen, die Schnäbel unter die Flügel gesteckt, wachten auf und flohen wild um sich schlagend in die Finsternis.

Der Mann im Boot rührte sich nicht.

»Sie Mistkerl, sagen Sie doch etwas!« schrie ich ihn an.

Er schwieg.

Vielleicht schläft er, dachte ich, oder er ist tot.

Vierundvierzigste Geschichte

Die Zeit floß dahin. Sie staute sich im Prager Moldaubekken. Irgendwo im Norden, vielleicht zwischen Troja und der Kaiserinsel, wahrscheinlich jedoch schon in der Höhe der Hetzinsel, also in Gegenden, die ich nie betreten habe und nicht kannte, vermutete ich einen unsichtbaren Staudamm, der das Wasser der Moldau aufhielt. Ich lebte auf dem Grund einer überfluteten Stadt. Unzählige Stürme, die den Strom in die Stadt schwemmten, tobten hoch über meinem Kopf auf der Wasseroberfläche. Unten, im Stadtkern, wo ich meine Kreise zog, gab es nur ab und zu gefährliche Strömungen, denen ich ausweichen mußte. In den langen Jahren, als der Wasserspiegel ständig stieg, legte ich zahlreiche Masken an. Eine Zeitlang war ich Feldmarschall Radetzkiy, und es machte mir Freude, am Kleinseitner Ring die Statue des französischen Historikers Ernst Denis anzustarren, die in Bronze gegossen an derselben Stelle stand, an der bis 1918 der österreichische Marschall posiert hatte, das rechte Bein schon ein wenig gehoben, als wollte er vom Sockel steigen und sich im gegenüberliegenden Kleinseitner Kaffeehaus ausruhen. Die Fahne, die der Held von Custoza in der rechten Hand hielt, war jedoch so fest im Kopf eines ziemlich finster dreinschauenden Grenadiers verankert, daß sich der Feldmarschall bis zu jenem Tag im Herbst 1918, als er vom Podest gestürzt wurde, nicht rühren konnte. Kurz vor dem Mittagsläuten betrat ich das Café Slavia. Herr Alois, inzwischen zum Oberkellner aufgestiegen, verbeugte sich und sagte wie immer: »Einen Kaffee und einen Kognak.« Er sprach stets im selben Tonfall, seine Bewegungen waren immer die gleichem, so daß es mir heute unmöglich ist, die Jahre im Café Slavia zu unterscheiden. Die Art und Weise, wie er sich vor mir verbeugte und mich anredete, war ein strenges Ritual, das wir beide stillschweigend entwickelt und bis zuletzt eingehalten haben.

»Ich erlaube mir zu bemerken, daß Ihre Maske heute höchst gelungen ausgefallen ist«, sagte Herr Alois und fügte hinzu: »Sie sind ein Meister, Herr Graf!«

»Ich habe mir große Mühe gegeben«, antwortete ich und fühlte mich stets ein wenig geschmeichelt.

Herr Alois ließ mich dann in Ruhe, und ich konnte in dieser Stunde im überfüllten Café Slavia meine Einsamkeit vollkommen genießen.

Seit Mitte der zwanziger Jahre legte ich Augenbinden an. Einmal verdeckte ich das linke, ein andermal das rechte Auge. Ich täuschte mir somit sonderbare Licht- und Perspektiveffekte vor und hatte meine Freude daran. Wenn ich mein kurzsichtiges Auge zudeckte, schien es mir, als stünde ich im trüben Wasser mitten auf einer verlassenen Insel. Oh, wie viele Frauen segelten auf mich zu! Ich ließ sie, die Boote voll duftender Gewürze, an mir vorbeiziehen. Sie schaukelten in der leichten Brise bis an meine Nebelgrenze heran. Und wenn eine mit ihrem Bug in das trübe Wasser und in die Strömung drang, in der ich, im unsicheren Boden verankert, mühsam aufrecht stand, sah ich nur einen Schatten an mir vorbeigleiten. Ich verneigte mich tief und wagte manchmal meinen Satz zu flüstern.
Ab und zu verdeckte ich mein weitsichtiges Auge. Alles, was ich dann in meiner unmittelbaren Nähe sehen konnte, beobachtete ich wie durch ein Vergrößerungsglas. Die weiter entfernte Umwelt war für mich nur eine chaotische Anhäufung von unscharfen Farbtupfern. Die bunt bemalten Boote, die sich mir näherten, hatten große Kleckse aufgezogen, so daß ihre aufgeblähten Farbflecken, die sich leicht bewegten, nicht von den anderen bunten Nebelschwaden zu unterscheiden waren. Erst wenn sie ganz in meine Nähe gesegelt kamen, erkannte ich ihre Signalwimpel. Manche hatten nur Pest und Schwermut geladen, andere stöhnten unter der Last der Sorgen, und sehr viele signalisierten: »Bitte einen Lotsen an Bord, der mich in einen sicheren Hafen führt!«
Wie vielen Menschen bin ich in diesen Jahren begegnet, die stets die Schuld für ihr eigenes Versagen, für ihre Feigheit und Unbeholfenheit immer nur den schlimmen Zeiten angelastet hatten! Mir gegenüber hat sich die Zeit jedoch vornehm verhalten, sie hatte mich vergessen, ich war für sie nicht vorhanden, so daß sie für mich schließlich auch nur ein fremder Begriff geworden war.
In meinem sicheren Mittagshafen, im Café Slavia, beschäf-

tigte ich mich in der ersten Stunde nach dem großen Läuten, Bimmeln und Glockendröhnen nur mit mir und mit meinen unzähligen und unüberschaubaren Gedanken und Plagen. Den Kopf auf das Marmormuster des Tisches gesenkt, beichtete ich täglich mir selbst und meinem Gott, zu dem ich allerdings ohne Vermittler Zugang hatte.

Fünfundvierzigste Geschichte

Bei guter Fernsicht begann mein weitsichtiges Auge nach dem Mittagsläuten zu tränen. Der scharf gezeichnete Turm der Kirche Maria de Victoria am gegenüberliegenden Ufer der Moldau in der Karmelitengasse – ein auf den Kopf gestelltes und an der Wasseroberfläche ein wenig gekrümmtes Ausrufezeichen – schien mich stets verletzen zu wollen. Ich erinnerte mich wieder an meine Jugend, fünf oder sechs Jahre alt war ich damals gewesen, als mich meine Mutter mit der mutmaßlichen Fürstin Mischkina in die Kirche Maria de Victoria führte, wo das wundertätige Prager Jesulein in seiner brokatgoldenen Pracht auf dem Altar thronte. Die zierliche Wachsfigur hatte Prag mehrmals vor der Pest bewahrt, sagte man, und wenn es auch dem Jesulein nicht immer gelang, die Bürger vor dem Schwarzen Tod zu retten oder sie von einem Unglück, in das sich die Prager sehr oft durch eigenes Verschulden stürzten, zu bewahren, so schrieb man der Wachsfigur über Jahrhunderte hinweg nur Gutes zu. Viele Gelähmte, die vor der Figur niedergekniet waren und inbrünstig gebetet hatten, wurden auf der Stelle geheilt. Blinde sahen wieder. Hartnäckige Sünder und Häretiker, die es in dieser Stadt immer reichlich gab, bekannten sich vor dem Jesulein zu ihren Gotteslästerungen und hatten die Kirche zwar von zahlreichen Sünden befreit verlassen, sich jedoch, wie ich meine, mit Aberglauben belastet.

Und eines Tages sah ich das Prager Jesulein in eine bläuliche Weihrauchwolke gehüllt auf einer goldenen Bahre über den Köpfen von sechs schwarz gekleideten Posaunenbläsern schweben, und ich erinnerte mich an den Tag, an dem mich die Mischkina in der Kirche Maria de Victoria vor der Wachsfigur auf die Knie gedrückt, die Binde von meinen Augen genommen und gesagt hatte: »Bete, damit ein Wunder geschieht und deine Augen gegeilt werden!«
Ich glaubte damals an der Schwelle eines Wunders zu knien und wagte es nicht, meine Augen zu öffnen. Ein wenig später überwältigte mich jedoch die Neugier, ich riß die Augen auf und sah das Prager Jesulein in all seiner Pracht und Herrlichkeit auf dem Altar festgeschraubt. Sonst aber geschah nichts. Ich sah nicht besser und auch nicht schlechter. Die Nebelgrenze, die mich ständig begleitete, war nur ein wenig gelichtet, denn durch das große Fenster fiel ein rötlicher Sonnenstrahl auf die Wachsfigur im goldenen Kleid und mit glitzernder Krone auf dem Kopf. Ich starrte die Figur an und betete. Einmal sah ich sie ganz deutlich, plötzlich aber verschwand sie für lange Zeit im Nebel, und als das Jesulein wieder in das Blickfeld meines Auges trat, schien es mir, als hätten sich seine aus Wachs geformten Gesichtszüge bewegt, ja, es zwinkerte mir zu und lächelte mich an.
»Es lacht mich an!« flüsterte ich meiner Mutter zu.
Ich hörte also Posaunen und sah das Jesulein, von Spinnweben des Altweibersommers und von Weihrauch umhüllt, am gegenüberliegenden Ufer glitzern. Sein Bild spiegelte sich auf der ruhigen Wasseroberfläche und schien neben dem einst hellblauen Boot stillzustehen. Der Fischer hob langsam die Angelrute und ließ sie wieder fallen, genau an der Stelle, an der das Spiegelbild der goldenen Krone des Jesuleins im Wasser ruhte.
»Glauben Sie an Wunder, Herr Alois?«
Meine Frage hatte den Ober überrascht; er bemühte sich um ein verständnisvolles Lächeln.

»Da müßte ich ein Wunder erlebt haben.«
»Alles ist ein Wunder, Herr Alois!«
Ich war eben in die richtige Stimmung geraten, um über das Wunder zu meditieren, da trat eine junge Dame an meinen Tisch, ich erschrak ein wenig, denn ich hatte sie nicht meine Nebelgrenze durchbrechen hören.
»Der Platz ist wohl frei?«
»Leider nein, der Platz ist besetzt.« Herr Alois hob seine Augenbrauen und schaute über die Dame hinweg.
»Erst jetzt ist er besetzt, Herr Ober.« Sie grinste ihn frech an, setzte sich hin, legte beide Ellenbogen auf die Tischplatte und stützte ihr Kinn in die Handflächen.
»Also, Herr Graf, endlich habe ich Sie erwischt. Womit fangen wir an?« fragte mich die Dame.
Sie war tatsächlich schön, sie hatte regelmäßige Züge, feingeformte Hände, nur ihre Augen waren kühl und hart. Sie musterte mich mit einer unverblümten Neugier, und als sie glaubte, meine Verlegenheit voll genossen zu haben, holte sie aus ihrer Tasche eine Puderdose, öffnete sie und betrachtete ihr Gesicht im Spiegel. Sie schien zufrieden zu sein. Mit einer blitzschnellen Bewegung klappte sie die Puderdose wieder zu.
»Also, Herr Graf, wann kommt Ihr berühmter Satz?«
»Hier doch nicht!« flüsterte ich peinlich berührt.
»Ach so! Sie haben Angst vor den alten Weibern, die hier auf Sie lauern?«
Ich verzog mein Gesicht vor Empörung, erhob mich und ging zwischen den Stühlen hindurch, von den verstörten Blicken der zahlreichen Damen begleitet, die nicht begreifen konnten, aus welchem Grund ich das Café Slavia eine halbe Stunde früher als sonst verließ. Später erzählte mir Herr Alois, daß mein Abgang einer überhasteten Flucht geglichen habe, daß viele Damen sich um eine halbe Stunde ihres Lebens betrogen fühlten und daß diejenigen, die von ihm das Recht gekauft hatten, ganz nahe an meinem Tisch sitzen zu dürfen, ihr Geld zurückgefordert hätten.

Vor dem Café blieb ich stehen, denn ich wollte erst einmal tief und befreit aufatmen. Die Dame gönnte mir jedoch keine kurze Verschnaufspause.

»Also, Herr Graf, wohin führen Sie mich?« fragte sie und verstellte mir den Fluchtweg.

»Ich gehe nach Hause«, antwortete ich verlegen, wich ihr aus und bog um die Ecke auf den Moldaukai ein.

»Mich werden Sie nicht so schnell los«, lachte sie böse an meiner Seite, »ich will nämlich Ihren berühmten Satz hören!«

»Sie werden ihn hören, aber dann werden Sie es bereuen!« schrie ich sie wütend an und versuchte wegzulaufen.

»O nein, das werde ich nicht!« zischte sie und hielt mich am Kragen fest. »Sie verkommener adliger Wicht! Woher nehmen Sie das Recht, Ihre Schnauze so hoch zu tragen? Ich will es Ihnen offen sagen, ich bin Redakteurin der kommunistischen Frauenzeitschrift ›Der rote Same‹ und ich schreibe eine große Reportage über die Überbleibsel des Feudalismus in Prag. Und Sie, verdammter Hurenbock, liefern mir die Story!«

Wir standen ganz dicht am schmiedeeisernen Geländer des Kais. Zahlreiche Passanten, die um diese Stunde des Feiertages Mariä Geburt hier spazierengingen, blieben stehen und gafften uns an. Ein junger Mann sagte laut: »Hau ihm eins auf die Fresse, Genossin!« Ein älterer Herr rief nach der Polizei, einige Damen erröteten und wollten sich abwenden, doch ihre Neugierde war stärker als ihr Wille, sich auf ihre gute Erziehung zu besinnen.

»Wie heißen Sie?« fragte ich die Dame leise.

»Das geht Sie nichts an«, schnauzte mich die Redakteurin an und würgte mich, indem sie den Kragen meiner Jacke enger zog. »Also, ich will Ihre Frage hören!« zischte sie mir direkt ins Gesicht. Ich war überrascht, sie duftete nach Thymian.

»Lassen Sie mich zuerst los. Keinen Skandal, bitte!« röchelte ich, und tatsächlich ließ sie locker.

Ach, du Luder, dich kriege ich schon klein! dachte ich und holte tief Atem. Ich wollte nämlich meine Stimme dröhnen, sich mit den Posaunen auf dem gegenüberliegenden Ufer vereinigen und gegen den Himmel und zugleich in ihr freches, jedoch ansehnlich geformtes Gesicht, schlagen hören: »Also komm, jetzt leg' ich dich aufs Kreuz, daß dir Hören und Sehen vergeht! Willst du oder willst du nicht?«
Den Herren, Damen, Jungen und Mädchen, die uns umstanden, blieben die Münder offen.
»Natürlich will ich.« Die Redakteurin grinste mich an, griff nach meinem Ärmel und zog mich in Richtung Karlsbrücke fort.
Als wir über die Brücke gingen, schob sie mich vor sich her, und ich mußte erkennen, daß sie ziemlich kräftig war. Es begann zu blitzen und zu donnern. Ich wollte den Regenguß unter dem Brückenturm überstehen, aber sie gab nicht nach. An den heiter runzeligen Barockhäusern der Brückenstraße entlang drängte sie mich weiter in Richtung St. Niklaskirche. Als wir auf dem Platz vor dem Hauptportal der Kirche angekommen waren, war auch sie durchnäßt.
»Komm, wir gehen hinein!«
Mein kunstvoll geschminktes Antlitz war verwüstet. Mit der Zunge leckte ich die zerflossene Schminke ab, sie schmeckte bitter. Vor dem Bild des heiligen Xaverius drückte sie mich in eine Bank hinein.
Die schöne Maske des Bonvivants in besten Jahren war zerstört. Übriggeblieben war wohl nur ein Trümmerfeld von Farben, ein durchnäßter Scheiterhaufen meiner dreistündigen Bemühung. Dann hörte ich die kläglichen Überreste einer bestimmt erhabenen Melodie von Posaunisten geblasen, das Haupttor der Kirche öffnete sich unter Stöhnen und Knirschen, und als ich mich umdrehte, sah ich sechs vom Regen übel zugerichtete Männer das klatschnasse Prager Jesulein auf einer goldenen Bahre in die

Kirche tragen. Der Pfarrer schleppte den wässerigen Ornat mit Würde.

»Komm, wir verkriechen uns lieber hinter dem Beichtstuhl«, flüsterte die Redakteurin. Sie zerrte mich aus der Bank heraus und zog mich in eine dunkle Ecke. Links über meinem Kopf sah ich das berühmte Bild des heiligen Xaverius, rechts, schon hinter der Nebelgrenze, das nasse Prager Jesulein inmitten des verstörten Häufleins der Gläubigen. Die vom Regenguß überraschten Menschen knieten und beteten leise, der Regen trommelte auf die hohe Kuppel, einige Blitze fuhren vom Himmel herunter und prallten irgendwo in der Stadt von den Dächern ab.

Das Prager Jesulein, das unschuldige Gesicht zu mir gewandt, weinte Regentropfen. Ich zog meine nasse Jacke aus, breitete sie hinter dem Beichtstuhl auf dem Marmorboden aus und legte meine Hände auf die Schulter der Journalistin.

»Also, jetzt im Ernst. Willst du tatsächlich?« fragte ich sie.

»Ja«, hauchte sie und ließ sich mit dem Rücken an die Wand gelehnt zu Boden gleiten.

Unter dem Bildnis des heiligen Xaverius, das ein Geheimnis verbirgt, aber keiner weiß welches, habe ich meine Tochter Maria Holečková gezeugt. Die Posaunisten bliesen eine ohrenbetäubende Melodie, der Regen ließ nach, der Sturm zog unausgetobt und düster drohend gegen Westen zurück.

Und in dem Augenblick meiner Ekstase durchstieß die Sonne die Wolkendecke und fiel durch die farbigen Mosaikfenster der Kirche auf die übel zugerichtete Statue des Prager Jesuleins, das mich, wie ich bis heute glaube, anlächelte und mir vielleicht sogar etwas Ermutigendes zuflüsterte.

Meine inbrünstigen Andachten, Beichten und Selbstgespräche hielt ich am Fenster meines einstigen Palais ab. Ich sprach meinen Gott an, wir wurden uns meistens einig und kamen miteinander zurecht. Nach meiner täglichen Seelenwäsche über den Dächern und Türmen der Stadt war Friede in mir, allerdings ständig an der Oberfläche durch die beängstigende Vermutung beunruhigt, daß demnächst ein Meteorit, schwarz und kühl oder glühend rot, aufheulte und meine eben reingewaschene Seele aufrisse. Zu dieser Zeit, als ich meinen lähmenden Frieden schloß, kam Helena aus ihrem Gartenhaus inmitten des gepflegten Grüns herausspaziert. Sie trug immer, im heißesten Sommer als auch bei Wind und Frost, einen schwarzen Regenmantel, einen roten Hut und einen zierlichen, mit fein gearbeitetem Silber beschlagenen Stock, mit dem sie das Spinnennetz der sandgestreuten Wege abklopfte. Um mich an meinen Verrat zu erinnern, stieß sie regelmäßig mit ihrem Körper gegen die hohen Gartenmauern, schlug sich absichtlich an den Steinen die Stirn wund, fiel sogar hin, richtete sich jedoch ohne fremde Hilfe wieder auf, hob den Spazierstock gegen mein Fenster und schrie laut: »Niki, du verdammter Mistkerl, du hast mich verlassen!«

Unzählige Kinder habe ich gezeugt, und alle kommen sie mich besuchen. Wenn ich nächstens in meiner Wohnung unter dem Dach der chinesischen Botschaft hocke und nicht schlafen kann, weil Helena von Molwitz in dem großen Garten der amerikanischen Botschaft herumwandert, nach mir schreit und mich verdammt, dann sind sie alle wieder bei mir, alle versammeln sich, die Toten und die Lebendigen, die leiblichen Kinder und auch die, welche ich als meine anerkannt hatte, die Unglücklichen und Lebensfrohen, die Schieber, Hochstapler, Künstler, Politiker; Thomas der Pfeifer ist immer dabei, er hockt auf dem Fensterbrett und pfeift leise vor sich hin, ebenso Rudi

Salzmann, den man gehängt hat, dessen Leiche verbrannt und dessen Asche auf der eisigen Landstraße zwischen Prag und Melnik verstreut wurde, das Biest Maria Holečková unter der wohlwollenden Aufsicht des klatschnassen Prager Jesuleins gezeugt, und auch mein erster Nachkriegssohn Adolf Lorbergeist; er hätte eigentlich verdient, Belecredos zu heißen, aber irgendwie ging es auch mit seinem Namen schief.
Ich bin also nie allein.
Demonstrationen, Umzüge, Staatsbegräbnisse zogen am Café Slavia vorbei, fremde Armeen marschierten über die ehemalige Franzensbrücke in die Stadt ein. Straßen, Plätze, Gassen und Brücken wechselten in schneller Reihenfolge die Namen; das Spiel hieß sehr oft anders, die Kulissen und die Komödie blieben aber dieselben. Ab und zu wurden Kostüme gewechselt, neue Masken angelegt, neue Programme und Ideologien verkündet, aber sie waren hier immer nur das, was sie seit eh und je tatsächlich waren: Metaphern, weit von sachlichen Inhalten entfernt, manchmal ein Grund zu berauschender Euphorie, ein andermal wieder eine absurde Entgleisung der Vernunft.
Als man 1937 den ersten Staatspräsidenten T. G. Masaryk am Café Slavia vorbei zu Grabe trug, verbeugte sich Herr Alois vor mir und sagte mit einer leisen Stimme: »Herr Graf, ich habe mir erlaubt, an Ihren Tisch eine Dame zu plazieren, weil sie von hier aus das Begräbnis gut sehen kann. Hundert Kronen hat sie gezahlt, hier ist Ihr Fünfziger.«
Ich steckte die Banknote ein.
Die junge Dame an meinem Tisch weinte so überzeugend, daß ich, von ihrer Trauer bezaubert, meine Hand auf ihren Arm legte und sie zu beruhigen versuchte. Ich hörte Trauermusik, den Gleichschritt der Soldaten, das Knarren der Lafette, auf der der Sarg mit dem Toten lag und die langsam am Moldaukai vorbeischaukelte.
»Bringen Sie mir noch einen Kognak«, sagte ich zu Herrn

Alois, und da die rüstige Frau zu beben begann und aus allen Poren Feuchtigkeit absonderte, fügte ich hinzu: »Und einen trockenen Sherry für die Dame!«
»Beruhigen Sie sich bitte«, flüsterte ich ihr zu, zog mein Taschentuch und versuchte, ihre Tränen abzutrocknen.
»Ich heule ja nicht wegen dieses alten Lakaien, des Imperialisten«, fuhr sie mich barsch an und starrte durch das Fenster auf die Zylinder, die von den ehrwürdigen, schwarzbefrackten Herren hinter der Lafette in den Händen gehalten wurden und im Rhythmus der Trauermusik an den graugestreiften Hosen hin und her pendelten.
»Aber einen Grund zum Trauern müssen Sie doch haben!«
»Allerdings, den habe ich! Ich habe ihn nämlich umbringen wollen! Und was tut mir dieser Scheißkerl an? Er kratzt auf einem Feldbett in einem herrlichen Schloß ab. Er stirbt wie ein ehrwürdiger Großvater, und jetzt kann das ganze Volk ehrlich trauern. Sehen Sie sich das an! Sogar unsere Parteigenossen fühlen sich verpflichtet, sich diesem allgemeinen Geheul anzuschließen. Das nenne ich Verrat. Und er, Masaryk war es gewesen, der unserem unvergeßlichen Lenin nach dem Leben getrachtet hatte, Agenten hat er bezahlt ...«
Die Dame wandte sich mir zu, und ich sah, daß ihre Augen von der Glut des Hasses plötzlich ausgetrocknet und steinhart geworden waren.
»Ich war nämlich dabei, als Lenin 1912 in Prag ankam. Er hatte mich damals auf seinen Schoß gehoben, meine Haare gestreichelt und gesagt: »Du mein Mädchen, wirst die bessere Welt erleben!«
Ich spannte die Haut, sie riß; unter der Schminke blutete ich. Ein solches Wunder habe ich nicht erwartet, überlegte ich. Da es aber geschehen ist, bleibt mir nichts anderes übrig, als es zu akzeptieren. Ich wählte eine melancholisch gefärbte Stimme und begann ganz unwillkürlich meine Erinnerung an den Januarabend 1912 zu beschreiben: »Es

war so, wie Sie es schildern. Ich bin ihr Zeuge, denn auch ich war dabei. Sie waren ein Jahr alt, Lenin streichelte Ihr blondes Haar und er sagte ...«
Die Dame umklammerte meine Hand.
»Du bist Niki!« stieß sie hervor.
»Ja, Jelena, ich bin es«, antwortete ich leise und ein wenig beschämt, weil ich an diesem Tag die falsche Maske angelegt hatte. Ich ähnelte wieder einmal Jakub Graf Mikolajczyk, genauer gesagt, ich wollte ihm ähneln, die Maske war jedoch nicht gut ausgefallen.
»Ich war dabei, Jelena, als du gezeugt wurdest«, fuhr ich fort. »In dem Augenblick, als du dich in deiner Mutter zum ersten Mal gerührt hast, hatte mich der Allmächtige mit einem Wunder beschert. Ich sah, was zu sehen war und was keiner außer mir und Gott sehen konnte, Jelena.«
Der Trauerzug war vorbei. Die Polizei lockerte die Absperrung. Weinende Menschen drängten sich vom Kai in Richtung Nationalstraße. Diffuses Licht fiel vom Laurenziberg herab. Der Angler im einst hellblauen Boot, das unterhalb der Schützeninsel verankert lag, hob nicht einmal den Kopf. Er saß über seine Angelruten geneigt und starrte ins graue Herbstwasser.
An diesem Tag, Mitte September 1937, zeugte ich wider meinen Willen mit Jelena Finkelstein ein Kind. Von Anfang an wußte ich, daß es ein Mädchen sein würde. Als es im Juni 1938 zur Welt kam, erhielt es den Namen Olga.

Siebenundvierzigste Geschichte

Der Märzschnee war naß. Der Angler saß im schwarzen Gummimantel und mit breitkrempigem Hut über seinen Ruten.
Mein Marmortisch zitterte, denn über die Brücke, die schon seit zwanzig Jahren Brücke der Legionäre hieß,

fuhren militärische Raupenfahrzeuge mit Hakenkreuzen in die Stadt ein. Das ganze Café Slavia bebte, die Gläser klirrten, Herr Alois irrte im Café herum, als hätte er an allen Tischen zu bedienen, aber das Lokal war leer, nur ich saß einsam an dem großen Fenster und sah mir an, wie wieder einmal mit Böhmen Geschichte gemacht wurde.
»Das ist das Ende, Herr Graf!« sagte Herr Alois.
Ich konnte pathetisches Gerede nie ertragen. Es gibt meiner Meinung nach kein Ende und keinen Anfang. Der Vorhang geht für kurze Zeit herunter, Kulissen werden umgebaut, Klamotten gewechselt, neue Fratzen angelegt, Vorhang auf! und weiter läuft die Komödie!
»Ich denke an Rudi und an Sarah«, schluchzte Herr Alois.
»Reißen Sie sich zusammen!«
»Vorgestern, als ich nach Hause kam, lag ein Zettel auf dem Tisch: Ich danke Dir für alles, was Du für mich und Rudi in den zwanzig Jahren getan hast. Hab Verständnis, Alois, ich muß weg von hier. Ich gehe nach Moskau und nehme Rudi mit. Vergiß uns, wenn Du kannst. Deine – das Wort ›Deine‹ hat sie durchgestrichen – Sarah. Ja, Herr Graf, mir war, als hätte mir jemand aus meinem Gehirn zwanzig Jahre weggeschnitten. Es tut weh.«
»Und mich hat sie vergessen«, sagte ich, und es klang so, als ob ich Herrn Alois trösten wollte, was überhaupt nicht meine Absicht war.
Den ganzen Nachmittag saß ich am Fenster in der Dachkammer meines einstigen Palais. Nasser Schnee fiel noch immer auf die Stadt. Auf dem Straßenpflaster verwandelten sich die Kristalle sofort in Wasser, nur auf der grün angefaulten Kuppel der St. Niklaskirche blieb der Schnee auf der Westseite liegen. Aus der Tiefe des schwarzweißen Gartens der US-Botschaft hörte ich Helena von Molwitz schreien: »Niki, du Luder! Warum hast du mich verlassen? Gott wird dich dafür bestrafen und verdammen!«
Ich konnte Helena nicht sehen, das Schneetreiben wurde

zu dicht. Es war schrecklich zu ahnen, daß der Allmächtige meine – vor ihm und vor der weltlichen Gerechtigkeit – Immer-noch-Ehefrau erhört haben könnte.
Als es dunkel wurde und eine schneeweiße Finsternis sich im Moldaubecken zur Ruhe legte, überfiel mich ein beunruhigender Gedanke: Prag wird für meine ständig wachsende Familie und für mein Schicksal zu klein. Ich müßte eigentlich von hier ausbrechen, aber wohin?

Achtundvierzigste Geschichte

Ich hatte stets den Verdacht, daß alle unglückseligen Korrekturen der böhmischen Geschichte mit dem Wetter zusammenhängen. Lächeln Sie bitte nicht, mein Freund! Ich habe meine Vermutung, wie Sie eben gehört haben, ziemlich leise ausgesprochen, ja vielleicht nur geflüstert, womit ich andeuten wollte, daß ich sie nur auf meine Wetterbeobachtungen im Zusammenhang mit den atmosphärischen Störungen, die über diese Stadt seit eh und je heimtückisch herfallen, stützen kann. Jeden Morgen zwischen acht und zehn Uhr tastete ich mit meinen sonderbaren Augen die Wetterlage über Prag ab, denn, darauf legte ich nämlich großen Wert, meine Maske mußte unbedingt mit den zu erwartenden, ja permanenten Wetterumstürzen übereinstimmen. Für mich war also die allgemeine Wetterlage in Prag nicht nur eine meteorologische Tatsache, sondern ein unheimliches Phänomen. Es hatte ein Antlitz, es sprach mich an, es konnte grinsen oder böse knurren, man mußte es nur richtig sehen und hören. Und wichtig war die Feuchtigkeit, die aus den uralten Sandsteinen stieg! Ich hatte öfters meine Hand drei oder gar vier Stunden lang auf den Grund- und Eckstein meines einstigen Palais gehalten, denn die richtige Feuchtigkeit, aus der ich vieles ablesen konnte, sickerte sehr langsam aus dem Inneren des Steines.

Sie werden es mir nicht glauben, aber sehr oft färbte sich meine Handfläche rot, grau, grün, manchmal sogar lila. Glauben Sie tatsächlich, daß es ein Zufall war, daß gerade am 15. März 1939, als Prag von der deutschen Armee besetzt wurde, grauer Schnee fiel und daß der Grundstein meines einstigen Palais braun schwitzte?
Sie glauben es mir nicht?
Nichts zu machen, lieber Freund, Sie sind eben halbblind und halbtaub. Oh, welch eine Armut!
Ich betrat also wieder das Café Slavia und sah Herrn Alois zuerst von hinten; sein Umriß kam mir fremd vor. Auch die Art und Weise, wie er seine Plattfüße hinter sich herzog, kannte ich nicht. Ich schätzte, daß er ungefähr so alt war wie ich, also fünfundvierzig. Als er jedoch an diesem braun vernebelten Frühlingstag mit dem Tablett in meinen Gesichtskreis trat, wirkte er wie ein zusammengeprügelter Greis. Ich hätte schwören können, daß er, nachdem er unter Knistern, Rascheln und Stöhnen überraschend lange in dem Raum, dessen Grenzen ich nie richtig abschätzen konnte, verweilt hatte und dazu an meinen Tisch kam, in diesen kurzen Minuten einige Zeitgrenzen überschritten hatte. Physisch ist er schnell ein alter Mann geworden, geistig blieb er jedoch hoffnungslos in der Vergangenheit stecken.
An diesem 15. März 1939, als ich mit Unbehagen und verstört seine Verwandlung wahrgenommen hatte, begannen unsere befremdlichen Gespräche. Seit jenem Tag also setzte sich Herr Alois zu mir, wenn er mir Kaffee und Kognak brachte, und ich mußte darauf gefaßt sein, daß er an ein längst abgeschlossenes Thema anknüpfte. Er zwang mich immer wieder, mich mit ihm in die verworrenen Labyrinthe zu begeben, aus denen wir, so gut es ging, schon vor Jahren einen Ausweg gefunden hatten.
So begann für uns der Krieg.
Vorsorglich hatte Herr Alois einige Kisten französischen Kognak beiseite geschafft, so daß ich und einige promi-

nente Stammgäste des Cafés Slavia unsere täglichen zwei Gläser serviert bekamen. Ja, ich hätte den Krieg gut überstanden, wenn mein mir aufgezwungener Freund, der Kunstmaler Josef Tkaczyk, der Mann meiner einstigen Geliebten und Stiefvater meiner Kinder, nicht der Habgier verfallen wäre. Habgier, sag ich immer, ist eine der schlimmsten Eigenschaften der Plebejer. Damit will ich nicht sagen, daß Patrizier und steinreiche Leute nicht ihre Plage mit der Habgier hätten; im speziellen Fall des Kunstmalers Josef Tkaczyk nahm sie jedoch entsetzlich erbärmliche Formen an, und ich habe ihn dabei noch unterstützt! Ich habe Tkaczyk und seiner Frau Anna, geborene Kudladschek, zur Hochzeit meine Wohnung in der Porschitzerstraße geschenkt, ihm darüber hinaus, als er sich bereiterklärte, meine Kinder, Thomas den Pfeifer und zwei Töchter, von welchen die eine nicht meines Blutes gewesen sein könnte, als seine zu erziehen, auch mein Haus in Nordböhmen überschreiben lassen, ja noch viel mehr! Als nämlich Dr. Mosche Finkelstein mit seiner Frau Mischkina, meiner Erzieherin und mutmaßlicher russischer Fürstin, aus Prag verschwand, habe ich ihre geräumige Wohnung in der Fleischergasse Nr. 14 gemietet und sie lange Jahre bezahlt, nur damit Tkaczyk mit seiner zahlreichen Familie, die ich auch als meine bezeichnen konnte, ohne Sorgen leben und malen konnte. Das alles hatte Tkaczyk wohl nicht richtig gewürdigt, denn seit 1939 begann er, verbotene Devisengeschäfte zu betreiben. Und ich war verpflichtet, ihm das Startkapital zu leihen, denn schließlich fühlte ich mich für meine drei Kinder verantwortlich. Tkaczyk kaufte auch jüdisches Gold und Juwelen. Eines Tages verlangte er weitere fünftausend Schweizer Franken, denn ein Juwelier, ich glaube, er hieß Laub, sollte demnächst mit einem Transport irgendwohin nach dem Osten gebracht werden und wollte seine letzten drei Diamanten loswerden.

»Wenn dieses Geschäft nicht klappt, dann bin ich gezwun-

gen, das Plakat zu malen, Niki«, sagte Tkaczyk und wurde ganz blaß im Gesicht.
»Was für ein Plakat, Josef?«
»Ich bin am Ende, Niki!« heulte er. »Entweder bekomme ich von dir das Geld oder ich muß das Plakat malen!«
»Ich habe keine Franken mehr, Josef, und was habe ich mit deinem Plakat zu tun?« fragte ich.
»Nichts, natürlich nichts!« Tkaczyks Stimme überschlug sich in neuer Hoffnung. »Niki, ich brauche einen Künstler, der die Maske eines blutrünstigen Rotarmisten anlegt. Ich finde in ganz Prag keinen anderen als dich! Damit du mich recht verstehst, es geht auch um deinen Kopf. Wenn ich das Plakat nicht male, dann holen die mich zum Verhör, und ich weiß nicht, wie lange ich schweigen kann ... ich meine über deine und meine Geschäfte mit Devisen und Gold ...«
»Es waren nur deine Geschäfte.« Ich fuhr erschrocken zusammen.
»Unsere, Niki, unsere!« Der Maler fuchtelte mit den Händen vor meinem diesmal zu jugendlich geschminkten Gesicht.
Ich resignierte und saß Tkaczyk Modell in der Uniform eines Rotarmisten. Im Frühjahr 1944 sah ich mich an allen Ecken und Wänden hängen; ein zeitgenössischer Dschingis-Khan schwebte über der Prager Burg, von den Händen des Unmenschen, dessen Fingernägel die Dächer des Hradschins zu durchbohren drohten, tropfte frisches Blut. Wen die ergreifen, der kommt um! stand unter diesem schrecklichen Bild.

Neunundvierzigste Geschichte

Der Mai beginnt in Prag jedesmal mit einem Zauber. Jahrelang stand ich in der ersten Mainacht am Fenster meiner Wohnung unterm Dach der chinesischen Botschaft. Auch wenn der 1. Mai verregnet und der Himmel grau war, stieg das Licht vom östlichen Horizont in ganz eigenartigen Farben auf. Das Rot war blutiger, das Gelb greller und das Weiß strahlender. Ich hörte fast jede Welle, die das Stauwehr oberhalb der Karlsbrücke übersprang. Ein leiser Ton lag in der klaren Luft. Ich sah meinen Sohn Thomas den Pfeifer über den Dächern schweben. Sein langgedehnter Pfiff kam mir wie der Ton des ersten Geigers vor, der sein Instrument in freier Natur stimmt. Am gegenüberliegenden Abhang des Laurenziberges hörte ich die Knospen sprießen und aufplatzen. Ein Raspeln und Knattern stieg die ganze Nacht aus den Baumkronen und zerbröckelte allmählich die Finsternis. Helena von Molwitz stand wieder vor ihrem Gartenhaus. In der Sekunde, als die Sonne mit der rosaroten Kante ihrer glühenden Kugel den Horizont aufriß, schrie sie noch einmal auf. Ihr Aufschrei weckte die Vögel.

Fünfzigste Geschichte

An den ersten Maitagen betrat ich das Café Slavia schon zu früher Stunde.
Herr Alois durchbrach mit seinem Körper die Nebelgrenze, die auch am 5. Mai 1945, wie immer am Anfang des Monats der Liebe, aufgelichtet war, stellte den Kognak auf meinen Tisch.
»Ich sah Sie schon am Moldaukai tänzeln, was ist mit Ihnen los«, fragte er mich, ohne das Fragezeichen auszusprechen.

Ich hatte die Visage eines ausgeglichenen, mit sich zufriedenen älteren Herrn angelegt, schließlich war ich schon fünfzig, mein Anzug war blau und noch vor dem Krieg aus feinster Wolle angefertigt, das Hemd rosa und die Krawatte dunkelblau.

»Gehen Sie lieber nach Hause, Herr Graf«, sagte der Ober, »der Krieg ist aus, es gibt einen Aufstand in Prag.«

Ein weiches, weißes, diffuses Licht lag über der Stadt; die Sträucher auf dem Laurenziberg explodierten und schossen wie Batterien von Mitrailleusen weiße, gelbe und rosarote Geschosse gegen den südlichen Wind, der sich mit dumpfem Kanonendonner in die Stadt drängte.

Dann hörte ich, daß in der Nationalstraße wild herumgeballert wurde. Jemand schrie etwas vor dem Fenster des Cafés, und auf der Karlsbrücke sah ich einige mit Gewehren bewaffnete Zivilisten ein dicht zusammengedrängtes Grüppchen deutscher Soldaten auf das Altstädter Ufer treiben.

»Jetzt erst spielen sie Krieg«, sagte Herr Alois leise. »Herr Graf, glauben Sie, daß Sarah und Rudi bald zurückkehren werden.«

»Sie kommen zurück.«

»Ich meine, ob die beiden zu mir zurückkommen werden.«

»Bei Ihnen sind sie doch zu Hause, Herr Alois.«

Meine Antwort klang bitter, auf der Zunge spürte ich ihren Beigeschmack.

Bei der Statue des heiligen Nepomuk blieb das Häuflein deutscher Soldaten auf der Karlsbrücke stehen; ihre hoch erhobenen Arme schienen im Wind zu wackeln. Dann knallte ein Schuß, zwei Arme fielen herab, aber andere Hände ergriffen sie an den Gelenken, hoben sie wieder hoch, und das Häuflein schleppte sich weiter. Zur gleichen Zeit sah mein weitsichtiges Auge, wie auf der Adolf-Hitler-Brücke die einzige Tochter des baronisierten Bankiers Lorbergeist mit zwei Koffern beladen hinüber auf die

Smichower Seite um ihr Leben rannte. Im rechten Blickfeld, also auf der Karlsbrücke, geschah inzwischen nichts Besonderes. Das zusammengetriebene Häuflein deutscher Soldaten erreichte, von einigen Zivilisten angetrieben, die Statue des heiligen Ivo.

Ich hatte wohl ein wichtiges Ereignis auf der Adolf-Hitler-Brücke, die bald Brücke des 1. Mai heißen sollte, versäumt: Marianne von Lorbergeist erhob sich langsam vom Pflaster, zwei Männer packten sie an ihren schönen Zöpfen und schleiften sie zum Nationaltheater hinüber. Sie konnte sich an einer Gaslaterne festhalten und richtete sich auf. Die Menschen, die Marianne mit Tritten und Schlägen traktierten, versammelten sich vor dem Café Slavia unter meinem Fenster. Gleich darauf stolperte in mein Blickfeld von rechts auch die Gruppe der deutschen Soldaten. Es waren zehn oder fünfzehn Mann, alle mit metallenen Totenköpfen auf ihren zerrissenen, blutverschmierten Waffenröcken.

»Herr Graf, gehen Sie vom Fenster weg. Man wird Sie sehen!« Alois bebte.

Ich bemerkte, daß einer der Aufständischen Seile und ein anderer Kanister heranschleppte. Dann schnitt jemand mit einem Messer Marianne die Zöpfe ab und warf sie in die Moldau. Marianne schrie laut auf. Die beiden Zöpfe schwammen langsam zur Karlsbrücke hin. Einige Wildenten umkreisten sie neugierig, bis einer der Vögel es wagte, das zusammengeflochtene Haar mit dem Schnabel zu zerfetzen.

Der Mann, dessen Boot unterhalb der Schützeninsel verankert war, hob den Kopf, aber ich kann beschwören, daß seine Neugier nicht der grausam verrückten Szene auf dem Moldaukai, sondern den beiden Zöpfen auf der Wasseroberfläche galt.

Die Soldaten ließen sich ohne Widerstand fesseln. Als ein Mann Marianne die Arme auf den Rücken drehte, schrie sie noch immer und drehte sich zu meinem Unglück mit

ihrem blutigen Gesicht zu dem großen Fenster des Cafés Slavia.
»Helfen Sie mir, Graf! Um Gottes willen helfen Sie mir!«
Die Aufständischen hoben ihre Köpfe, sie ließen sogar die Fessel fallen und starrten mich an. Auch die Soldaten in den SS-Uniformen sahen zu mir herüber, und ich begriff, daß ich allen, die mich anstarrten, wie ein Gespenst vorkommen mußte: In meinem eleganten Anzug, dem rosa Hemd mit der dunkelblauen Krawatte, das feingeschliffene Kognakglas mit der kühlen und scharfen Kante an die Unterlippe gelehnt, beobachtete ich, ein Zuschauer in der Prominentenloge eines sonst leeren Theaters, das Finale eines durchaus miserablen Stückes. Die Regie war dilettantisch, ein ekelhafter, anstößiger Naturalismus vor den aufgeputzten Kulissen aus der Zeit des Barocks. Reiner Kitsch, wie ihn hier nur die mißratene und perverse Geschichte auf ihren zahlreichen Drehbühnen aufführt.
»Den holen wir uns auch!« schrie ein kräftiger Mann von der Bühne und zeigte mit dem Finger auf mich.
»Jetzt sind Sie dran, Herr Graf«, zitterte Herr Alois.
Gleich darauf schlugen einige Männer die Glastür des Café Slavia ein.
»Ich bin kein Held«, hörte ich Herrn Alois.
An mehreren Stellen durchbrachen gespenstische Gestalten meinen Nebelring, und als ich den ersten Schlag auf meine linke Schläfe zusausen sah, erwartete ich einen tödlichen Schmerz, doch es tat überhaupt nicht weh. Erst später erinnerte ich mich, daß meine Welt umkippte. Ich sah Tisch- und Stuhlbeine, alles aus edlem Holz, an mir vorbeigleiten, dann rumpelte mein Kopf, ohne daß ich es fühlte, die Treppen vor dem Eingang zum Café Slavia hinunter und gleich darauf sah ich die feine Struktur der Pflastersteine, die rot und weiß gefärbt waren, vor meinem kurzsichtigen Auge fliehen. Als alles zum Stillstand kam, sah ich Mariannes schön geformten Knöchel und links die

Schuhsohle eines Soldatenstiefels; dazwischen lag ein Stück abgerissener Haut mit Haaren bewachsen.
Ich konnte den Zusammenhang zwischen diesen drei Gegenständen nicht herstellen, und ich bemühte mich auch nicht weiter darum. Es beruhigte mich, daß Mariannes Knöchel so schön und edel geformt waren, daß der Soldatenstiefel nach Schweiß und Leder roch und daß der blutige Haarschopf wohl einst mir gehörte. Als mich einige Aufständische auf die Beine hoben, färbte sich die Welt rot: Der Himmel war rot, der Hradschin ebenfalls, der Strom war voll Blut; nur unterhalb der dunkelrotfarbenen Spitze der Schützeninsel stand still im Fluß der einst hellblaue Fleck des Bootes; ein Umriß, der mir vertraut war.
In meinem Rücken hörte ich ein leises Rascheln, es hörte sich genauso an, als ob Herr Alois meine Nebelgrenze durchstieße. Ich wollte mich umdrehen, aber es war nicht mehr nötig, denn die Welt kippte wieder um, und als ich sie ordnen wollte, schaffte ich es nicht mehr; oben war unten und unten wieder oben. Die Welt roch nach Benzin, und die Flüssigkeit kühlte mich angenehm, zuerst oben an den Beinen. Mein Gehör versagte kläglich, und das war gut so.
Ein sanfter Windstoß ließ mich hin und her schwanken, und ich sah, daß ich an der dritten Laterne vom Nationaltheater Richtung Karlsbrücke mit den Beinen nach oben hing und daß mit mir an der Laterne noch einer mit den Beinen nach oben baumelte.
»Ich bin Österreicher, ich bin Österreicher!« Lautes Schreien konnte ich nicht hören, das leise Geflüster meines Nachbarn an der Laterne aber verstand ich sofort.
Dann starrten wir uns an.
Merkwürdig an dieser Geschichte, die nicht meine letzte sein sollte, war die Tatsache, daß ich einen meiner zahlreichen Söhne erkannte und ihn so ansprach, als wäre er bei mir aufgewachsen, als hätten wir schon jahrelang miteinan-

der geplaudert und alles Wesentliche längst besprochen, so daß jetzt zum Abschied nicht viel zu erklären blieb.
»Sei ruhig, mein Sohn«, sagte ich. »Jetzt hängen wir beide an derselben Schwelle zum Tod. Noch zwei oder drei Minuten und wir verwandeln uns in Asche und Staub. Der Frühlingswind wird uns in die Lüfte heben. Ich wäre neugierig zu erfahren, was für einen Farbton unser Staub der Dunstwolke über Prag wenigstens für einen Augenblick verleihen wird. Wer bist du, mein Sohn?«
Etwas schlug gegen meine Wirbelsäule, meine Welt wälzte sich noch einmal um, ich stieß mit dem blutenden Kopf gegen den Himmel aus rosa Pflastersteinen. Jemand packte mich unter den Schultern, und ich konnte mich setzen. Links von mir loderte eine Fackel; ein mutmaßlicher Belecredos, der leider nicht meinen Namen getragen hatte, wurde zu Asche und Rauch. Das Firmament war wieder in Ordnung, nur immer noch rot gefärbt und mit einer schwarzen Rauchfahne durchsetzt. Ich begann laut zu heulen, nicht vor Schmerz, sondern aus mehreren anderen Gründen, die ich vergessen will. Und dann hörte ich Marianne von Lorbergeist, das verschwollene rosarote Gesicht zum blühenden weißen Flieder auf dem Laurenziberg gewendet, heulen. Mir kam es vor, als hätte sich in diesem Augenblick die Hälfte der weiß blühenden Fliedersträucher lila gefärbt.
Jemand mußte mir auf die Beine geholfen haben. So stand ich also in einer Dunstwolke von Benzin und rührte mich nicht vom Fleck.
»Weg vom Feuer, Herr Graf!« schrie Herr Alois und zog mich mit aller Kraft von der menschlichen Fackel fort.
Er lehnte mich gegen das schmiedeeiserne Geländer des Moldaukais, und ich sah an der dritten Laterne links vom Nationaltheater meinen mutmaßlichen Sohn endgültig verkohlen. Auch andere brannten zu beiden Seiten meines Sohnes, aber die waren nicht meines Blutes, mir also weniger wichtig. Herr Alois schleppte noch Marianne von

Lorbergeist zu mir her, hakte sie bei mir ein und schob uns in Richtung Karlsbrücke.
»Geht nach Hause, verschwindet von hier!« keuchte er.
Wir gingen also. Ein Mann mit einem skalpierten Schädel, ein Mädchen in einer BDM-Uniform, von der nicht viel übrig war, und mit abgeschnittenen Haaren.
Ach, Marianne, dachte ich, jeder ist eben einmal dran! Natürlich geschah dir ein Unrecht, mir auch. Aber so etwas wiederholt sich immer, wenn die Geschichte richtig verrückt spielt. Ich könnte mich jetzt über unser Unglück moralisch entrüsten. Aber, Marianne, so läuft es eben! Man trinkt Kognak, man genießt die Rolle des Zuschauers und schon ist man mitten drin im Spiel!
Nein, ich hatte kein Mitleid mit Marianne, und ich hatte nicht die geringste Absicht, sie zu beschützen. Die Sache war viel einfacher: Ohne Marianne wäre ich nie nach Hause gekommen, sie war ein kräftiges Mädchen, eine Stütze, die ich nötig hatte.
»Das ist nämlich so, Marianne«, begann ich auf der Karlsbrücke mein Selbstgespräch. »Wir haben ein Signal übersehen, wir waren tatsächlich blind und taub, jeder auf seine Weise mit der eigenen Überheblichkeit beschäftigt. Ich sag's ja, die Wetterfahnen hätten uns seit Jahrhunderten warnen sollen! Und jetzt ist es eben passiert, die Karambolage mit der böhmischen Geschichte.«
Mein skalpierter Schädel brannte, das Blut war bereits verkrustet, so daß ich es von meinen Wimpern streifen konnte.

Einundfünfzigste Geschichte

Die enge Straße, in der das Palais Lorbergeist steht, war menschenleer. Durch den Seiteneingang schlichen wir ins Haus. Zwei Diener beteten in der Halle vor dem Kreuz,

und als sie uns erblickten, glaubten sie wohl zwei Gespenster zu sehen.
»O gnädiges Fräulein, wir müssen von hier weg!« stöhnte der eine.
»Gott sei Dank, daß Ihre Mutter dies nicht erleben mußte!« Der zweite bekreuzigte sich.
»Ich verschwinde von hier«, sagte der erste mit zitternder Stimme. Bei den Lichtenbergs sind die Tschechen schon gewesen, das ganze Haus haben sie ausgeplündert, und geschossen wurde dort auch!«
Marianne ließ sich in einen Stuhl fallen und musterte mich mit haßerfülltem Blick; ich hatte aber mit meinem eigenen Schmerz zu tun.
»Ich bleibe hier und warte, bis mein Vater zurück ist«, sagte sie.
»Dann mußt du dich verstecken, am besten einmauern lassen«, bemerkte ich leicht ironisch, ohne damals die Folgen dieses Satzes wissen zu können.
»Das werde ich auch tun!« entschloß sich Marianne, erhob sich und gab ihre Befehle: »Im Parterre, gleich neben dem großen Salon, gibt es doch das kleine Zimmer, das durch die Falltür mit dem Weinkeller verbunden ist. Bringen Sie dorthin alle Lebensmittel, den Schmuck und was man so braucht. Sie mauern mich dort ein!«
»Aber ... gnädiges Fräulein ...«, stotterte der eine Diener.
»Tun Sie, was ich befohlen habe. Sie können dann meinetwegen verschwinden!«
Ich hatte nichts mehr zu sagen und nichts mehr im Palais Lorbergeist zu tun.
Es war schon Abend, es regnete leise, die Luft duftete nach blühendem Flieder und nach Asche. Ich ging langsam die Straße zu meinem Palais hoch. Den ganzen Krieg über hatte es fast leer gestanden; ich wohnte dort alleine und benutzte nur den Hintereingang. Wie sehr hätte ich mich gefreut, wenn meine Chinesen wieder nach so langen Jahren zurück gewesen wären!

In meiner Wohnung wusch ich mir vorsichtig das Blut vom Gesicht und verband, so gut es ging, meinen skalpierten Kopf. Unten in Prag wurde geschossen. Ab und zu stiegen grüne, rote, weiße oder gelbe Leuchtraketen zum Himmel auf. Die Morgendämmerung, vom leichten Wind getragen, fegte die dichte Wolkendecke weg. Als die ersten Sonnenstrahlen auf meinen verbundenen Kopf fielen, spürte ich, daß die Wunde erwachte und zu eitern begann.

Helena von Molwitz trat in ihrem schwarzen Regenmantel, den roten Hut auf dem Kopf und den zierlichen Spazierstock in der Hand, aus ihrem hellgelben Haus inmitten des farbenprächtigen Gartens der amerikanischen Botschaft, die ebenso wie viele andere den ganzen Krieg über leer gestanden hatte. Sie klopfte mit dem Stock ihren Weg quer über Rasenflächen und Blumenbeete zu der hohen Mauer, und ich wartete geduldig auf den Augenblick, in dem sie absichtlich, um mich zu erschrecken und mein Mitleid mit ihr aus dem ein Vierteljahrhundert langen Schlaf wachzurütteln, mit ihrem schweren Körper gegen die uralten Steine stieß und aufschrie. Ich rückte meinen Stuhl näher zum Fenster und setzte mich hin.

Unten in der Stadt ging wieder einmal ein Krieg zu Ende. Ab und zu heulten ermüdete Geschütze auf, Kugeln verirrten sich und flitzten pfeifend an meinem Fenster vorbei. Am Nachmittag, nachdem das Glockengeläute ausgefallen war, wurde mir das martialische Bild, das ich durch das Fenster meiner Dachwohnung überschauen konnte, zu langweilig, und ich schlief ein. Ich erwachte bei Sonnenaufgang. Mein Schädel brannte unerträglich, es zuckte in der Wunde. Ich wechselte den Verband und erschrak, wie vereitert sie war. Mein Kopf begann zu glühen; eine rosarote Dampfwolke erdrückte mich fast, und ich sah in ihr verbrannte Skelette von einst farbigen Zierfischen schweben. Als ich wieder aufwachte, war es Tag geworden. In der Stadt ging eine wilde Schießerei los, aber diesmal klang sie fröhlich. Dann sah ich über die Adolf-Hitler-Brücke, die zuvor schon so viele Namen gehabt hatte, Panzer mit großen roten Sternen auf den Türmen rasseln, und links von der Karlsbrücke, wo man bis zum Fluß hinuntersteigen kann, schlugen struppige Steppenpferde mit den Hufeisen ins braune Moldauwasser. Die Pferde trugen in ihren Sätteln Soldaten in weiten grünen Pelerinen. Die Kosaken, leicht nach vorne geneigt, hoben ab und zu die Köpfe und blinzelten westwärts zu dem gegenüberliegenden Ufer hinüber.

Als ich nach vierzehn Tagen meinen Mut zusammennahm und meine Wunde im Spiegel musterte, stellte ich fest, daß ihr Rand sich schon mit einer zarten rosaroten Haut überzog und daß mir ein Haarteil von der Größe zweier Handflächen fehlte. Meine gewölbte hohe Stirn, auf die ich immer stolz gewesen war, wurde durch die Wunde restlos zerstört.

Ende Juni eiterte die Wunde nicht mehr, ich konnte sie aber noch nicht berühren und auch keine Perücke aufsetzen. Ich schämte mich, als eines Tages wieder meine Chinesen auftauchten, denn ich begrüßte sie in Prag mit dem bestimmt schrecklichen Anblick meines zerschundenen Schädels. Die Asiaten waren sehr höflich zu mir, sie ließen sich den Kaufvertrag aus dem Jahr 1919 vorlegen, der mir laut Punkt sieben die drei Zimmer unter dem Dach bis an mein Lebensende zur freien Verfügung stellte, ja sie bedankten sich dafür, daß ich in der Zeit ihrer Abwesenheit das Gebäude bewacht hatte.

»Sie stehen jetzt unter unserem Schutz, denn rechtlich betrachtet wohnen Sie auf dem Territorium der Republik China«, sagte einer der Diplomaten und verbeugte sich tief.

An diesem Tag, es war der letzte im Monat Juni 1945, sah ich gegen acht Uhr morgens die Amerikaner ihre Stars-and-Stripes-Fahne auf dem Dach des früheren Palais Molwitz hissen. Die Franzosen waren auch schon in Prag,

denn die Trikolore wehte am Mast des ehemaligen Palais Salmo. Die Engländer zeigten ihre Fahne auf dem Palais Hlowositz erst gegen zehn Uhr; bei ihnen dauert das Frühstück bekanntlich länger. Gegen elf Uhr hängten auch die vorsichtigen Schweizer wieder ihr Kreuz aus dem Fenster des Palais Pretschan hinaus.
An diesem Tag begann für mich der Frieden.

Zweiundfünfzigste Geschichte

Die Maske, die ich für meinen ersten Besuch im Café Slavia nach dem verhängnisvollen 5. Mai 1945 gewählt hatte, war die eines zurückgezogen lebenden älteren Herrn, der die Spuren, die fünf Jahrzehnte in seinem Gesicht hinterlassen haben, nicht mehr zu verdecken versucht, sondern sie mit ein wenig Charme zur Schau trägt.
Ich wäre am liebsten gelaufen, aber die zehn Schläge der Turmuhren ermahnten mich, die Nerudagasse langsam hinunterzuschreiten. »Mir kommt es vor«, sprach ich zu mir, »als wäre ich erst jetzt erwachsen und klüger geworden. Aber wahrscheinlich irre ich mich.«
An der Karlsbrücke hatte sich nichts verändert; nur die versteinerten frommen Gesichter der Statuen, hell von der Sonne beleuchtet, schienen tiefere und härtere Runzeln und Falten bekommen zu haben.
»Ich bin ein alter Mann geworden«, sagte ich zu mir, als ich an dem heiligen Nepomuk vorbeiging. »Ich habe zu widersprüchliche Erfahrungen gesammelt, ich habe viel durchgemacht, ich sehe jetzt die Welt also anders. Sie hat sich verändert, ich ebenfalls. Ob zum Guten oder Schlechten, das werden wir noch sehen.«
Am Kreuzherrenplatz schlugen die Uhren elfmal. Von hier aus waren es zum Café Slavia keine zehn Minuten, ich hatte also viel Zeit. Natürlich hätte ich auch früher das

Café betreten können, aber das schien mir nicht angebracht, und außerdem würde mein zu frühes Entree das seit Jahrzehnten festgelegte Ritual stören. Herr Alois, der mir meinen ersten Kognak immer beim ersten Glockenschlag der Mittagsstunde servierte, würde nicht wissen, wie er sich verhalten sollte, insbesondere an diesem Tag, da ich nach langen Wochen meiner Verletzung wieder meinen Einzug ins Café Slavia voll und wie es sich gehört genießen wollte.

Unter der Statue des Kaisers und Königs setzte ich mich hin und ruhte aus. Der Kaiser stand noch im Schatten, aber nach zwanzig Minuten fielen die ersten Sonnenstrahlen auf sein gekröntes Haupt, und gegen halb zwölf beschien die Sonne, so schnell ging es, sein drohend gegen Süden erhobenes gußeisernes Glied. Es war heiß geworden, und unter der Perücke begann meine mit zarter Haut überzogene rosarote Wunde zu kitzeln. Ich wagte nicht, mit dem Zeigefinger unter die Perücke zu fahren und die Wunde sanft zu kratzen. Das Kitzeln unter den falschen Haaren machte mich nörgelig, es war sehr unangenehm. Ich erhob mich und schlenderte in Richtung Nationaltheater.

Das frischgrüne Panorama des Laurenziberges und die unzähligen Farbtupferl auf der Kleinseite und auf dem Hradschin blendeten mich. Das Braun der Wände der uralten Häuser mit hohen Giebeln am gegenüberliegenden Ufer wurde vom strahlenden Grün der Kastanienbäume am Moldauufer ergänzt, das Rot der Dächer glitzerte mild, stieg zum St. Veitsdom und vermischte sich dort mit den braunfarbenen Sandsteinblöcken. Das Blau des Firmaments schwebte vom Wind getragen über der Stadt.

Der dritte Laternenmast vom Nationaltheater aus war frisch gestrichen. Die anderen waren noch angesengt; die Glaskugeln, die das Licht schützten, waren zersprungen. Unter dem kunstvoll verzierten Gitter, das den Mast umgab, sah ich einige Fettflecken, einen verkohlten Stoffrest und einen angebrannten Knopf aus Metall. Ich versuchte,

den Knopf durch das Gitter zu erfassen, doch es gelang mir nicht.
Eine Minute vor dem Mittagsläuten betrat ich das Café Slavia.
Ich schritt langsam durch den Raum, und es überraschte mich, wie still es hier war und wie heiß. Zuerst wollte ich meinen Augen nicht trauen, dann aber sah ich sie alle wie durch ein Vergrößerungsglas: Die alten Damen waren Großmütter geworden, die jüngeren hatten schon Falten, die Herren, die hier zu dieser Stunde ihren Kognak genossen, waren zwar dieselben, wie vor dem Mai, aber eingeschrumpft. Alle starrten mich an, in manchen Augen konnte ich ein Entsetzen erblicken, in anderen wieder das Aufleuchten der Bewunderung, das Blinzeln des Hasses, der Freude oder nur pure Neugier.
Mein Tisch war natürlich frei. Ich setzte mich hin, und schon hörte ich in der Nebelzone Herrn Alois knistern, er verbeugte sich vor mir, stellte den Kognak auf die Marmorplatte und sagte, vielleicht ein wenig zu laut: »Sie haben uns sehr gefehlt, Herr Graf.«
Eine Dame, die links von meinem Tisch saß, schrie hysterisch: »Bravo, bravo, Herr Graf! Sie sind unverwüstlich!« Gleich darauf klatschte jemand hinter mir; drei junge Damen, die ich nicht kannte und die bestimmt nicht den wahren Grund für den Begeisterungssturm, der sich im Café Slavia zu erheben begann, erraten konnten, klatschten auch. Das gesamte Personal kam aus seinen Verstecken, aus der Küche, aus der Garderobe; die drei Kellner, die es nie gewagt hatten, mich anzusprechen oder gar zu bedienen, drängten sich im Hintergrund und hatten feuchte Augen. Alle im Café Slavia klatschten! Ganz unwillkürlich nahm ich den Ausdruck eines gerührten Herrschers an, ich erhob mich, brachte mit einer müden Bewegung den Saal zur Ruhe und sagte: »Herr Alois, einen Kognak für alle Gäste!«
Dann verbeugte ich mich tief nach allen Seiten und setzte

mich wieder hin. Der Ober durchstieß meine Nebelgrenze und lächelte mich zufrieden, jedoch mit einem Funken von Neid an: »Schön, daß Sie wieder bei uns sind, Herr Graf! Ich habe mir schon Sorgen gemacht. Die Kognaks gehen selbstverständlich auf die Rechnung des Hauses, denn Sie sind pleite, Herr Graf.«
»Ich hab's aber überstanden, Herr Alois«, sagte ich und hob mein Glas.
»Das schon. Aber wovon werden Sie jetzt leben? Ihre Güter sind enteignet, und Sie selbst werden abtransportiert, als Deutscher abgeschoben.«
Herr Alois runzelte die Stirn und sah sich besorgt im Café Slavia um.
»Kommt nicht in Frage, Herr Alois! Ich lebe nämlich jetzt auf dem Territorium der Republik China. Und außerdem bin ich Österreicher. Tja, und was meine Güter in Nordböhmen betrifft, so finde ich es gerecht, daß sie mir genommen wurden. Über dreihundert Jahre haben wir aufgrund dieser Erträge gefaulenzt und uns die Bäuche vollgeschlagen. Ich komme schon irgendwie durch, Herr Alois.«
Der Ober zog ein Notizbuch aus der Tasche.
»Ich habe erwartet, daß Sie mir so antworten werden«, sagte Herr Alois und schlug das Notizbuch auf. »Ich habe mich ein wenig herumgehört, einige Vormerkungen notiert. Wenn Sie eine reiche tschechische Witwe heiraten möchten, sehe ich keine Schwierigkeiten.«
»Ich danke Ihnen, Herr Alois, aber ...«
»Hab' ich gleich gedacht«, seufzte der Ober, »es gibt auch weitere Damen, die Sie gerne empfangen wollen, sie bieten Ihnen großzügig Hilfe an.«
»Darüber ließe sich sprechen«, erwiderte ich nachdenklich.
Herr Alois blätterte im Notizbuch, und erst jetzt bemerkte ich, daß er meinen Augen auswich. O Gott, dachte ich, wir quatschen hier über Frauen und Geld, das Wichtigste aber

habe ich vergessen, oder hat es Herr Alois so angezettelt, damit ich ihn nicht sofort mit der ersten Frage, die ich ihm stellen wollte, erschütterte?

»Wissen Sie schon, was mit Sarah los ist, Herr Alois?« flüsterte ich verlegen und schuldbewußt.

Der Ober klappte das Notizbuch zu, steckte es ein, schaute sich vorsichtig im Café Slavia um, und erst nach einer Weile antwortete er mit heiserer Stimme: »Sarah ist tot, Herr Graf.«

Ich erschrak nicht, ich war auch nicht überrascht. Aber trotzdem trafen mich Herrn Alois' Worte hart. Es war ein dumpfer Aufschlag auf meinen skalpierten Schädel.

»Rudi ist zurück.« Herrn Alois' Stimme schwankte in meiner unmittelbaren Nähe. »Aber es ist nicht mehr der Rudi, den wir kennen, Herr Graf. Als ich ihn nach Sarah fragte, sagte er nur: In Moskau wurde sie 1940 als Spionin entlarvt, verhaftet und hingerichtet. Ich habe mich von ihr losgesagt. Ein Herr, der hier ab und zu ins Café kommt und im Krieg im Moskauer Exil war, erzählte mir, man hätte Sarah in Sibirien vor einer Baracke erschossen.«

»Und was ist mit Rudi los?«

»Ist ein hohes Tier bei der Partei geworden.«

»Und die Finkelsteins?«

»Wurden mit Sarah verhaftet und hingerichtet.«

»Jelena auch?« verschluckte ich mich.

»Es heißt, sie habe nur lebenslänglich bekommen.«

»Nur lebenslänglich?« fuhr ich zusammen.

»Man sagte mir, nur lebenslänglich. Soll eigentlich ein Glück sein.«

Herr Alois sah über meinen Kopf hinweg. In seiner Stimme hörte ich Rachsucht vibrieren.

Dreiundfünfzigste Geschichte

Es war still geworden im Café Slavia. Alles, was gesagt werden mußte, bebte noch einige Augenblicke unter der Decke, fiel dann ermüdet auf unsere Köpfe zurück, schlug sie wund, hatte jedoch nichts anderes zur Folge als eben die erdrückende Stille.
Punkt zwei Uhr verließ ich das Café. Nach Hause kam ich erst eine Stunde nach Sonnenuntergang.
Das war der Augenblick, in dem mein Sohn Thomas der Pfeifer an meinen Fenstern vorbeischwebte und pfiff. Herr Karbusický, der Notenschreiber, machte es sich auf dem Fensterbrett bequem, schwitzte und schrieb. Als ich mich zu rühren wagte, zischte er mich an: »Pssst! Thomas pfeift. Ich muß alles genau notieren!«
Immer, wenn ich an meinen Sohn Thomas den Pfeifer denke, wird es ganz still in mir, nur ein Frühlingswind säuselt in meinem Kopf, ich höre von weitem eine gepfiffene Melodie und fühle, daß mein Sohn immer näher kommt, mit seinen zarten Fingern meine wundgeschlagene Stirn streichelt, ja er küßt mich auf den skalpierten Schädel. Eine angenehme Kühle umweht mich, der Duft der blühenden Kastanienbäume lullt mich ein, und ich darf frei von Angst und Sorgen wieder an Thomas denken, an meinen liebsten, zugleich auch unglücklichsten Sohn mit Anna Kudlatschek, den ich zu Beginn meines vergeblichen Fluchtweges in der Porschitzerstraße gezeugt und den ich an Josef Tkaczyk gemeinsam mit meinen zwei mutmaßlichen Töchtern, die ich verwechselt haben mußte, verschachert hatte. Aber vielleicht irrte ich, vielleicht war mein Sohn Thomas der Pfeifer gar nicht so unglücklich, wie ich seit eh und je glaubte.
Seit seinem sechzehnten Lebensjahr hatte Thomas nichts anderes zu tun gehabt, als zu pfeifen. Zu Hause, auf der Straße, in Kaffeehäusern oder im Zug, überall sprudelten immer neue Melodien aus ihm hervor, ja sogar im Schlaf

wachte er oft auf und pfiff köstliche Schlummermelodien, die Herr Karbusický, der mit dem Schreibbrett vor dem Bauch nie auch nur einen Meter von Thomas wich, festhalten mußte, um die beschriebenen Blätter Herrn Demel zu übergeben, einem mit Staats- und später mit Parteiorden behängten Komponisten, der alles, was mein Sohn zusammenpfiff, in großartige Konzerte, Märsche, Ouvertüren und Festmusiken umgeschrieben hatte.
Mein glücklicher Sohn Thomas hat es zu meinem Stolz weit gebracht im Leben! Er war jedoch ein schwieriges Kind! Die besten Kapazitäten von Prag versuchten seit seinem sechsten Lebensjahr die Fehlkonstruktion oder Fehlentwicklung seines Gehirns zu ergründen und zu heilen. Doch sie gaben es auf, als Thomas sechzehn war, und begnügten sich mit Gutachten, in welchen sie alle gemeinsam feststellten, daß Thomas ein Melodienphänomen sei. Alle anderen intellektuellen Fähigkeiten sprachen sie ihm ab, denn sie waren tatsächlich nicht vorhanden.
Bis zu jenem Lebensjahr sang Thomas oft und klangvoll. Als bei ihm dann aber der Stimmbruch einsetzte, hatte er die Konfrontation mit seiner neuen Stimme nicht verkraftet, er hörte auf zu singen und begann nun zu pfeifen. Ich erinnere mich, als mir Tkaczyk – Thomas war damals vierzehn und saß noch immer in der dritten Klasse der Volksschule in der Stephangasse – diese Geschichte erzählte: Die Direktorin rief den Adoptivvater in ihr Büro und gab über Thomas ein vernichtendes Urteil ab. Thomas saß dabei ganz ruhig in der Ecke und summte eine herrliche Melodie.
»Hören Sie den Jungen singen!« geriet Tkaczyk aus der Fassung. »Möglicherweise ist seine Begabung, immer neue Melodien zu erfinden, mit seiner, wie Sie sagen, totalen Vergeßlichkeit verbunden. Ja, ich gestehe, der Junge kann nicht schreiben, er unterscheidet bisher nur fünf oder sechs Buchstaben, aber hören Sie sich, Frau Direktorin, diese Melodie an!«

Nach einer mysteriösen Absprache mit der Natur legte Thomas mit sechzehn seine Stimme ab und verzichtete zugleich freiwillig aufs Augenlicht. Er sah zwar recht gut, wollte aber nichts sehen. Dafür hatte ihm die Natur ein höchst empfindliches Gehör geschenkt und darüber hinaus äußerst sensible Riech- und Tastorgane, die, wie Herr Demel feststellte, mit seinem musikalischen Genie verbunden waren.

Wenn Thomas zum Beispiel am Moldaukai stand, Wasser und Fisch roch, pfiff er sofort die wunderschönsten Seemannslieder oder ein Poem auf den Fluß, weit schöner als die »Moldau« von Friedrich Smetana. Am Friedhof stieg ihm der Verwesungsgeruch in die Nase und übermittelte ihm Motive zu Trauermärschen, pathetischen Ouvertüren oder melancholischen Liedern, die heute zum Volksgut gehören. Herr Demel erprobte Thomas' melodische Reaktionsfähigkeit auch auf dem Gebiet der Sexualität, denn gerade, als Thomas achtzehn wurde, lagen Bestellungen für erotische Lieder vor, die Herr Demel schon seinem Verleger und einer Schallplattenfirma fest zugesagt und für die er einen beträchtlichen Vorschuß kassiert hatte. So blieb ihm nichts anderes übrig, als in den dunklen Gassen rund um die Teynkirche eine blutjunge Nutte zu engagieren, die er vollkommen nackt in Thomas' Bett legte. Herr Karbusický kroch unter das Bett, ausgerüstet mit mehreren Taschenlampen, Notenpapier und einer Thermosflasche mit starkem Kaffee.

In dieser Nacht entstanden feurige Zigeunermelodien, die Herr Demel in den folgenden Tagen zu der berühmten Puszta-Symphonie umschrieb, weiter ein Motiv, mit dem er zuerst nichts anzufangen wußte, und das er viel später für die Hymne der sozialistischen Jugendbewegung verwendete, und zuletzt, schon in der Morgendämmerung, pfiff der erschöpfte Thomas noch drei Melodien, die lange Zeit in Herrn Demels Schreibtisch liegenblieben und erst in den siebziger Jahren, als Karel Gott mit seiner goldenen

Stimme weltberühmt wurde, zu herzzerbrechenden Schnulzen arrangiert wurden.

Im Jahre 1948, als die Kommunisten in Prag an die Macht kamen, stieg der Bedarf an sozialistisch realistischer Musik. Die Komponisten älterer Jahrgänge konnten sich nicht so schnell auf die neue Zeit umstellen, bei manchen dauerte der Umstellungsprozeß mehrere Jahre, viele hatten ihn gar nicht nötig, denn sie wurden als bourgeoise Dekadenzler eingesperrt. Die junge Generation, immer noch im Bann der Nachkriegsavantgarde, produzierte eine verworrene Musik voller Disharmonien und kreischender Geräusche, die sie in ihrer unglaublichen und zugleich naiven Euphorie als progressiv und sozialistisch bezeichnete, bis sie ein anderer meiner Söhne, Rudi Salzmann, seit 1945 ein hoher Funktionär in der Partei, tadeln, disziplinieren und, wenn nichts half, einsperren mußte.

Da brach die große Zeit für Thomas den Pfeifer an! Erinnern Sie sich, mein Freund an die Lieder »Bis unsere roten Fahnen auf den Masten in aller Welt wehen werden«, »Stets mit dem linken Bein vorwärts, kein Schritt zurück« oder »Mit der Maschinenpistole an der Brust, mit der Liebe zu dir im Herzen, mein Mädchen, stehe ich wachsam an der Grenze zu den Imperialisten«? Das waren Melodien! Leider bekamen sie unbegabte Schreiberlinge in die Hände, dichteten dumme Texte, so daß ein Teil von Thomas' Lebenswerk verlorenging, ja heute gehaßt und verachtet wird. Mein lieber Sohn Thomas! Aus eigenem Entschluß blind, taub und stumm, wanderte er damals glücklich durch die düsteren Prager Straßen und pfiff seine Melodien, unbeschwert von den Lasten der Zeit, die so vielen das Leben schier unmöglich machten!

Ja, und dann kam die Sache mit der Symphonie zum 30. Jahrestag der Partei! Rudi, mein Sohn und Parteisekretär, bestellte bei Herrn Demel ein Werk, das von den tschechischen Philharmonikern zu diesem Anlaß im Rudolfinum aufgeführt werden sollte.

»Die Zeit ist zu kurz«, jammerte Genosse Demel, »das schaffen wir nicht!«
»Mozart hat die Ouvertüre zu Don Giovanni hier in Prag in einer Nacht geschrieben, und was dieser Lakai der feudalen Ausbeuter schaffte, vollbringt ein sozialistischer Künstler allemal.«
»Genosse Sekretär«, gab Genosse Demel klein bei, »natürlich schaffen wir es, in einer Woche haben Sie die Symphonie auf dem Tisch, aber es wird notwendig sein, daß Thomas ein wenig die Atmosphäre der Partei erschnuppert und ertastet. Sie wissen ja, Genosse, wie es mit ihm steht.«
»Dann bringen Sie ihn in mein Büro«, entschied Rudi, »er soll hier schnuppern und tasten, solange er will!«
Am nächsten Tag also führte man Thomas ins Gebäude des Zentralkomitees. Schon als er die Granitsteine am Eingang betastete, begann er eine Melodie zu pfeifen, die, wie Herr Karbusický verängstigt und kleinlaut feststellte, ein wenig an Wagners Götterdämmerung erinnerte. Er schrieb sie also nicht auf.
In Rudis Arbeitszimmer ließ man Thomas sich an den Schreibtisch seines Halbbruders setzen, und da geschah etwas Sonderbares. Thomas hörte auf einmal auf zu pfeifen, er versuchte es zwar, doch seine Lippen verkrampften sich, und es war nur ein Sausen zu hören, einmal ganz leise, dann wieder lauter.
»Los, mach schon, Thomas! Laß dir etwas Großartiges einfallen, pfeife!« schrie Rudi seinen Halbbruder an.
Das Sausen, das aus Thomas' verkrampften Lippen hervorzischte, wurde dumpfer. Seine Hände glitten in raschen Kreisen über Rudis Schreibtischplatte, große Tränen traten aus seinen freiwillig erblindeten Augen, und auf einmal sprach er nach langen Jahren wieder mit einer kreischenden Stimme: »Ich sehe einen Galgen ... ich rieche Asche. Rudi, es nimmt kein gutes Ende mit dir!«
Herr Karbusický, das Schreibgerät vor dem Bauch und

bereit, Thomas' Melodien festzuhalten, ließ das Brett fallen und stieß aus: »Die Prophezeiung des Blinden Jünglings von Prag ...!«
»Halten Sie die Schnauze!« schrie Rudi ihn an.
Thomas hatte sich inzwischen vom Schreibtisch erhoben und tastete sich entlang der Wand zur Tür.
»Rudi, Rudi, du entkommst nicht!« Seine Stimme, die seit Jahren nicht gewöhnt war zu sprechen, überschlug sich. »Man trachtet dir nach dem Leben, der Galgen für dich ist schon gezimmert!«
»Schweig!« Rudi packte Thomas am Hals, ließ ihn aber sofort wieder los und flüsterte: »Thomas, wann ist es soweit?«
»Er hört nichts, Genosse, lassen Sie ihn!« rief der Notenschreiber entsetzt und sammelte seine Blätter vom Teppich.
»Ich höre, Rudi, den Windstoß deiner Frage«, antwortete Thomas. »Ich gebe dir die Antwort: Die Glocken am nächsten Weihnachtsfest wirst du schon nicht mehr hören!«
Vor dem Gebäude lockerte sich die Verkrampfung seiner Lippen, und Thomas konnte wieder pfeifen. Ein ganz leiser Ton stieg von seinem Mund auf. Er klang sanft und melancholisch. Pfeifend ging Thomas, Herrn Karbusický an seiner Seite, am Moldaukai stromaufwärts. Unter den Bäumen vor dem Rudolfinum – Thomas war gerade dabei, aus dem Grundton eine Melodie zu entwickeln und Herr Karbusický, noch immer aufgeregt, notierte sie – hatte ein schwarzes Auto die beiden eingeholt und hielt neben ihnen. Drei Männer sprangen heraus und zerrten Herrn Karbusický in den Wagen. Er leistete keinen Widerstand, so daß Thoms, ganz mit seiner neuen Melodie beschäftigt, überhaupt nichts merkte. Er ging langsam und bestimmt mit einem tiefen Frieden in der Seele an der Moldau entlang und pfiff das Andante zu einem sanften Abschluß.

Erst auf dem Kreuzherrenplatz blieb er stehen und fragte: »Herr Karbusický, haben Sie alles festgehalten?«

»Herr Karbusický ist nicht mehr da«, antwortete der geheime Polizist mit Musikausbildung und rückte das Schreibbrett zurecht, das er dem Notenschreiber abgenommen hatte. »Jetzt bin ich Ihr Notenschreiber. Pfeifen Sie ruhig weiter, Genosse, es ist ja nichts geschehen, alles ist in bester Ordnung.«

Vierundfünfzigste Geschichte

Eines Tages, als ich das Café Slavia verlassen hatte, fühlte ich mich auf der Nationalstraße gleich gegenüber dem Nationaltheater von einer bösen Strömung erfaßt. Sie drängte mich zwar zur Ecke Nationalstraße/Moldaukai, aber von dort kam ich stromabwärts nicht weiter als drei oder vier Schritte Richtung Karlsbrücke. Ich war verunsichert. Die Moldau floß in verkehrter Richtung, der Wind, der sonst immer von Süden oder von Westen kam, setzte den harten Stadtkern jetzt von Norden unter Druck. Es war zu schwierig, um gegen die unerwartete Strömungsänderung anzukämpfen, so drehte ich mich um, ging zurück auf die Brücke, die Sie, lieber Freund, die Brücke des 1. Mai nennen, und schlenderte auf die Smichower Seite hinüber. Von der Brücke war keine Spur des stromaufwärts fließenden Wassers zu sehen, keine Brise wehte mir ins Gesicht. Auf der Smichower Seite bog ich rechts auf die Kampa-Insel ein und ruhte mich am Ankerplatz oberhalb der Karlsbrücke aus.

Es roch hier nach Teer, Fisch und Verwesung. Der Stein, auf dem ich saß, war noch warm, das linke Ufer lag schon im Schatten. Die Sonne glühte in den großen Fenstern des Café Slavia; der Lichtreflex traf mich voll. Der kühle Wind vom Wasser schläferte mich ein, und ich träumte einen schönen Traum, den ich jedoch vergessen habe. Vielleicht war es ein Traum von meinen zahlreichen Kindern, die mich besuchten, einen Kreis um mich bildeten und mit mir sprachen, als wäre ich ein Vater, mit dem sie aufgewachsen waren. Ein junges Mädchen legte seine kühle Hand auf meinen skalpierten Schädel und streichelte die Wunde so zart, daß ich keinen Schmerz fühlte. Einige meiner Kinder standen da mit verschleierten Gesichtern, andere ahnte ich kaum, denn in dem dicht geschlossenen Kreis sah ich nur ihre schwarzen Konturen. Thomas der Pfeifer saß ein wenig abseits und pfiff leise eine verhaltene Melodie. Auch alle Frauen, die ich geliebt hatte, waren da, ein wenig gealtert, aber für mich noch immer schön und reizvoll. Sarah stand still da in zerrissenem Kleid und mit zerschlagenem Gesicht; zwar konnte ich nicht deutlich die Einschüsse in ihrer Brust sehen, aber ich bemerkte die kreisförmigen, verkrusteten Blutflecken auf ihrem einst schwarzen Kleid.

Als ich aufwachte, war die Sonne schon untergegangen und der Lampenmann begann, beim Nationaltheater das Gaslicht anzuzünden. Mit dem Stab berührte er den Mast, und schon flammte ein Licht auf. Er wartete, bis es hell brannte und verschwand dann, den Stab über die Schulter gelegt, in der Finsternis. Erst nach einer Weile begann sich sein Umriß unter der nächsten Laterne abzuzeichnen.

Es war kühl geworden, ich erhob mich und stolperte über die Kieselsteine ganz dicht am Wasser zur Karlsbrücke hin. Wahrscheinlich führte ich ein Selbstgespräch, in dem ich meinen Traum festzuhalten versuchte. Ab und zu blieb ich stehen, hörte das Plätschern der Abendwellen zu meinen Füßen und war so tief in meinen Traum versunken, daß ich das leise Kichern in meinem Rücken als mein eigenes empfand.

»Was quasselst du hier alles zusammen!«

»Recht hast du, ich habe nur geträumt«, antwortete ich. »Zuletzt schwebte ich durch Tod und Verwesung zu Asche und Staub zermahlen über Prag und war ein winziger Bestandteil der goldenen Dunstwolke, die bei Sonnenaufgängen die Stadt krönt. Ich übertreibe zwar ein wenig, aber es war eben mein Traum ...«

»So ist das!« Die Stimme lachte hinter meinem Rücken.

Halt's Maul! schimpfte ich in meinem Inneren. Dann drehte ich mich um, ganz unwillkürlich, um über meine linke Schulter zu spucken und damit das Gespenst zu verjagen, und sah an der Mauer, die ungefähr vier oder fünf Schritte vom Wasser entfernt war, einen Schatten hocken.

»Komm näher, Niki«, sprach er mich an. »Ich habe eine Flasche guten französischen Wein aufgemacht, Jahrgang 1936. Ja, das waren noch Zeiten!«

»Wer sind Sie?«

»Du erkennst mich nicht, Niki? Ich bin doch Wenzel, Wenzel Salmo.«

Erst jetzt sah ich Wenzel an der äußersten Grenze meiner Kurzsichtigkeit. Ich ließ mich neben ihn fallen, lehnte mich an die warme Mauer und griff nach der Flasche. Der rote Wein schmeckte nach Akazien und nach südlicher Erde.

»Wenzel, Wenzel, du lebst!« Ich tastete ihn ab, denn meinen Augen wollte ich in diesem Fall nicht trauen. »So ein Wiedersehen! Nein, ich muß doch träumen. Verzeihe mir, Wenzel, ich spinne zu oft.«

»Sauf dich voll, Niki, es macht dich nüchtern.«

»Was machst du hier?«

»Ja, das wollte ich dich eigentlich fragen, aber da du die Frage zuerst gestellt hast, sollst du die Antwort wissen. Ich schnappe nach frischer Luft.«

»Und wo wohnst du, Wenzel?«

»Selbstverständlich in meinem Palais«, feixte er mich an, trank den Rest des Weines aus und warf die Flasche ins Wasser. »Die gewisse Klausel in dem Kaufvertrag sichert mir doch in meinem einstigen Palais eine schöne Wohnung auf Lebzeit zu. Aber diese verdammten Franzosen haben mich rausgeschmissen! So ist das, Niki! Im Mai 1945 hatten mich die Tschechen aus meinem letzten kleinen Schlößchen bei Böhmisch Leipa verjagt; vier Tage und Nächte lang schlug ich mich nach Prag durch, und als ich am Tor meines Palais anklopfte, war die Vorhut der Franzosen schon wieder da. Und weißt du, was die mir gesagt haben? Ich bedaure sehr, Herr Graf, fuhr mich dieser Franzmann an, rechtlich stimmt der Vertrag aus dem Jahr 1919 zwar, aber Sie, Herr Graf, sind 1940 als Verbindungsoffizier der deutschen Wehrmacht in Paris eingezogen. Das stimmt, sagte ich, aber ich zog als Krüppel ein, mußte ins Lazarett, da ich mir selbst die linke Hand abgeschossen hatte. Tja, Herr Graf, erwiderte der Franzose, das ändert aber nichts an der Tatsache, daß Sie ein Deutscher sind. Und da kochte ich natürlich. Ich brüllte ihn an: Ich ein Deutscher? Ich komme aus einer der ältesten österreichischen Familien, mein Ururgroßvater begleitete Marie-Antoinette, als sie von Wien aus nach Paris reiste, um diesen Scheißkerl von König zu heiraten. Sie beleidigen Frankreich, brüllte der Franzose zurück, und schlug mir das Tor vor der Nase zu.«

»Da sind die Chinesen zu mir viel großzügiger gewesen.«

»Ich weiß«, kicherte Wenzel und machte die zweite Flasche auf. »Auch die Amerikaner haben die Helena unbehelligt in ihrem Gartenhaus wohnen lassen. Ja, die Helena hatte eben Glück: Zum ersten Mal, daß sie mich nicht geheiratet hat, zum zweiten Mal, daß sie dich heiratete, zum dritten Mal, daß du ein fremdes Kind als deins anerkannt hast und zum vierten Mal, daß sie jetzt bei den Amerikanern so gut aufgehoben ist.«

Wenzel rückte ganz dicht zu mir her.

Wir schwiegen. Nach langen Minuten begann Wenzel leise zu kichern.

»Kaum zu glauben, was die Zeit mit uns alles treibt! Stell dir vor, ich lebe jetzt im Keller, wirklich! Als mir die

Franzosen das Tor vor der Nase zuschlugen, es war schon spät am Abend, kroch ich durch den Kanal, der hier in die Moldau mündet, in die Kellerräume unter unserem Palais. Mein Gott, Niki, als Kind habe ich oft in den drei Kellergeschossen gespielt, es gibt da das gotische, darüber die Kellerräume aus dem Jahr 1634, und dann noch die neuesten aus dem Jahr 1788. Im obersten Kellergeschoß gibt es seit 1912 den Heizungsraum und gleich darunter eine schöne trockene Kammer. Dort habe ich mich eingerichtet. In den vergangenen vierzehn Tagen habe ich in der Nacht Möbel heruntergeschleppt und elektrisches Licht gelegt. Ich komme auch ganz bequem durch den Kanal hierher hinaus. Das Gitter ist zwar verschlossen, aber ich habe den Schlüssel.«

»Und wenn dich die Tschechen erwischen?«

»Das haben sie bereits«, knurrte Wenzel und nahm einen mächtigen Schluck aus der Flasche. »Zuerst haben sie mich gründlich verprügelt, und als ich gestanden habe, wo ich wohne, stand ein eleganter Herr auf, der bisher nur zugeschaut hatte, schickte die anderen weg und sagte: Hören Sie gut zu, Baron! Wir lassen Sie laufen, aber unter einer Bedingung! Sie helfen uns in der französischen Botschaft Abhöranlagen zu montieren. Was sollte ich tun, Niki? Jetzt kommen die Tschechen jeden dritten Tag und holen sich die Aufzeichnungen ab. Und außerdem zahlen sie gut und haben nichts dagegen, daß ich mich nachts aus der französischen Vorratskammer versorge. Ich habe alles, Niki, was ich brauche. Wein, Champagner, amerikanische Zigaretten, Kognak bester Sorte, herrliche Konserven.«

»Ich sollte lieber verschwinden.«

»Keine Angst, Niki, heute kommt keiner. Erst morgen erwarte ich die Russen.«

»Was?«

»Auch die haben irgendwie herausbekommen, daß ich hier wohne. Die Engländer und die Amis waren gestern und vorgestern da. Nein, ich kann mich nicht beschweren, ich lebe gut. Nur am Tag habe ich viel zu tun und muß auf die Geräte aufpassen, damit sie richtig laufen. Aber jetzt ist nichts mehr los, also kann ich Luft schnappen, Wein trinken ...«

»Und wenn dich die Franzosen erwischen?«

»Dann habe ich wieder einmal Pech gehabt.«

Wenzel berührte mit den Fingern meinen Arm.

»Aber sonst ist es ein Scheißleben, Niki«, sagte er leise. »Es ist aus, wir sind am Ende. Wer will von mir Ehre und Anstand verlangen? Eines ist mir klar, die Zeit ist über uns hinweggegangen, Niki. Einmal haben wir sie hier geprägt, jetzt ist es umgekehrt. Das nenne ich eine historische Ausgewogenheit.«

Ich erhob mich. Meine Glieder waren steif geworden, und es war kalt. Wenzel kicherte hinter meinem Rücken, und ich spuckte dreimal über meine linke Schulter.

Fünfundfünfzigste Geschichte

In den zwei Monaten, als ich in meiner Wohnung unter dem Dach der chinesischen Botschaft meine Wunde heilte, blickte ich oft auf das Palais Lorbergeist hinunter. Man hatte es ausgeplündert, die Fenster waren herausgerissen, das Tor zertrümmert und die Nebeneingänge eingeschlagen. Kurz nach dem 5. Mai sah ich in der Abenddämmerung Menschen, die Möbel, Bilder, Teppiche und alles mögliche aus dem Palais heraustrugen, ihre Handkarren damit beluden und sich heimlich davonmachten. Jeden Tag erwartete ich, daß sie die eingemauerte Marianne finden und auf die Straße oder in den Garten schleppen würden. Nach vierzehn Tagen war im Palais wohl nichts mehr zu holen, es stand verlassen da, und ich vermutete, daß die Marianne noch immer in ihrer zugemauerten Kammer hockte und genau wie ich ihre Wunden pflegte.

Ich wollte schon mehrmals mit Herrn Alois über mein Problem mit Marianne reden, doch er wollte nur einen Namen hören: Sarah und wieder nur Sarah. Freilich wußte ich, daß mir auch Wenzel bei Mariannes und meinem Problem nicht helfen könnte, aber ich spürte das Bedürfnis, mich jemandem anzuvertrauen. Wenzel hatte jedoch so viele eigene Probleme, daß ich es gar nicht wagte, ihn zu belästigen. Zu seinen vielen, wie er sagte, Kunden kamen noch die Italiener und die Jugoslawen hinzu, so daß er den ganzen Tag mit seinen komplizierten Abhöranlagen beschäftigt war und abends, wenn ich ihn an der Mauer besuchte, nichts anderes im Kopf hatte als Kummer und Sorgen mit seiner, wie er sagte, internationalen Schnüfflerbande.

Einmal – es mußte Ende Juli oder Anfang August gewesen sein – als wir zu viel Champagner getrunken hatten, dazu noch Kognak, sagte ich: »Wenzel, ich hab ein Problem!«

»Raus damit!«

»Kanntest du die Lorbergeist?«

»Du meinst die Lorbergeist, diese Krämerfamilie, die erst 1825 geadelt wurde?«

»Ja, die meine ich.«

»Was ist mit den Lorbergeist los? Den Alten soll es, habe ich gehört, am 5. Mai irgendwo in Prag erwischt haben.«

»Ich meine seine Tochter, die Marianne.«

»Kenn' ich nicht.« Wenzel gähnte.

»Sie ist eben mein Problem, Wenzel! Sie hat sich in einer Kammer ihres Palais einmauern lassen.« Ein wenig beschämt gestand ich mein Geheimnis. »Sie hat zwar eine Menge von Lebensmitteln mitgenommen, aber drei Monate eingemauert zu sein, ist doch eine lange Zeit. Ich sollte nach ihr sehen, Wenzel, bin aber ziemlich pleite ...«

Wenzel rieb seinen Rücken an der rauhen Mauer, dann stand er auf, ich sah, daß seine linke Hand fehlte, hinkte einige Schritte nach links an der Mauer entlang, öffnete das eiserne Gitter des Kanals und kroch in das Loch.

»Warte«, flüsterte er, bevor er verschwand.
Nach bangen Minuten kam er wieder hervor und schleppte einen Sack hinter sich her.
»Nimm das, Niki! Das ist genug für dich und die Marianne. Schau nach ihr, und wenn du etwas brauchst, dann sagst du es mir, die Franzosen haben ja genug.«
Die Uhren schlugen zehnmal. Trotz der Dunkelheit merkte ich, daß Wenzel unruhig wurde.
»Verdammte Läuse!« schimpfte er. »Ich muß noch vor dem Winter die Wasserleitung vom Heizkessel im Bad anzapfen und mir eine Dusche einrichten. Seit einer Woche aber sitzt die Frau des Ersten Sekretärs der Botschaft jede Nacht in der Wanne und säuft Champagner. Ich komme in das Badezimmer nicht rein. Jetzt verschwinde, Niki. Ich bekomme um diese Stunde nämlich Besuch von einer Dame. Verdammt, die Sachen waren für sie bestimmt, aber keine Angst, die kommt nicht zu kurz!«
»Du empfängst Damenbesuche, Wenzel?«
»Bin doch kein Schrott«, kicherte Wenzel. »Die Marie ist zwar ein Luder, ich glaube, sie arbeitet für die Tschechen, aber ihr Handwerk versteht sie gut.«
Ich hielt den Sack gegen die Brust gepreßt und schleppte ihn, über Kieselsteine stolpernd, die Treppe von der Kampa-Insel auf die Karlsbrücke hoch, bog links unter dem Brückenturm ein, und erschrak erst in der Brückenstraße, als mir einfiel, daß Marianne schon längst tot sein könnte, verhungert oder von den Plünderern erschlagen. Ich beschleunigte meinen Schritt, indem ich mir die tote Marianne, entweder ausgedörrt vor Hunger und Durst oder mit zerspaltenem Schädel, in ihrer zugemauerten Kammer vorstellte.
Ich kletterte über den Zaun und dann über die Trümmer, die den Seiteneingang ins Palais Lorbergeist versperrten, fand sehr bald die eingeschlagene Tür zum Keller – wie oft hatte ich hier als Kind »Versteck dich, Mäuschen« gespielt – und auch die hölzerne Treppe, die zu der Falltür in

Mariannes Versteck führte. Zuerst ging die Falltür leicht auf, aber dann hörte ich einen dumpfen Aufschlag, und die Tür, die ich schon halb angehoben hatte, fiel wieder zu.
»Marianne, laß die Tür los!« flüsterte ich. »Ich bin's, Nikolaus! Mach doch auf!«
Die Falltür öffnete sich, ich steckte meinen Kopf durch die Luke in den kleinen Raum und sah im Kerzenlicht zuerst ein erhobenes Beil und dann Mariannes bleiches Gesicht.
»Leg das Beil weg!« sagte ich.
Mariannes Kammer war nur von einer Kerze beleuchtet, das einzige Fenster, das in den Garten führte, war zugemauert, genauso wie die Tür, die einst die Kammer mit dem großen Salon verbunden hatte. Der kleine Raum war mit Möbeln vollgestopft, zusammengerollte Teppiche standen an den Wänden, Bilder lagen herum, ein bequemes Bett war da, und links von dem zugemauerten Fenster hatte Marianne ein Bild Adolf Hitlers aufgehängt, unter dem die einzige Kerze brannte.
Mariannes blondes Haar war länger geworden, und sie versuchte, wieder Zöpfe zu flechten, hatte aber nur zwei armselige Rattenschwänzchen zustande gebracht. Sie stand in der Mitte der Kammer, das Beil umklammerte sie noch immer mit der rechten Hand. Ich wollte meinen Augen nicht trauen: Marianne trug wieder die BDM-Uniform, und ihre Gesichtszüge waren trotz ihrer Jugend hart, böse und verbissen.
»Was wollen Sie hier? Wollen Sie mich den Tschechen ausliefern?« schrie sie und hob wieder das Beil.
»Red' keinen Unsinn, Marianne, ich habe dir etwas zum Essen mitgebracht!«
»Ich halte hier durch, ich habe noch genügend Konserven, jeden Tag turne ich dreimal. Jetzt eben habe ich die Morgenübung hinter mich gebracht.«
»Es ist Nacht, Marianne.«
»Durchhalten, das ist die Parole der Zeit!« Marianne redete lauter und preßte das Beil an ihre Brust. »Es wird nicht

mehr lange dauern, dann rückt die siegreiche deutsche Wehrmacht aus der Alpenfestung wieder nach Prag ein. Mein Vater hat mir doch gesagt, daß in den Alpen ...«

»Marianne, der Krieg ist aus, verloren. Es gibt kein Reich und keine Wehrmacht mehr. Zieh' jetzt andere Klamotten an, ich bringe dich von hier weg. Irgendwie mußt du dich nach Bayern durchschlagen, dort lebt doch deine Familie?«

Ich schwitzte und mußte meine Perücke ablegen.

»Draußen, Marianne, gibt es einen herrlichen Sommer, du bist jung, hast alles überstanden, das ist dein Glück, liebes Mädchen! Komm, pack' deine Sachen zusammen und schlag dich süd- oder westwärts durch. Hier ist alles vorbei für dich, Marianne, hier gibt es für dich keine Zukunft mehr.«

Ich atmete schwer und fügte hinzu: »Dein Vater ist tot, Marianne.«

Meine Knie wurden weich, ich mußte mich auf das Bett setzen.

»Hör mir gut zu«, sagte ich gerührt, »nun gilt es für dich zu leben, du hast keine andere Pflicht mehr als diese einzige. Geh' weg von hier und vergiß alles, was hier geschehen ist. Mach' einen neuen Anfang.«

Marianne fiel neben mir auf das Bett, das Beil hielt sie noch immer fest. Sie legte ihren Kopf auf meine Oberschenkel und schluchzte so sehr, daß sie mit ihren Tränen meine Hosen durchnäßte. Ich fühlte mit der linken Hand, die ich sanft auf ihren Rücken legte, ihre gespannten Muskeln, die dem Beben in ihrem Innern standhielten. Plötzlich, ich weiß nicht einmal warum – aber in solchen Fällen fragt man ja nicht nach den Ursachen – heulte auch ich laut auf. Nie zuvor in meinem Leben und nie wieder später fühlte ich meine Einsamkeit als eine schreckliche Folter. Jetzt aber sah ich mich ins Henkerrad der Zeit geflochten und rollte ohne Sinn und Ziel irgendwohin. Es gelang mir, mich an Marianne festzuklammern. Sie legte ihre muskulö-

sen Arme um meine Oberschenkel, und wir verknoteten uns zu einem einzigen Bündel von Unglück. Ich begann in mir vergeblich, nach dem Widerhall tröstender Worte zu horchen, mit denen ich Mariannes und auch meine Hoffnungslosigkeit besänftigen könnte.
Die hauchdünne Haut, die meinen skalpierten Schädel notdürftig bedeckte, riß an drei oder vier Stellen mit einem kaum wahrnehmbaren Knack auf. Mag sein, redete ich mir ein, der Schöpfer zeichnet seine Lieblinge durch die härtesten Schläge aus, er beschenkt sie mit einem bösen Schicksal. Wenn es so ist, Herr, sprach ich meinen Gott an, dann bitte liebe mich nicht so sehr, vergiß mich! Hast du es so eingefädelt, daß ich und Marianne ganz allein in diesem Raum hocken müssen, aus dem es keinen richtigen Ausgang gibt? War es deine Absicht, uns hier einmauern zu lassen, um jetzt neugierig zusehen zu können, was wir zwei inmitten einer Stadt, die uns haßt, in diesem verlassensten Loch anfangen werden?
Mein lieber Freund! Ich habe mich gar nicht bemüht, Antworten auf meine Fragen zu finden, sondern ich küßte Marianne auf ihre Stirn.

Sechsundfünfzigste Geschichte

Mein Sohn, der in Mariannes Leib zu wachsen begann, veränderte, ja zerstörte seine Mutter. In überraschend kurzer Zeit verwandelte sich Marianne in einen großgewachsenen Säugling; ihre Haut wurde zart und rosa, sie lallte und wimmerte leise vor sich hin und glotzte mich mit den Augen eines unschuldigen Wesens an, das noch nicht geboren worden ist. In der erdrückenden Stille der Neujahrsnacht hörte ich aus Mariannes Leib meinen zukünftigen Sohn laut nach Licht schreien. Ich trank ein Glas Wein und fragte Marianne: »Wie soll unser Sohn heißen?«

Die Mutter meines ersten Nachkriegskindes hob ihren kräftigen Arm. Ich beobachtete, wie sie zum Schlag ausholte, ich sah die geballte Faust mit aller Kraft in mein Gesicht einschlagen. Die Splitter des Weinglases zerfetzten meine Lippen.

Das alles geschah in dem Augenblick, als die Prager Glokken das Jahr 1946 einläuteten. Ich spuckte die Glassplitter aus und fischte vorsichtig die drei ausgeschlagenen Zähne aus dem Mund. Vor Wut gegen mich selbst wollte ich aufschreien, jedoch der Schmerz und die Demütigung würgten mich, mein Unterkiefer verrenkte sich, und so stand ich vor ihr mit aufgerissenem, blutigem Mund und konnte keinen einzigen Laut herausbringen.

Ein verführerisches Bild flitzte durch meinen Kopf: Neben dem Kachelofen sah ich den Schürhaken stehen, den wollte ich anheben und direkt auf ihren blonden Scheitel niedersausen lassen. Ja, ich sah Marianne von Lorbergeist schon mit zertrümmerten Schädel am Boden der Kammer in ihrem Blut liegen. Mich selbst sah ich mit höllischem Gelächter durch die Falltür die zugemauerte Kammer verlassen und in die Unterwelt absteigen. Und es war mir klar: Wenn es mir jetzt nicht gelang, Marianne aus meinem Leben zu streichen und das ungeborene Kind dorthin zu befördern, wo es in Ewigkeit nicht-geboren und unbenannt verweilen würde, dann mußte ich alle unübersehbaren Folgen meiner Unentschlossenheit den Rest meines Lebens mit mir herumschleppen.

Marianne holte zum zweiten Schlag aus und traf diesmal mit offener Hand meinen linken Backenknochen. Nach dieser Ohrfeige konnte ich meinen verrenkten Kiefer wieder bewegen. Mein Mund war voll Speichel und Blut. Die sulzige Flüssigkeit schmeckte nach Salz, Kognak und Champagner.

Ohne ein Wort zu sagen, kroch ich durch die Falltür in den Keller hinein und von da aus in den Garten. Draußen stopfte ich mir den Mund voll Schnee und hörte die Kristalle auf der zerschlagenen Unterlippe und in den Wunden beim Tauen leise knistern. Über meinem Kopf schwebte das Sternzeichen des Steinbocks. Am Malteserplatz suchte ich vergeblich nach dem Nordstern, fand aber nur den Sirius. Am Kleinseitner Ring schien es mir, als ob die Hinterachse des Großen Wagens an der schneebedeckten Kuppel der St. Niklaskirche hängengeblieben wäre. Ich spuckte Blut und Speichel gegen das Firmament, und drei schwarze Kater begleiteten mich bis vor das Tor meines einstigen Palais.

Sieben Tage saß ich in meinem ungeheizten Zimmer in Wolldecken gehüllt an dem Fenster mit dem schönsten Ausblick auf ganz Prag. Es schneite ein wenig. Im ehemals Molwitzschen Garten sah ich Helena in ihrem langen schwarzen Regenmantel und mit dem roten Hut durch den Schnee stapfen, aber diesmal kam sie nicht bis zur Mauer. Nach fünfzig oder sechzig Schritten, ich zählte sie, blieb sie im Schnee stecken und heulte laut auf.

In diesen Tagen suchte ich einen Namen für meinen Sohn, der geboren werden sollte. Ich dachte an Adonis, der, von einem Eber getötet, wieder zu neuem Leben erwachte. Jedenfalls sollte mein erstes Kind nach dem Krieg einen Namen mit dem Anfangsbuchstaben A tragen, das zweite soll Bert oder Berta heißen oder besser tschechisch Bedřich oder Božena, das dritte Cyril oder Cecilia, damit ich immer gleich die Reihenfolge wußte. Adonis kam mir fremd vor, ein Adonis in Böhmen, nein, das kam nicht in Frage. Adolf dagegen war richtig, denn Adolf ist eine Zusammensetzung aus Adel und Wolf; ein adeliger Knabe wird im Versteck einer Wölfin gezeugt und geboren. Die Frage nach seinem Familiennamen ließ ich zuerst offen.

Ich bin sehr traurig gewesen. Mein Sohn mit Marianne von Lorbergeist, ohne Zweifel ein echter Belecredos, wird nie meinen Namen tragen dürfen, seine wahre Herkunft mußte unbedingt mit einem anderen Familiennamen verdeckt und für immer verschleiert bleiben.
Ich besuchte also den Kunstmaler Josef Tkaczyk in der Fleischergasse Nr. 14 und schlug ihm vor, meinen Sohn Adolf zu adoptieren. Der Maler war guter Laune und antwortete mir: »Durch deinen Verdienst ist meine Familie schon genug gewachsen und fast unübersichtlich geworden.«
Was sollte ich sagen? Ich schwieg und legte vor seinen staunenden Augen einen schönen Perser aus Mariannes Versteck. Tkaczyk fuhr mit der Hand über die fein gewebten exotischen Blumen und schüttelte besorgt den Kopf.
»Und wann soll es so weit sein, Niki?«
»Jetzt im März.« – »Eine verdammt kurze Zeit.«
Dann schwieg er. Erst nach einer Weile senkte er den Kopf, musterte das Gewebe und führte ein ziemlich verworrenes Selbstgespräch.
»Es ist nämlich so, Niki. Ich habe dich mehrmals im Café Slavia gesucht, aber nicht einmal Herr Alois wußte, was mit dir los ist. Aber ich sehe keine Schwierigkeiten, nur meine Familienverhältnisse werden noch komplizierter. Adolf wird mein Adoptivsohn, zugleich jedoch ein Blutsverwandter einer meiner Töchter, die du mir so großzügig überlassen hast. Ich werde nie erfahren, welcher. Der Irene, die du mit Magdalene von Hlowositz gezeugt haben könntest oder der Helga, deiner mutmaßlichen Tochter, die du von der Petite Komtesse zurückbekommen hast ...? Die Wahrscheinlichkeit, daß Irene oder Helga eigentlich Julia, deine nicht leibliche Tochter, sein könnten, ist dabei auch nicht auszuschließen. Eines steht fest: Adolf wird ein echter Halbbruder von Thomas dem Pfeifer werden. Mit

meinen Töchtern stehe ich in keiner Blutsverwandtschaft, obwohl ich ihr Vater bin, so daß der Sohn, den ich von meiner Tochter habe, für Adolf nicht nur...«

»Großer Gott!« stöhnte ich, »du hast einen Sohn mit deiner, genauer gesagt mit einer meiner mutmaßlichen Töchter?«

»Ja, Niki, mit Helga. Er wurde schon als der Sohn eines unbekannten sowjetischen Soldaten unter dem Namen Josef Nikolajewitsch Tkaczyk eingetragen.«

»Und was sagt Anna dazu?« fragte ich den völlig niedergeschlagenen Maler. Er sah mich an, seine Augen waren voll Tränen.

»Sie hat mich verlassen.«

»Anna ist weg?« Ich hörte unter meinen Schuhsohlen trockenen Sand knirschen.

»Nein, sie ist hier, aber geistig ist sie abwesend.«

Ich erhob mich. Ja, mein lieber Freund, ich hätte mich fast vor diesem Unglück, welches die Wohnung in der Fleischergasse Nr. 14 seit eh und je heimsuchte, verneigt, so niedergeschlagen bin ich damals gewesen. Mein Kopf glühte in dunklen Farben, aber ganz plötzlich rührte sich irgendwo in der heißen Finsternis eine helle Stelle, die mir zujubelte: Niki, du bist Großvater geworden!

Ein harter Schlag unterbrach den aufkommenden Jubel in meinem Kopf. Josef Tkaczyks Faust lag auf dem feinen Tischtuch, und er schrie mich an: »Verdammt und zugenäht, wir sind doch eine große Familie, die durch dick und dünn geht! Einmal helfe ich dir aus, ein andermal bist du wieder an der Reihe, Niki. Also ich will nicht mehr um den heißen Brei herumkreisen und sag's dir offen: Ich brauche ein Modell, und keiner in der Stadt gibt mir so einen hervorragenden Lenin ab wie du. Das Zentralkomitee hat das Bild bei mir bestellt, ich male es schon seit Weihnachten, komme aber ohne dich nicht weiter!«

»Was alles muß ich für meine Kinder tun!« sagte ich niedergeschmettert.

»Mit Rudi ist alles geregelt«, fügte Tkaczyk hinzu.
»Wieso mit Rudi?«
Josef Tkaczyk hob seine Faust, öffnete sie und beobachtete zwei oder drei angeschwollene Gelenke.
»Als Rudi das Riesenporträt bei mir bestellte, sagte er zu mir: Sie haben doch ein hervorragendes Modell, Genosse Tkaczyk, einen Meister im Maskenanlegen zur Verfügung...«
»Rudi hat mich nicht vergessen!« rief ich erfreut aus.
»Allerdings«, sagte Tkaczyk trocken und sah mich besorgt an. »Rudi hat auch nicht das Plakat mit dem blutrünstigen Rotarmisten über dem Hradschin vergessen. Unser Werk, Niki!«
Der Maler setzte sich. Sein Gelenk unter dem Zeigefinger der rechten Hand begann ein wenig zu bluten.
»Abgemacht, Niki?« fragte er mich.
»Abgemacht«, antwortete ich. »Ich mache dir einen Lenin, daß dir das Sehen vergeht, und du nimmst, wenn es so weit ist, meinen Sohn Adolf Belecredos, alias Lorbergeist alias Tkaczyk in deine große Familie auf.«

Neunundfünfzigste Geschichte

Josef Tkaczyk hatte inzwischen, so gut er konnte, das ideologisch schwerwiegende Problem des Formats und der Komposition des Lenin-Porträts gelöst. Meine Probleme mit Lenin waren eher handwerklicher und menschlicher Art.
Zwei Wochen lang plagte ich mich in der Dachwohnung mit Lenins Maske ab und wurde mit meiner Arbeit immer unzufriedener. Meine nicht verblaßten Erinnerungen an Lenin störten mich. Ich sah ihn in Finkelsteins Wohnung in der Fleischergasse Nr. 14 zusammengekrümmt im Stuhl sitzen, Wodka und Tee trinken, Milena flatterte, einem

Nachtfalter ähnlich, im Raum herum, Jakub Graf Mikolajczyk hockte in der Ecke, reinigte seine Pistole und hielt sich für den Aufbruch nach Moskau bereit. Und immer wieder hörte ich den berühmten Satz, den er in jenem Augenblick aussprach, als er seinen Arm auf die zierliche Schulter der Petite Komtesse legte und sie sich wie gelähmt von ihm ins Nebenzimmer führen ließ. Nadjeschda Krupskaja stand auf ihren geschwollenen Beinen neben Lenin, der sich mühsam und unbeholfen zu der vielleicht bedeutendsten und folgenreichsten Entscheidung seines Lebens durchrang. Ich hatte mit Müh und Not damals die peinlichste Phase meiner Pubertät hinter mich gebracht, mir hat es gereicht, ich wollte nichts mehr sehen, nichts hören und verbarg deshalb meinen Kopf an Helena von Molwitz' Busen.

Immer wieder legte ich neue Leninmasken an, fand aber an keiner Gefallen. Mein Lenin war nämlich niedergedrückt, unsicher, schlapp und geknickt, hatte keine Spur von revolutionärem Optimismus, kein Zeichen von Entschlossenheit. Es halfen mir auch nicht die besten Bärte und die teuerste Schminke, die für mich zu diesem Zweck direkt aus Paris nach Prag eingeflogen worden waren.

Josef Tkaczyk wurde ungeduldig, er stürmte fast jeden Tag meine Wohnung unter dem Dach und schrie mich an: »Allmächtiger, Niki, das soll ein Lenin sein! Verdammt, Lenin strahlte doch Klugheit, Überlegenheit und Entschlossenheit aus! Was du in deinem Gesicht zusammengepinselt und geklebt hast, ist doch ein verzweifelter, geplagter Mensch! Das nimmt uns die Partei nicht ab!«

Als mich Tkaczyk beschimpfte, wäre ich am liebsten vor ihm auf die Knie gefallen und hätte ihn um Vergebung und Nachsicht gebeten. Ich fühlte mich als Versager, als ein unverantwortlicher Mensch, der den Vater meiner Kinder im Stich ließ.

Nach vierzehn Tagen war das Werk endlich fertig. Ich konnte aber nicht in Lenins Aufmachung meinen bisher ungestörten Spaziergang zum Café Slavia antreten. Obwohl ich mir am ersten Tag einen breitkrempigen Hut tief in die Stirn zog, entging den Passanten, denen ich auf meinem Weg ins Café Slavia und von dort in die Fleischergasse Nr. 14 begegnete, mein Aussehen nicht. Einige Bürger grüßten mich höflich, andere ängstlich, die meisten spuckten vor mir aus und flüsterten mir dumpfe Drohungen oder Schimpfworte zu. Als ich zum ersten Mal mit dem Aussehen des großen Lenin das Café Slavia betreten hatte, packte alle Anwesenden schieres Entsetzen. Einige Damen liefen weg oder versteckten sich auf der Toilette, andere kreischten, viele versuchten ihre Rettung unter den Tischen zu finden. Nur Herr Alois wußte Bescheid, bewahrte also Ruhe. Er bediente mich an meinem Tisch, ohne einen einzigen Muskel in seinem steifen Gesicht zu bewegen.

Vierzehn Tage lang hielt sich in Prag das Gerücht, Lenin sei aus dem Reich der roten Toten auferstanden und besuche regelmäßig das Café Slavia, um sich dort auszuruhen und Kaffee und Kognak zu trinken.

»Das geht mir zu weit!« schrie mich eines Tages eine Dame im Café Slavia an und schlug mit der Handtasche aus schwerem Krokodilleder auf mich ein. »Ein Graf läuft zu den Kommunisten über, das ist zu viel!«

Nach dem Vorfall im Café Slavia sah ich mich gezwungen, meine Maske mit einem Schleier zu verdecken. Die Nebelgrenze, die mich bis dahin in ständig wechselnder Entfernung begleitete, berührte von nun an mein Antlitz.

Sechzigste Geschichte

Eines Tages legte ich einen schwarzen Schleier an.
Ich mußte mich an den Wänden entlang von meinem einstigen Palais bis zur Karlsbrücke durchtasten. Ich fühlte die Steine der alten Häuser unter meinen Fingern aufleben, sie flüsterten mir ihre Geschichten zu, sie lächelten mich an oder waren böse auf mich, wie zum Beispiel der Eckstein des Hauses »Bei den sieben Teufeln«. Dreimal habe ich ihn nur abgetastet, seine feucht klebrige Oberfläche gefühlt und habe dabei seine Aufschreie nicht beachtet. Am vierten Tag biß er sich in meinem Zeigefinger fest und schrie mich mit einer gräßlichen Stimme an: Nikolaus, bleib stehen! Ich bin der Stein, den die verlassene Braut, Gräfin Nemietz, das Luder, dem Teufel in der Hölle geklaut hat. Sechs schwarze Kater und sechs geschlechtslose Pfaue habe ich ein Jahrhundert lang erwärmt, und die haben nur menschliche Nieren gefressen. Willst du meine Geschichte hören?«
»Nein!« rief ich und riß meine Finger aus dem Stein. Mein Zeigefinger blutete. Als ich die linke Hand unter den Schleier schob, um die Wunde zu prüfen und das Blut abzulecken, erschrak ich zum zweiten Mal: Auf der zarten Haut sah ich den Abdruck des Drudenfußes.
Auf der Karlsbrücke tastete ich zuerst die Füße und Beine aller dreißig Heiligen ab. Erst nach einer Woche habe ich mich entschlossen, eine Leiter aus meinem ehemaligen Palais bis zur Karlsbrücke zu schleppen, um jeden Tag eines von den dreißig falschen oder echten heiligen Antlitzen abtasten zu können. Oh, wie hatten mich doch meine Augen betrogen! Erst meine Finger überzeugten mich, daß kein Heiliger, außer einem einzigen, zu lächeln wagte; alle zeigten entweder fromme oder grimmig verzogene Gesichter, nur der eine, den ich als Judas erkannte, grinste zufrieden stromaufwärts in Richtung Süden. Die Steine, aus denen die Statuen gemeißelt wurden, schwiegen, keiner

sprach mich an, nicht einmal im Flüsterton. Nur Jan Nepomuk, aus Bronze angefertigt, vibrierte ganz sanft unter meinen Fingern und summte leise vor sich hin.
Am dreißigsten Tag bin ich bis zum heiligen Ivo, rechts vom Altstädter Brückenturm, gelangt. Auch er, der Gerechte, schwieg. Von hier waren es nur wenige Schritte auf den Kreuzherrenplatz zu Karl IV., der sein gesenktes Gesicht mit stets feuchten und traurigen Augen seit mehr als hundert Jahren auf sein aus dem kaiserlich königlichen Gewand ragendes, drohend gegen Süden gehobenes Glied blicken ließ.

Einundsechzigste Geschichte

Nach zwei Monaten fleißiger Arbeit waren an Tkaczyks Werk die Umrisse zu erkennen: Über Lenins Kopf, der nur angedeutet war, sah ich ein gewaltiges Elektrizitätswerk mit der Aufschrift: Kommunismus + Elektrifikation = Sowjetmacht! Unterhalb des Werkes war ein Traktorist mit strahlendem Gesicht zu sehen, links und rechts von ihm großbusige Bäuerinnen, die meinen mutmaßlichen Töchtern Irena und Helga ähnelten. Rechts oben war dem Kunstmaler eine ziemlich blutige Szene gelungen: Ein Rotarmist sticht mit dem Bajonett einen dekadenten zaristischen Offizier nieder, und gleich darunter war ein auf Hochglanz polierter sowjetischer Panzer aus dem Zweiten Weltkrieg gemalt, dessen blitzende Raupen den Unterleib eines völlig verstörten deutschen Landsers zermalmen.
Den unteren Rand der riesigen Leinwand schmückten Gestalten mit verkrampft optimistischem, wohlgenährtem, jedoch ein wenig blödem Ausdruck: Ein verschwitzter Stahlarbeiter war da zu sehen, neben ihm ein wohlgenährter Etappenhengst mit zahlreichen Orden behängt, ein melancholischer Arzt, dann ein offensichtlich depressiver

Typ mit Brille, der ergeben zu Lenin aufblickt. Das solle, wie mir Tkaczyk erklärte, der einst schwankende, jetzt aber erleuchtete und Lenins Klugheit lobende Intellektuelle sein. Dann waren noch ein Flieger in Leder zu erkennen, eine lustige Arbeiterin, die ihr geschlechtsloses Kind in die Höhe hält, ein ziemlich düsterer, schlitzäugiger Mann, ein Eisenbahner, ein zorniger Neger, ein halbentblößter, muskulöser Matrose und ein alter kirgisischer Hirte im Wolfspelz.

Es kam der große Tag, an dem Lenins Gesicht in die Mitte des Bildes gemalt werden sollte. Leider begannen gerade in diesem höchst bedeutsamen Augenblick die Kinder zu weinen. Josef Nikolajewitsch und auch mein Sohn Adolf schrien den ganzen Vormittag und waren um zwei Uhr, als ich schon vor der gigantischen Leinwand saß, nicht zu beruhigen. Helga, die sich nicht nur um ihren Josef Nikolajewitsch, sondern auch um ihren Halb- und Adoptivbruder Adolf Belecredos-Lorbergeist alias Tkaczyk kümmerte, kam heulend ins Atelier gelaufen und legte mir die weinenden Kinder in die Arme. »Beruhige doch mal die beiden!« schrie sie mich an und rannte hinaus.

Ganz sanft legte ich die Kinder auf meine Knie. Ich sah bekümmert aus, denn ich konnte die verworrenen Verwandtschaftsbeziehungen, die diese beiden Jungen miteinander verbanden, nicht enträtseln.

»Jetzt haben wir es, so ist es richtig!« Tkaczyks Stimme überschlug sich. »Lenin, der sorgende Vater, hält zwei Prachtkerle auf seinem Schoß, sein Gesicht strahlt Glück aus und ist zugleich auch verantwortungsvoll besorgt. Rühr dich nicht, Niki!«

An einem strahlenden Maitag wurde das Bild beendet: Lenin sitzt in der Mitte der gewaltigen Leinwand auf einem Stuhl, hält zwei Säuglinge auf seinen Knien und lächelt ein wenig, auf seiner genialen Stirn sind jedoch zwei tiefe Falten zu sehen.

Zweiundsechzigste Geschichte

Das fertige Lenin-Gemälde hatte man in den großen Sitzungssaal der Partei gebracht, und ich mußte in der Lenin-Maske erscheinen, denn die Genossen legten großen Wert darauf, das Bild mit dem Ersatz-Original vergleichen zu können. Ich drückte mich in die Ecke.

Mein Sohn Rudi, jetzt schon Generalsekretär der kommunistischen Partei, trat vor Lenins Porträt, wurde rot im Gesicht und brüllte los: »Das soll Lenin sein! Das ist doch kein Führer aller Revolutionäre, sondern ein alter Knacker! Und was sollen die zwei Bankerte auf seinen Knien! Ich will das Bild nicht mehr sehen, weg damit!«

Die anderen Genossen schwiegen besorgt oder lächelten verstört. Zwei oder drei, mehr waren es nicht, klatschten Beifall.

Oh, du undankbarer Bengel, dachte ich in der Ecke, du verleugnest deinen Vater! Rudi, Rudi, ich habe mein Bestes für dich getan, wie habe ich deine Mutter geliebt, was für eine Mühe habe ich mir gegeben, um Lenin so ähnlich zu werden, wie ich ihn in Erinnerung habe!

Ich musterte meinen Sohn und konnte mein Gefühl, daß ich von ihm gekränkt und beleidigt worden war, nicht überwinden. Darüber hinaus nahm ich es Rudi übel, daß er so viel von seinem Stiefvater, dem Oberkellner vom Café Slavia, und so wenig von mir übernommen hatte. So zum Beispiel die Art und Weise, wie er unruhig und ständig wachsam seinen Blick umhergleiten ließ, die Schultern hob und senkte, von einem Fuß auf den anderen trat und dabei ein wenig zu schaukeln schien. Von mir hatte Rudi nur die Stirn, die echte Belecredos-Nase, die mir beim Maskieren so viel Kummer bereitete, und das Unvermögen zu lächeln. Aber das Schlimmste war: Ich konnte in Rudis Gesicht keine Spur von Sarah entdecken; nicht eine einzige Bewegung meines Sohnes erinnerte an die schönste Frau, die ich je geliebt habe!

Rudi rührte sich noch einmal und schrie Tkaczyk mit einer Fistelstimme an: »Was haben Sie sich erlaubt! Die Partei gab Ihnen die Chance, Ihre schmutzige Vergangenheit wiedergutzumachen, und sehen Sie sich das an! Sie haben unseren geliebten und genialen Lenin als einen schlaffen Opa gemalt!«
Und dann geschah ein Wunder, das einzige, das in meinem Leben rechtzeitig eingetroffen ist. Bis zu dem letzten Aufschrei, mit dem mein Sohn den Vater meiner Töchter verdammte, schien es mir, als würde Tkaczyk sich wie ein sanftes Lamm abschlachten lassen. Aber dann sah ich, daß er schon seine Fäuste ballte und bleich wurde.
»Bring mir doch den Lenin nach Prag!« feixte er Rudi an. »Kannst du nicht, weil er schon längst tot ist! Aber dein Vater, Rudi, ja, dein leiblicher Vater...« Tkaczyk verschluckte sich, machte einige schnelle Schritte zu mir, packte mich am Arm und zog mich vor das unglückselige Lenin-Porträt. Er holte tief Atem und fuhr dann mit einer festen, fast drohenden Stimme fort: »Rudi, das ist dein Vater als Lenin. Und er war im Jahr 1912 dabei, als Lenin hier in Prag seine bolschewistischen Thesen verkündete. Sag ihm, Nikolaus Graf Belecredos, Vater von Rudi Salzmann, wie du den Lenin gesehen und erlebt hast!«
Rudi starrte mich an.
Ich konnte meinen Sohn auch anstarren, mir fiel es jedoch leichter, denn ich war hinter der vorzüglichen Maske versteckt.
Neben mir hörte ich Tkaczyk vor Wut röcheln. Ich hoffte, daß ihn die bedrückende Atmosphäre zur Besinnung bringen würde. Aber er war nicht mehr aufzuhalten.
»Ich male kein Porträt der Mächtigen mehr«, schrie Tkaczyk. »Ich habe die Schnauze voll. Wißt ihr überhaupt, was ihr wollt? Mein Gott, wie schön wäre es jetzt, in der mährischen Landschaft zu sitzen, Wolken über den grünen Getreidefeldern zu pinseln, dickärschige Mädchen, röhrende Hirsche mit Vollmond und Burgruine im Hinter-

grund oder etwas Ähnliches aus dem wirklichen Leben! Ich bin nämlich ein Realist. Steckt euch euren Lenin meinetwegen ...«

Rudis Augen wurden größer. Ich sah seine Lippen beben.

»Sie ... Sie sind tatsächlich mein Vater?« fragte er mich ganz leise.

»Ja«, antwortete ich.

Gleich darauf verließ Rudi den Saal.

Ich verschleierte schnell mein fremdes Antlitz. In einem Hinterhof riß ich den Schleier herunter, kratzte mit den Fingern die Lenin-Maske ab und sah nach langen Jahren in einer Fensterscheibe mein wahres Gesicht wieder: Es war ein Trümmerfeld, eine verwüstete Mondlandschaft. Ich war ein Greis geworden.

Dreiundsechzigste Geschichte

Mich quälte damals ein Traum: Man hat mich aus der Umlaufbahn, auf der ich dreihundert Jahre lang kreiste, in ein fremdes Planetensystem hinausgeschleudert. Ich kenne mich da nicht aus, verirre mich ständig in endlosen Schluchten und stoße auf Kreuzungen mit unheimlichen Gestalten zusammen. Ich werde geschlagen und durchlöchert. Unerwartet zischt aus dem All ein schwarzer oder auch ein glühender Meteorit, er schlägt in mich ein, und erst da erkenne ich, daß er ein Teil von mir selbst ist, eines meiner zahlreichen Kinder, die ich alle insgesamt geliebt habe und die mich ständig umkreisen. Ich werde immer durchsichtiger und zerbrechlicher. Ein einziger Schlag würde ausreichen, um mich zu zersplittern.

In den folgenden Jahren wartete ich bis zehn Uhr, erst dann, wenn der Tag seine Farben zeigte, wählte ich behutsam die Farbtöne, mit welchen ich mein Antlitz tarnte.

Nicht mehr die Maske, sondern die Farbe war mir wichtig, denn sie sollte ganz den Farbtönen des Tages, des Lichtes und seiner Widerspiegelung auf den Mönchnonnendächern, auf den Mauern und auf der Wasseroberfläche der Moldau entsprechen. Nach langer Zeit sah ich meine Stadt wieder so, wie sie mir einst vertraut gewesen war: Scharf und hart gezeichnete Konturen der Mauern, an denen ich vorbeiging, das Muster der rötlichen Pflastersteine, dann die Nebelgrenze, in der ich wie in einer aus Milchglas gegossenen Glasglocke wanderte, und hinter dem Glas die von der Frühlingssonne rötlich angebrannten Giebel, Dächer, Türme, Schornsteine und Fassaden der uralten Barockhäuser mit ihrem abbröckelnden Putz.

Unter dem Gewölbe des Kleinseitner Brückenturms sah ich den zweifachen Knick der Karlsbrücke; mir schien es, als wäre sie in den vergangenen Jahren wieder ein wenig stromabwärts gerutscht. Alle Heiligen auf der Brücke hatten ihre verkrampften Posen beibehalten, nur der heilige Jan Nepomuk stand locker da, das Haupt ein wenig zur linken Schulter geneigt und mit drei Sternen über dem Kopf; zwei fehlten.

Am Kreuzherrenplatz blieb ich am verzauberten Stein stehen, von dem aus der Blinde Jüngling seinem König und Kaiser prophezeit hatte; die Statue war verstaubt und schien mir ein wenig kleiner als vor Jahren.

Kurz vor zwölf Uhr betrat ich das Café Slavia, überblickte wieder einmal die mir vertrauten Gesichter der versammelten Damen, die mich mit einer schamlosen Sehnsucht erwarteten. Hätte ich bei meinem Entree die Arme ausgestreckt und meinen berühmten Wunsch ausgesprochen, dann hätte sie nichts davon abbringen können, sich auf mich zu stürzen und mein geschminktes Gesicht abzulekken. Ich begann die Weibsbilder im Café Slavia zu verachten. Manche hockten hier schon seit Jahrzehnten, viele gaben auf, andere kamen dazu. Aber solange ich, Nikolaus Graf Belecredos, Punkt zwölf Uhr das Café Slavia betrat,

legten die älteren, traditionsbewußten Jahrgänge noch immer großen Wert darauf, ebenfalls zu dieser Stunde im Café zu sein. Ich war ihr letzter Orientierungspunkt in der verworrenen Zeit, an den sie sich noch klammern konnten. Alles hatten sie bereits verloren. Die Jugend schon vor dem Krieg, ihr Hab und Gut nach der kommunistischen Machtergreifung, ihre Männer und Söhne danach, denn viele flohen ins Exil, andere wurden als Spione, Verräter und bourgeoise Elemente verhaftet und verschwanden in den Arbeitslagern irgendwo im Erzgebirge. Ich weiß zwar nicht, worauf sie noch hofften, aber ich hielt sie, die unschuldigen Verlierer der Geschichte, aufrecht. Für die zwei bösen Stunden nach dem Mittag bemalten sie ihre zerknitterten und verfallenen Wangen mit jugendlichen Farben, zogen einst kostbare Kleider an, die sie vor vielen Jahren, als die Welt für sie noch in Ordnung gewesen war, in Paris gekauft hatten, holten aus ihren Verstecken den letzten Schmuck, der bei den Hausdurchsuchungen nach dem Februar 1948 nicht gefunden worden war, und warteten auf mein Erscheinen.
Es war meine Pflicht, Punkt zwölf Uhr Mittag das Café Slavia zu betreten.

Vierundsechzigste Geschichte

Eines Tages sagte Herr Alois: »Gestern hat man Rudi verhaftet.«
Wieso? hätte ich ihn damals fragen sollen, aber ich schwieg. Der Satz, mit dem er mir Rudis Verhaftung mitgeteilt hatte, brauchte meiner Ansicht nach keine weiteren Ergänzungen. Die Tatsache sagte alles aus. Wir lebten damals in einer stummen Zeit. Man ging ihr aus dem Wege, und da man sie schon nicht meiden konnte, schwieg man nachsichtig und versuchte, genau wie sie, Sprachlosigkeit,

Blindheit und den totalen Zusammenbruch der Gehörorgane zu demonstrieren.
Herr Alois setzte sich neben mich. Er rückte den Stuhl so nahe an meine Seite heran, daß ich befürchtete, er könnte seinen Kopf auf meine Schulter legen und laut aufheulen.
»Vorgestern war Rudi noch da«, raunte er mir ins Ohr. »Er saß drüben am Tisch und bestellte mährischen Wein. Lieber Papa, sagte er zu mir – Herr Graf, Sie waren für ihn der Vater, ich nur der Papa –, ich trinke meinen Wein und gehe. Ich komme mich verabschieden. Fährst wieder ins Ausland, Rudi? fragte ich ihn. Ja, so kann man es auch nennen; er lächelte mich an. Und wann kommst du zurück, Rudi? Niemals, antwortete er und leerte sein Weinglas. Ich brachte ihm ein zweites. Er schaute mich an, und erst nach einer Weile flüsterte er mir ängstlich zu: Papa, dreh dich nicht um. Zwei Tische hinter deinem Rücken sitzen zwei Typen, die sind schon seit einer Woche hinter mir her. Bist ein wenig gereizt und überarbeitet, ruh dich aus, versuchte ich ihn zu beruhigen. Er stand auf und reichte mir die Hand: Versprich mir, Papa, daß du denen kein Wort glauben wirst. Und dann ging der Rudi. Heute hörte ich es in den Frühnachrichten. Rudi wurde als Spion und Agent des Zionismus verhaftet.«
Ich trank meinen Kognak, Herr Alois erhob sich, um noch einen zweiten zu holen. Ich hörte ihn hinter mir die Nebelzone durchbrechen, und als er nach einer Weile wieder das hauchdünne Milchglas, das mich von der weiter entfernten Umwelt abschirmte, durchstieß, stellte er zwei Gläser auf den Tisch.
Ich hob mein Glas, aber ich trank nicht.
»Erlauben Sie mir die banale Frage, Herr Alois: Was ist Glück? Ich glaube eher an eine Vorbestimmung, aber nicht im metaphysischen Sinn. Rudi wurde schon bei seiner Zeugung auf eine Bahn hinausgeschleudert, von der er nie abweichen konnte. Haben Sie etwa jemals gehört, daß ein

Planet von seiner Umlaufbahn abweicht? Was geschehen soll, das geschieht, Herr Alois.«
»Das verstehe ich nicht und will es auch nicht verstehen. Es ist zu grausam, Herr Graf, und deswegen kann es nicht wahr sein. Eines sage ich Ihnen, Herr Graf. Das hat unser Rudi nicht verdient.«
»Wer weiß, was er alles verdient. Jetzt ist eben Rudi dran«, sagte ich und trank mein Glas leer.
Meine rot-lila Narbe am Schädel schwitzte unter der Perücke. Ich wandte mich zum Fenster um und kratzte mich mit dem Finger ein wenig unter dem falschen Haar.
Die Sonne stand genau im Süden und warf dunkle Schatten gegen Norden. Die Sträucher auf dem gegenüberliegenden Laurenziberg blühten wieder gelb und weiß. Das Bild war vollständig, aber trotzdem fiel mir auf, daß ein Farbtupfen fehlte. Ich schonte mein weitsichtiges Auge nicht und erkannte auf dem Dach meines einstigen Palais die rote Fahne der Volksrepublik China, ein wenig links darunter die amerikanischen Stars-and-Stripes, rechts das Schweizer Kreuz, unten, fast an der Moldau, die französische Trikolore, und links von den Franzosen die Farben von Großbritannien. Alles schien in der Frühlingssonne auf seinem Platz, dennoch konnte ich meine Unruhe nicht loswerden. Sie schien sich sehr schnell auch auf Herrn Alois übertragen zu haben. Aber vielleicht war es auch umgekehrt, daß er mich infizierte.
»Sie haben es auch bemerkt«, sagte er leise.
»Was hätte ich bemerken sollen?«
»Seit heute mittag liegt das Boot nicht mehr unterhalb der Nordspitze der Schützeninsel.«
»Tatsächlich«, erschrak ich. Der einst hellblaue Fleck auf der Wasseroberfläche der Moldau fehlte.

Punkt zwei Uhr verließ ich das Café Slavia und schlich dicht an den Häusern entlang über den Moldaukai Richtung Karlsbrücke, das Gesicht dem abbröckelnden Putz zugekehrt. Nur zweimal fand ich den Mut und wandte mein Auge dem Fluß zu, und beide Male war ich fest davon überzeugt, daß ich das einst hellblaue Boot mit dem alten Fischer sehen würde. Mit verkrampften Halsmuskeln, das Gesicht ganz nah zu der rauhen Haut der Häuser, erreichte ich den Kreuzherrenplatz und ließ mich auf der untersten Stufe der Statue des Kaisers und Königs nieder.

Wieder hatte ich einen Traum: An einem herrlichen Sommernachmittag stand ich unter den Bäumen der Schützeninsel, rings um mich war ein Gedränge von Menschen, die sich umarmten und im Rhythmus einer Melodie, die von einer Militärkapelle in prächtigen Uniformen gespielt wurde, langsam schaukelten. Alle waren zierlich gebaut und klein gewachsen, so daß ich über ihre edel geformten Köpfe hinwegsehen konnte. Erst nach einer Weile stellte ich fest, daß ich in der Mitte eines Kreises stand, den die Tanzenden nicht zu betreten wagten. Ab und zu hörte ich aus dem Gedränge einen verzweifelten Ruf: »Vater! Großvater! Schwager! Nikolaus!«

Wenn ich mich in die Richtung drehte, aus der der Schrei kam, sah ich eines meiner Kinder oder irgendein unbekanntes Gesicht, das mir in verkleinerter Form ähnlich war. Dann hörte die Musik zu spielen auf, und die klein gewachsenen Geschöpfe traten nacheinander vor mich hin, verbeugten sich tief, küßten mich abwechselnd auf die linke und auf die rechte Wange und flüsterten mir in verschiedenen Sprachen, wobei das Tschechische und Deutsche überwogen, ins Ohr: »Danke, daß du mich gezeugt hast!«

Zuletzt kam Rudi, ganz blaß im Gesicht und mit blutenden Lippen, den Kragen seiner Jacke hochgezogen.

»Gut, daß ich dich noch sehe, Vater«, sagte er.
»Frierst du, Rudi?«
»Nein, ich schäme mich nur«, antwortete er, zog den Kragen höher und verschwand.
Die Musik begann wieder zu spielen, die Tanzenden wurden immer kleiner und schließlich verschluckte sie ein dunkel-lila Schatten.
Als ich aus dem Traum erwachte, wußte ich zuerst nicht, wo ich mich befand. Meine Glieder waren steif, und es war kühl geworden, zu kühl für die Jahreszeit. Erst nach einer Weile konnte ich mich erheben und über die Karlsbrücke Richtung Kleinseite taumeln. In der dunklen Brückenstraße sah ich Schatten hin und her gleiten und meinte, in ihnen die Umrisse der Vergessenen zu erkennen. Die Uhr der St. Niklaskirche schlug neunmal, und wenn ich richtig gezählt hatte, stand ich schon seit mindestens einer Stunde vor dem Brückenturm. Sei vernünftig, Nikolaus, redete ich mir zu, das Heulen stammt von dem Wind, der hier durchzieht, und die Schatten sind Menschen, die durch den Schleier deiner tränenden Augen wie Gespenster erscheinen.
Ich faßte meinen Mut zusammen und tat einige Schritte in die Brückenstraße hinein. Unter dem Gewölbe des Turmes trieb mich eine unheimliche Kraft vorwärts; nach den ersten acht oder zehn Schritten lief ich schon. In der Welscher Gasse konnte ich nicht mehr weiter. Mein Herz pochte wild und mein Blut drohte meinen schmalen Brustkorb zu zerreißen.
Hoch über dem Dach meines ehemaligen Palais sah ich die rote Fahne flattern. Sie war aus feinster Seide genäht, rechts in der Ecke ein großer goldener Stern, links von ihm vier kleinere im Halbkreis. Und gleich unter der Fahne glitzerte der Halbmond und versuchte durch das Fenster in meine Dachkammer zu kriechen.
Ich stand an eine rauhe Wand gelehnt und dachte an Rudi und auch an Sarah. Thomas der Pfeifer kam vorbei, aber

nur als feuchter Wind getarnt und pfiff, an meinen Beinen vorbeischleichend, eine erhabene Melodie. Ich stand inmitten betäubender Düfte, die die blühenden Gärten im tiefen Schlaf ausatmeten, und zitterte vor Kälte.
Ich kann es heute nicht fassen, lieber Freund, aber ich habe damals geheult. Ja, ich sah meine Tränen aufs Pflaster fallen. Sie werden es mir nicht glauben, aber von der Mauer der Borromäus-Kirche bis zu meinem einstigen Palais kann ich noch heute die Spuren meiner Tränen entdecken.

Sechsundsechzigste Geschichte

Und es gab wieder einmal einen rötlich gefärbten Frühling. Die allerletzte Eisdecke auf der Moldau hob sich und begann nachts mit dumpfem Dröhnen zu bersten. Aus den Rissen stieg braunes Tauwasser und überflutete das graue Eis. Nach dem März 1953 ist die Moldau nie wieder zugefroren. Ich wartete, bis die letzten Eisschollen geschmolzen waren, dann legte ich die Maske eines heiteren Großvaters auf der Suche nach dem Glück an.
In der Nerudagasse, die ich gemächlich hinunter zum Fluß schritt, überraschten mich zahlreiche schwarze Fahnen, die in der frischen Vorfrühlingsluft über meinem Kopf flatterten. Das Café Slavia betrat ich pünktlich, diesmal jedoch, ohne zu wissen warum, auf Fußspitzen. Nebelschwaden fielen vom Laurenziberg auf den Fluß nieder und wälzten sich über das trübe Wasser, ein Windstoß trieb einen leichten Eisregen gegen die Glasscheiben. Früher hatte zu dieser Zeit das heitere Glockenspiel der Loretto-Kirche gebimmelt. An diesem Tag mußte ich mich mit den klirrenden Aufschlägen des gefrorenen Regens zufriedengeben.
»Ein Kaffee und ein Kognak«, sagte Herr Alois, blieb stehen und fügte mit einer für ihn außergewöhnlich erreg-

ten Stimme hinzu: »Stalin hat Sarah und Rudi auf dem Gewissen. Nun ist er tot. Es gibt noch eine Gerechtigkeit, Herr Graf.«

Ich schwieg. Bei dieser Witterung über Gerechtigkeit zu reden, erschien mir als geschmacklos.

»Aber trotzdem erleben wir heute einen außergewöhnlichen Tag.«

»Er ist noch nicht zu Ende«, erwiderte ich skeptisch.

Der Ober begann plötzlich leise zu kichern.

»Ich bringe heute lieber eine Flasche Rotwein«, sagte er und verschwand in meiner Nebelzone.

Hätte Herr Alois damals nicht gekichert und nicht den roten Wein gebracht, dann hätte ich diesen Tag längst vergessen. Das einzig Außergewöhnliche ist eben nur sein Kichern, die Flasche Rotwein und vielleicht das Prasseln des braun gefärbten gefrorenen Regens ans vernebelte Glas des Café Slavia gewesen.

Siebenundsechzigste Geschichte

Eigentlich hätte ich mich schon früher an meinen Jugendfreund Heinrich von Pretschan erinnern sollen. Wahrhaftig, mein Freund, auch vergessene oder verschwiegene Geschichten gehen nicht ganz verloren! Sie ähneln Menschen, die ihre Geschichte nur einmal im Leben erzählen und die dann aus unserem Blickfeld verschwinden. Vielleicht sind sie gestorben oder in fremde Länder gezogen oder sie sind, wie Heinrich von Pretschan, in einen Brükkenpfeiler einbetoniert.

Heinrich hatte eigentlich keine Geschichte, bis auf sein Ende. Und das begann fast harmlos. Wir – der kleine Haufen von Adeligen, der, nur der Allmächtige weiß wieso, die Zeit nach 1945 überleben konnte – wurden gelegentlich zusammengetrommelt und einmal auch zum

Bau der Brücke der Intelligenz gebracht. Diese Brücke hat heute einen anderen Namen, aber wer kennt ihn schon?
Es galt, den Tragpfeiler am linken Ufer der Moldau mit Beton zu füllen. Heinrich und ich schoben die Karren mit Beton über einen schmalen Bretterpfad hoch über dem Wasser. Zu reden gab es nichts. Das ganze Vierteljahrhundert zuvor hatte mir Heinrich im Winter, Frühling, im Sommer und im Herbst ausführlich geschrieben und von seinem Leben auf dem Gut berichtet, welches ihm in der Gegend bei Podersan übriggeblieben war. Nach 1945, als man ihn aus seinem Schlößchen und dem Dorf verjagte, kam er zu den verdutzten Schweizern. Zuerst quartierte er sich in zwei sonnigen Zimmern im zweiten Stock ein, aber die schlauen Eidgenossen schafften es, trotz Gesetz und eines Vertrags mit der bestimmten Klausel, den hilf- und rechtelosen Heinrich in eine finstere Kellerkammer zu verdrängen. Obwohl Heinrich von Pretschan seit 1945 keine zwanzig Minuten von mir entfernt wohnte, schickte er mir auch weiterhin seine Briefe. Es waren auch die einzigen, die ich seit Kriegsende erhalten hatte.
In seinem letzten Schreiben, das Heinrich am 1. Juli 1954 abgeschickt hatte, führte er einen Gedankengang, den er seit 1934 zu entwickeln und zu formulieren versuchte, zu Ende. Er schrieb: »Wäre es nicht nützlicher, ja humaner, wenn der Mensch, weiblichen oder männlichen Geschlechtes, die Impulse zu seinem Handeln bewußt den Geschlechtsorganen überließe? Wenn Du, lieber Niki, bedenkst, was alles in den menschlichen Gedankenscheunen ausgegrübelt wurde, dann müßte Dich genau wie mich schieres Entsetzen packen und wir sollten demnächst Hand in Hand zu einem geschickten Chirurgen eilen und ihn bitten, uns unsere Hirnkästen leerzukratzen. Wenn aber die Menschen endlich den Mut dazu aufbrächten und ihren Urinstinkten und Urbedürfnissen spontan folgten, dann sähe ich die Zukunft nicht so schrecklich verdüstert. Eine allgemeine Verschwägerung der Gesellschaft wäre die

Folge, nicht jedoch diese hirnrissigen Ideologien, wahnsinnigen Kriege und Revolutionen. Wir alle würden uns, anstatt uns umzubringen, fröhlich vermehren bis zum Grabe.«

Ich las Heinrichs Brief mit regem Interesse. Mein feines Gehör signalisierte mir nur ein Knistern in meinem Gesicht, ein Biegen und Brechen in den Furchen, Narben, Kratzern und Schluchten. Ich lachte, und so lachte ich immer.

Nach Mitternacht – wir hatten bereits den sechzigsten Karren geschoben, hundertzwanzig war unser Soll – hörte ich Heinrich schnaufen: »Mir geht die Puste aus, Niki!«

»Halt's Maul und schieb weiter!« schrie ich ihn an.

Das grelle Scheinwerferlicht blendete mich, und als ich mit dem leeren Karren wieder zur Mischmaschine am Ufer lief, sah ich in entgegengesetzter Richtung die Prager Adeligen ihre schwere Last vor sich her zum dunklen Loch des Pfeilers schieben. Alle, die übrigblieben, waren da: die Hohenbergs, die Naumitz, die Schwarzwalds. In welchen Verstecken hat man sie aufgespürt, dachte ich, und wie konnten die überleben? Ich hatte keine Zeit, sie danach zu fragen.

Als ich den hundertsten Karren zum Pfeiler hochschob, schien es mir, als ob im Osten der Horizont ein wenig lichter würde. Ich sah auf der Landstraße große Laster anrollen, mit Schmarotzern vollbeladen, die die Polizei in den Prager Bars geschnappt hatte. Die zweite Schicht traf ein.

Heinrich war am Ende seiner Kräfte und blieb stehen. Ich hörte hinter mir die Karrenschieber wütend schreien: »Fahr doch weiter, Mistkerl! Wir lassen uns nicht deinetwegen Sabotage des sozialistischen Aufbaus anhängen! Schieb oder spring ins Wasser!«

»Heinrich, reiß' dich zusammen!« beschwor ich ihn, und tatsächlich stemmte er sich mit letzter Kraft gegen den vollbeladenen Karren und schob ihn bis zum Brückenpfei-

ler. Ich leerte ihn schnell in das schwarze Loch und lief ein paar Schritte, um auf dem Bretterpfad zu verschnaufen. Ich sah noch, wie Heinrich seine Ladung ins Loch schüttete. Er hielt sich krampfhaft an dem schweren Karren fest, und als dieser leer war, tat er noch zwei Schritte nach vorne; zuerst glitt der Karren ins Loch und gleich nach ihm auch Heinrich Graf von Pretschan.
»Ein Mann ist runtergefallen!« heulte jemand auf, und eine rauhe Stimme, die aus der Finsternis unter dem starken Reflektor kam, antwortete: »Scheiß drauf! Weiter schieben, nur brav weiter schieben!«
Ich hielt mich an meinem Karren fest, der mich auf dem abschüssigen Pfad zur Mischmaschine hinunterzog. Eine dichte Wolkenschicht bedeckte den Horizont, so daß die Sonne nur in einem milchigen Streifen aufging. Bei der Mischmaschine wurden die Schichten gewechselt.
Fein gekleidete Herren, viele in schwarzen Anzügen oder gar in Smokings, und einige Damen in großen Abendtoiletten waren dabei und schoben auf dem engen Bretterpfad hoch über meinem Kopf und über dem vernebelten Wasser Karren zum Pfeiler hin. Sie waren grau im Gesicht; das diffuse Licht des Sonnenaufgangs war farblos. Sie bewegten sich langsam und gemessen, aber das Unheimlichste daran war: Sie schwiegen. Die Scheinwerfer, welche die Nacht hell erleuchtet hatten, wurden abgeschaltet, und es begann zu nieseln.
Baron Caldafi kippte als erster Beton in den hohlen Pfeiler, blieb mit gesenktem Kopf stehen und bekreuzigte sich. Einige Damen rissen herrliche Blumen von ihren Abendkleidern und warfen sie hinab ins schwarze Loch.

Nach Heinrichs Tod geschah etwas Seltsames: Die Wetterlage über Prag, vielleicht auch über ganz Böhmen, änderte sich grundsätzlich. Es gab in Prag keinen richtigen Frost mit viel Schnee und winterlichem Sonnenschein, immer nur erstickende Schnee- und Regenschauer, vernebelte Horizonte; alles war in graue Schleier gehüllt, nicht ganz trostlos und nicht ganz ohne Hoffnung. Die Zeit trat auf der Stelle. Die Wände der altehrwürdigen Häuser bekamen Risse, die Fassaden bröckelten ab, das Hauswappen »Beim goldenen Engel« ist nicht mehr vergoldet und dem Engel fehlt ein Flügel; der rote Adler, der das Tor zu einem einst gelben Haus aus der Renaissancezeit bewacht, hat seinen scharfen Schnabel verloren, und seine Augen erblindeten, denn die blauen Edelsteine, die auch nachts glitzerten, sind herausgeschlagen. Dem Hauswappen »Esel an der Krippe« fehlt der Esel und auch der neugeborene Messias; von den zwei Sonnen über dem Eingang in ein Barockhaus blieb nur eine.

Es gab in Prag eine richtige Sonnenfinsternis, aber auch von diesem Naturwunder sahen wir nichts. Ein sonderbares Licht ohne Schatten legte sich ins Tal zwischen dem Hradschin und dem Žižka-Berg. Es wurde nicht ganz finster und nicht richtig hell. Nie zuvor war die Stadt so düster und mäuschenstill. Ich hatte den Verdacht, ein Erdbeben habe ganz Prag, ohne daß ich auch nur ein leises Zittern wahrgenommen hätte, zerbröckelt und in Asche und Staub verwandelt. Helenas Aufschreie unten im Garten der US-Botschaft stiegen vor Sonnenaufgang nur wie ein dumpfes Gemurmel aus einem verschlossenen Sarg oder aus einer zugemauerten Schlucht zu mir hoch.

Wie im Traum taumelte ich täglich ins Café Slavia, fest entschlossen, einige Monate zu schweigen. Es mußte ein sonderbarer Anblick gewesen sein, mich in den Straßen der Kleinseite und am Moldaukai zu beobachten. Entweder

schlich ich, das Gesicht den Häuserwänden zugewandt oder ich bewegte mich im Zickzackkurs wie ein Hase, der um sein Leben rennt. Über sechzig bin ich damals gewesen, und mein verzweifelter Weg in den sicheren Hafen des Café Slavia, wo ich mich ausruhen konnte, erschöpfte mich so sehr, daß ich mich am liebsten für den Rest des Tages unter dem Tisch am großen Fenster versteckt hätte.
Herr Alois schwieg in diesen Monaten, oder waren es Jahre? Er seufzte nur in meinem Rücken. Auch wenn seine Atemzüge, die er gegen meinen Nacken ausstieß, voll menschlicher Wärme und voll des betäubenden Dufts des Mitleids waren, trösten konnten sie mich nicht.

Neunundsechzigste Geschichte

Es war im November des Jahres 1957, als ich wieder einmal nach der Jagd durch die Straßen verschwitzt das Café Slavia erreichte und an meinem Tisch eine junge Dame sitzen sah. Ich blieb wie vom Blitzschlag getroffen stehen und suchte bei Herrn Alois Hilfe. Nach langer Zeit sprach er mich wieder leise an: »Die wartet schon drei Stunden auf Sie.«
Herrn Alois' Augen überzogen sich mit einer eiskalten Flüssigkeit, er sah mich zwar noch immer an, aber ich merkte, daß er durch mich hindurchschaute, als wäre ich nicht da. Ich torkelte zu meinem Tisch und stieß dabei einige Stühle um. Als die Dame in der Nebelzone meiner Kurzsichtigkeit verschwand, blieb ich, mit der Hüfte an einen schweren Marmortisch gelehnt, stehen.
Ich lehnte mich mit aller Kraft an diesen Tisch, so daß ich ihn keuchend vor mir her schob. Nach einer Weile fühlte ich, daß mich jemand am Ellbogen griff, und ich hörte Herrn Alois' rauhes Flüstern: »Beruhigen Sie sich, Herr Graf! Es ist ja alles halb so schlimm und bald wieder

vorbei.« Der Ober drückte mich in meinen Stuhl und blieb bei mir stehen, die linke Hand schützend auf meine Schulter gelegt.
»Sieh mich doch an, erkennst du mich nicht?« Die Dame lachte heiter.
»Ja, ich erkenne dich. Du bist in den zwanzig Jahren nicht älter geworden«, log ich und fügte forschend hinzu: »Liebe Jelena...«
»Red' keinen Blödsinn!« sagte sie gereizt und zündete sich eine Zigarette an. »Jelena ist meine Mutter, und ich heiße weder Finkelstein noch Belecredos, sondern schlicht und einfach Olga Klímová, nach den Pflegeeltern.«
»Wie hast du mich gefunden?«
»Das ist nicht so wichtig. Ich möchte von dir nur eines wissen: Was ist mit meiner Mutter?« Olga sprach mich hart, ja frech und rücksichtslos an. Mit einer nervösen Bewegung, die mich eigentlich hätte warnen sollen, drückte sie die Zigarette in den Aschenbecher.
»Ich habe Jelena seit 1938 nicht mehr gesehen. Sie ist, so habe ich gehört, mit ihren Eltern nach Moskau geflohen. Dein Großpapa und auch deine Großmutter sind tot, Olga. Und deine Mutter soll in Rußland lebenslänglich bekommen haben«, antwortete ich meiner Tochter, die ich fast vergessen hätte.
»Rührselige Kadergeschichten aus Rußland interessieren mich nicht. Ich will nur von dir wissen, ob meine Mutter wieder in Prag ist? Hat sie sich bei dir gemeldet?«
»Nein, mein liebes Kind, Jelena hat sich bei mir bisher nicht gemeldet«, antwortete ich, dabei hatte ich das unheimliche Gefühl, mit einem Trommelfeuer von unsanften Tritten ins grautrübe Wasser der Moldau getrieben zu werden.
»Olga, ich hörte nur, es habe sich in Prag herumgesprochen, daß Jelena in Moskau ist und irgendeinen wichtigen Posten...«
Meine Tochter sah mich gnadenlos an.

»Woher weißt du das?«
»Meine Chinesen...«
»Ach so.« Olga atmete erleichtert auf, zündete sich eine neue Zigarette an und blies den Rauch in mein feuchtes Gesicht.
»Was du von deinen Chinesen weißt, behalte gefälligst für dich, verstanden?«
Ich nickte mit dem Kopf, verstand aber nichts. Ein Wiedersehen mit meiner verlorengeglaubten Tochter hatte ich mir anders vorgestellt.
Olga musterte mich, ihre Augen wurden allmählich weicher. Wahrscheinlich hatte sie meinen nicht ausgesprochenen Vorwurf von meiner ängstlichen Maske abgelesen, denn sie sagte plötzlich sanft und besorgt: »Papa, paß' gut auf dich auf!«
»Was kann mir schon passieren?«
Olga, meine wiedergefundene Tochter, musterte mich jetzt mit dem Blick einer allwissenden Fee. Dann blies sie wieder Rauch aus: »Jelena könnte in Prag auftauchen.«
»Wäre doch schön, sie wiederzusehen, nach so langen Jahren.«
»O Papa, bist du naiv! Wenn sie einmal zurück sein sollte, wird sie dich zwingen, deine Chinesen...«
»Was haben meine Chinesen mit Jelena zu tun, Olga?«
»Nichts und trotzdem viel«, antwortete sie ein wenig erschrocken, als hätte sie ein Geheimnis verraten. Offensichtlich starrten wir uns einige Minuten nur an. Olga war meine Tochter, das stand fest, aber ihre Augen hatte sie nicht von mir. Sie waren zu hart, nein, sie strahlten Hitze aus, sie durchbohrten mich, ich kam mir wie ein grauer Rest von Schnee vor, der schmilzt.
»Sage den Chinesen sofort Bescheid, wenn Jelena zurück ist. Du wirst unsere Hilfe brauchen, Papa.«
»Wieso?«
»Versprich es mir, bitte!«
»Ja, aber...«, Olga ließ mich nicht zu Ende reden. Es war

gut so, denn ich wußte sowieso nicht, was ich noch sagen oder fragen sollte. Sie rückte näher an mich heran.

»Stell dich nicht so dumm, Papa. Der Bruch zwischen Moskau und Peking ist perfekt, und du, Papa, steigst in Prag zu einer Schlüsselfigur auf. Du wohnst ja bei den Chinesen und bist mit ihnen befreundet, Baron Salmo, dein Freund, haust im Keller der französischen Botschaft und hört sie ab, deine frühere Frau lebt mit den Amerikanern, deine enge Freundin, die Magdalena von Hlowositz, verwitwete Rosenkranz, bewohnt zwei Zimmer direkt über dem Büro des englischen Botschafters. Papa, ich wundere mich, daß dich die Russen noch nicht in die Zange genommen haben. Aber das wird sich sehr bald ändern, wenn Jelena wieder in Prag ist. Du mußt mir, Papa, alles sagen, verstehst du mich, alles!«

»Olga...«, röchelte ich.

»Und was ist mit der eingemauerten Marianne von Lorbergeist? Erzähl mir bitte nicht, daß du sie nur des Vergnügens wegen dort versteckt hältst!«

»Ich liebe sie, Olga!« gab ich beschämt zu.

»Quatsch! Das kannst du anderen erzählen, nicht mir! Was spielt die Lorbergeist für eine Rolle? Ihre Familie in der Bundesrepublik hat schon herausbekommen, daß sie noch lebt. Drei Agenten sind aus Deutschland nach Prag eingereist und schnüffeln hier herum. Natürlich als Geschäftsleute getarnt.«

»Vielleicht finden sie Marianne und nehmen sie mit, ich wäre nur...«

»Kommt jetzt nicht mehr in Frage, Papa! Die chinesischen Genossen müssen dahinterkommen, was da mit der Eingemauerten gespielt wird. Und du, Papa, solltest ihnen dabei helfen. Die Chinesen glauben fast schon, daß du für die Imperialisten in Bonn arbeitest. Deine Masken, die du ständig wechselst! Nur ich konnte die chinesischen Genossen bisher zurückhalten...«

»Olga, meine Tochter, du mußt mir doch glauben! Es ist

alles vollkommen anders, mein Kind, ich bin unschuldig!«
»Ich glaube dir, Papa«, sagte Olga und ihr Kinn begann endlich zu zittern. »O Gott, in was bist du da hineingeraten!«
Endlich stiegen meiner Tochter Tränen in die Augen, wie es sich gehörte. Sie trocknete sie mit einem hellblauen Taschentuch hastig ab und erhob sich.
»Sie wissen Bescheid, Genosse«, wandte sie sich mit einer Stimme, die gewohnt war zu befehlen, an Herrn Alois, der meine Tochter mit einer maßlosen Bewunderung anstarrte. »Falls sich der Graf entschließen sollte, doch lieber mit uns zusammenzuarbeiten, rufen Sie mich sofort an!«
Dann beugte sich Olga zu mir, küßte mich flüchtig auf die Stirn und flüsterte mir zu: »Du kannst dich auch direkt an die chinesischen Genossen wenden, Papa.«
Ich hörte Olgas feste Schritte, und mir kam es vor, als hätte ihr Körper in dem bläulichen Dunst, der mich von der Umwelt trennte, ein Loch oder eine Falle hinterlassen.

Siebzigste Geschichte

Die Zeit, in der ich zu leben hatte, war für mich stets eine wunderliche Fehlkonstruktion der Ewigkeit. Sie stürzte zusammen und verschüttete mich, als Olga das Café Slavia verließ.
In jenen Monaten, in denen ich unter den Trümmern meiner geborstenen Zeit begraben lag, wanderte ich in Prag umher. In meine Wohnung unter dem Dach der Botschaft der Volksrepublik China kehrte ich erst spät abends zurück und verließ sie möglichst früh am Morgen. Zur Mittagszeit ruhte ich mich im Café Slavia aus. Man sagte mir, ich sei fürchterlich heruntergekommen. Nur ab und zu wagte ich nachts zu der eingemauerten Marianne

zu kriechen, sie erbarmte sich meiner, wusch mein Hemd und die Unterwäsche und ließ mich in ihrem Versteck eine oder zwei Nächte ausschlafen. Meinen Freund Wenzel von Salmo besuchte ich selten, und wenn, dann schwiegen wir meistens, tranken Champagner oder guten Kognak und starrten auf die schwarze Wasseroberfläche der Moldau. Ich hatte aufgegeben, weiß aber bis heute nicht was. Habe ich Schlachten geschlagen und sie wahrscheinlich verloren, habe ich erfolgreich um mein Überleben gekämpft, bin ich ein Sieger oder ein Verlierer? Ich weiß es nicht, und es ist für mich nicht mehr wichtig, die richtige oder irgendeine andere Antwort zu finden. Eines jedoch wurde mir klar: Ich habe nie meine Kräfte in heldenhaften Posen vergeudet. Leider bin ich am Ende genauso müde, erschöpft und verbraucht wie einer, der sein ganzes Leben lang verbittert für oder gegen etwas gekämpft hat. Ein müder Held, ein erschöpfter Weltverbesserer oder ein Mensch wie ich bieten zuletzt denselben kläglichen Anblick.

Immer wieder kehrte ich zu den Schauplätzen meiner Jugendjahre zurück. Bei Sonnenuntergängen stand ich auf dem verzauberten Stein, von dem aus der Blinde Jüngling seinem Kaiser und König prophezeit hatte. Mit Vorliebe legte ich die Maske eines grauen Greises an und stand stundenlang an Ecken herum, an denen ich mich vor vier Jahrzehnten vor den Damen verneigt hatte.

Ungezählte Nächte verbrachte ich vor dem Haus in der Fleischergasse Nr. 14. Vor und nach Mitternacht sah ich Schatten ins Haus schleichen, andere kamen wieder heraus. Jakub Graf Mikolajczyk taumelte mit blutigem Gesicht durch die Fleischergasse und konnte den Eingang ins Haus Nummer 14 nicht finden. Dunkle Kutschen mit heruntergelassenen Vorhängen fuhren an mir vorbei, meistens von pechschwarzen Hengsten gezogen. Aber es war ganz still; ich hörte nicht einmal die große Uhr auf dem Karlsplatz die Stunden schlagen. Wenn die Schatten mich in meiner finsteren Ecke nicht sahen und ganz dicht an mir vorbei-

huschten, zog ich meinen Hut und sprach sie leise an: »Erinnern Sie sich, ich war im Januar 1912 dabei, als Lenin in Prag ankam, ich bin der einzige Zeuge, als Graf Jakub und Leszek ...«
»Sie sind verrückt, schweigen Sie bitte!« antworteten die bisher stummen Schatten, oder sie legten mir ihre Hände mit aller Gewalt auf meinen Mund, manche schlugen mich sogar ins Gesicht, andere flohen vor mir in die Geborgenheit der Hinterhöfe oder ins Licht der Stephansgasse.
Die Dämmerungen verbrachte ich auf der Karlsbrücke in der Gesellschaft der schweigenden Heiligen, mit denen ich meine Selbstgespräche führen konnte und denen ich Fragen stellen durfte, auf die ich keine Antwort mehr erwartete.

Einundsiebzigste Geschichte

Hoch über der Moldau arbeitete man Tag und Nacht an Stalins gigantischer Statue, die die größte der Welt sein sollte. Noch verdeckte der heilige Nepomuk Stalins aus Granit gemeißelte Schuhe und Knöchel, aber jeden Abend, wenn ich an den Sockel der heiligen Ludmila gelehnt stand, sah ich in Nepomuks Rücken auf dem hell erleuchteten riesigen Plateau über der Moldau Stalin wachsen. Im Mai war er schon zur Hälfte aus den großen Granitblöcken zusammengesetzt, und man ließ an einem Kran seine linke Schulter herunter. Zwei Arbeiter standen auf der glatten Fläche des Ellbogens. Stalins Schulter mit der Epaulette eines Generalissimus schwebte am Seil über den Köpfen der Arbeiter, die darauf zu achten hatten, daß die Kanten der Granitblöcke genau zusammenpaßten.
Ich hörte die Seile surren und den Kran quietschen, und auf einmal fiel der Felsblock herunter, nein, er fiel nicht, sondern glitt zu schnell auf den richtigen Platz. Die Arbei-

ter rissen die Hände hoch. Es war sonderbar: Sie wurden immer kleiner und kleiner, gingen zuerst in die Knie und schrien auf. Dann war es still über der Moldau. Ich sah Stalins Oberarm mit der Schulter ganz genau auf dem Ellbogen aufsetzen. Ein Bein hing aus der Fuge zwischen den beiden Blöcken heraus, zwei oder drei Blutspuren färbten den grauen Granit. Der Kranmeister versuchte verzweifelt, die Granitschulter wieder anzuheben, die Maschine heulte auf, die Seile spannten sich, aber der Stein bewegte sich nicht. Jemand stieg die Leiter hoch und riß das Bein aus der Fuge zwischen Stalins Ellbogen und Oberarm heraus.

Das grelle Licht der Baustelle fiel bis auf die Karlsbrücke, und als ich den Kopf hob, sah ich über mir Ludmilas steinernes Gesicht lächeln. Die Heiligen links und rechts, ich glaube Franziskus Seraphiner und Francesco Borgia, der eine von zwei Engeln, der andere von zwei Weibsbildern umrahmt, lächelten auch, aber böse und schadenfroh. Nur der heilige Nepomuk schien seinen Kopf noch weiter nach links gebeugt zu haben. Ein tiefer Schatten lag auf seinem frommen Gesicht. Dann tauchte neben mir eine Gestalt auf.

»Nein, nein! Sie stehen nicht richtig! Sie sehen alles aus der falschen Perspektive!« schrie sie und fuchtelte mit den Händen vor dem kurzsichtigen Auge. »Der heilige Nepomuk verdeckt Ihnen die Aussicht! Ich habe Stalins Statue eigentlich für den Blick von der Karlsbrücke konzipiert und hatte vor, den heiligen Nepomuk zu entfernen, weil...«

»Warum?«

»Ganz einfach. Er stört. Zudem weiß man auch nicht, ob er ein echter oder ein falscher Heiliger ist. Die Geschichte geht mich nichts an, ich bin Architekt, aber bedenken Sie einige Tatsachen: König Wenzel hat Nepomuk von dieser Stelle in die Moldau werfen und ertränken lassen. Erst nach Jahrhunderten hatte man den Ertränkten rehabilitiert und ihm eine Statue auf der Karlsbrücke errichtet. Jetzt werden die Menschen meinen Stalin von hier aus sehen, und der heilige Nepomuk könnte ihnen ganz ungehörige Vergleiche aufzwingen. Zum Beispiel: Nepomuk wurde erst dreihundert Jahre nach seinem Tod heiliggesprochen und bekam seine bescheidene Statue. Stalin jedoch galt schon zu Lebzeiten fast als Heiliger, wurde aber drei Jahre nach seinem Tod zum Verbrecher abgestempelt, dem man jetzt voreilig ein riesiges Denkmal baut. Da stimmt doch etwas nicht, werden die Menschen sagen. Ja, und was soll ich ihnen dann antworten? Die Genossen im Zentralkomitee haben mich gezwungen, die Statue anders, als ich es vorhatte, zu konzipieren. Ich wollte Stalin etwas weiter entfernt vom Rand des brüchigen Schieferabhanges über der Moldau aufstellen, seinen unerbittlichen Blick auf die Allee der Heiligen auf der Karlsbrücke gerichtet. Meiner Vorstellung nach sollte Stalin über die Vergangenheit triumphieren. Aber daraus wurde nichts, wie Sie sehen ...«

»Warum erzählen Sie mir das?«

»Ich beobachte Sie schon seit einigen Tagen. Jeden Abend stehen Sie hier. Naja, die Genossen verstehen nichts von Perspektiven. Ich wurde, wie gesagt, gezwungen, die Statue näher an den Rand des brüchigen Schieferabhanges über der Moldau zu rücken. Das ergab Probleme, der Abhang mußte mit Betoninjektionen befestigt werden, und jetzt glotzt Stalin in die Gerade der Pariser Straße. Was meinen Sie, sollte man die Straße nicht umbenennen, sagen wir in Moskauer Straße, Kremlgasse oder Großsibirienstraße, denn Stalin blickt ja ostwärts? Jedenfalls schaut Stalin jetzt durch die Pariser Straße auf den Altstädter Ring, denn so wollten es die Tölpel im ZK und der Banause von der Literaturzeitung. Wie heißt er nur, ist ja egal. Wissen Sie, was er schrieb? Stalins Blick auf das Denkmal des Meisters auf den Altstädter Ring soll den direkten Zusammenhang der Hussitentradition mit dem

Kommunismus symbolisieren. Als ich darauf aufmerksam machte, daß Stalin den Reformator nicht sehen kann, weil das Hus-Denkmal nicht in der Geraden Stalin-/Pariser Straße steht, erwog man die Möglichkeit, das Hus-Denkmal zu verschieben, damit sich die beiden in die Augen sähen. Außerdem«, seufzte der Architekt, »kehrt die Statue Kaiser Karls IV., des Vaters unseres Volkes und Vaterlandes, Stalin den Rücken, also wird man sie wohl auf den Kreuzherrenplatz umdrehen müssen. Sie kennen die Prager, die machen sofort Witze. Ein wenig ratlos bin ich wegen der Heiligen auf dieser Brücke. Die wichtigsten stehen Stalin abgewandt, so zum Beispiel unser Jan Nepomuk; und diejenigen, die Stalins harten Seitenblick ertragen müssen, heben seit Jahrhunderten ihre Gesichter zum Himmel oder starren das Pflaster an. Das sind eben die Probleme, die mich beunruhigen. Und deswegen bin ich täglich hier, um eine Lösung zu finden.«
Der Mann schwieg eine Weile.
»Man erkennt von Stalin noch nicht viel«, fuhr er leiser fort, »aber warten Sie nur, bis man ihm den Kopf aufsetzt! Sehen Sie sein linkes Bein? Es ist ein wenig vorgeschoben, als ob er gerade in Prag angekommen und, von der Schönheit und Erhabenheit der Stadt überrascht, stehengeblieben wäre.«
»Ja, aber wenn Stalin tatsächlich in Prag angekommen wäre, müßte er am östlichen Ufer der Moldau stehengeblieben sein«, bemerkte ich sachlich, denn mir war es völlig egal, wo Stalin steht, woher er kommt und wann ihn der Teufel holt.
»Man kann es auch anders erklären«, fuhr der Architekt gereizt fort. »Stalin, auf dem Marsch gegen den morschen und dekadenten Westen, verläßt Prag. Er verweilt einen Augenblick hoch über der Moldau, um die Stadt noch einmal zu betrachten.«
»Wenn er noch einen Schritt nach vorne macht, fällt er in die Moldau«, sagte ich. – »Glauben Sie?«

»Ich habe noch nie eine Statue einen Schritt machen sehen«, antwortete ich versöhnlich. »Aber tatsächlich, erst jetzt fällt es mir auf, daß Stalin zu nahe am Rand des Moldauabhanges steht. Wenn der Hang einmal abrutschen sollte, die Last des Granits ist unheimlich schwer, dann ...«

»Ich habe alles befestigen lassen, ich bin doch schließlich Architekt!« unterbrach er mich mit einem fast verzweifelten Aufschrei.

»Es fiel mir nur so ein.« Ich versuchte meine Stimme leicht klingen zu lassen.

»Schweigen Sie, schweigen Sie«, zischte mich der Architekt an. »Noch ein Wort und ich lasse Sie einsperren! Ich zeige Sie an!«

Dann verschwand er im Laufschritt in der Dunkelheit.

Am nächsten Tag hatte man die rechte Schulter aufgesetzt, dann auch den Kragen; der Hals wurde aus zwei Blöcken zusammengestellt. Und schließlich kam der große Augenblick: In einer Abend- und Nachtschicht setzte man Stalins Kopf samt Mütze auf.

Nach drei Wochen stellte ich fest, daß Stalin sich bewegte.

Wenn ich meinen Kopf an die nordwestliche Kante des Sockels der heiligen Ludmila lehnte, und zwar so, daß die Kante des Sandsteines die Mitte meines Hinterschädels berührte, sah ich, daß Stalins Nase den äußersten linken Stern in der fünfsternigen Gloriole über dem Haupt des heiligen Nepomuks berührte. Am nächsten Tag verdeckte der goldene Stern die ganze Nase, und nach einem Monat neigte sich Stalin schon so sehr nach vorne, daß seine Nasenspitze den zweiten Stern über dem Haupt des heiligen Nepomuks bedrängte. Außerdem, so schien es mir, vollbrachte der Koloß aus Granit eine ganz sonderbare Bewegung: Er hob sich ein wenig, und die ganze Plattform, auf der Stalin mit seinem Gefolge stand, neigte sich zur Moldau hin.

Eines Abends stand ich wieder auf der Karlsbrücke und wartete auf den Augenblick, daß Stalin in die Moldau kippte. Seine Nase erreichte inzwischen schon den dritten Stern über dem Haupt des heiligen Nepomuk.
Ich atmete tief die kühle, süße Feuchtigkeit ein, die aus dem Fluß aufstieg, und rechnete damit, bis in die Morgendämmerung auf der Brücke verweilen zu müssen. Gegen zehn Uhr torkelte vom Altstädter Brückenturm der Architekt heran. Er blieb drei oder vier Schritte von mir entfernt stehen und lallte: »Hej, Sie sind noch immer da? Was gibt es hier eigentlich zu begaffen? Sie sehen nur einen mißlungenen Stalin. Allerdings«, er hob seinen rechten Zeigefinger, »nur einer ist größer, meiner jedoch ist der allerschönste!«
Der Mann breitete seine Arme aus und war ein wenig unsicher in den Knien. »Stalin überragt die Allee der Heiligen auf dieser Brücke. Mit seinen kolossalen Ausmaßen erdrückt er die Vergangenheit! Wo immer Sie auch in Prag stehen, überall ist er zu sehen. Auf der einen Seite der Hradschin, ein Symbol der ruhmreichen Vergangenheit, und auf der anderen der majestätische Stalin, unsere Gegenwart und Zukunft.«
Er ließ die Arme fallen und musterte mich mit traurigen Augen.
»Beeindruckend, nicht wahr?« fragte er mich mit einer eher krächzenden Stimme. »Ich wollte ihn aus Bronze haben, aber wissen Sie, was mir die Genossen sagten? Bronze ist Mangelware, muß aus dem kapitalistischen Ausland importiert werden, Granit dagegen gibt es in Böhmen genug. Ich habe gleich gesagt: Aus Stein wird er mir zu schwer, und der Schieferabhang über der Moldau ist zu brüchig. Die Genossen wollten mir nicht glauben, und jetzt haben wir die Bescherung!«
Der Mann hauchte mir ins Gesicht: »Sie wissen es bereits! Stalin kippt um!«
»Seit einem Jahr scheint es, als ob Stalin...«

»Schweigen Sie«, schrie er mich an. »Sie haben nichts gesehen, verstehen Sie! Auch wenn Sie etwas gesehen haben sollten, dann haben Sie eben nichts gesehen, denn Sie haben ein Staatsgeheimnis gesehen. Ich laß' Sie einsperren, bis Sie blau werden!«

»Das hilft nichts, er kippt trotzdem um!«

»Zum Teufel mit ihm!« heulte der Mann auf und machte eine Bewegung, als ob er mich umarmen wollte. »Wissen Sie, was ich mache?« fragte er mich dann leise.

»Nein. Ist mir auch egal.«

»Ich stürze mich in die Moldau und werde ertrinken, weil ich nicht schwimmen kann. Stalin fordert seine Opfer!« rief er mit weinerlicher Stimme.

Der Architekt ging rückwärts zur Statue des heiligen Nepomuk.

»Und Sie werden mich nicht daran hindern!« Er drohte mir mit erhobener Faust.

»Nein, ich werde Sie nicht daran hindern. Das fällt mir gar nicht ein.«

»Aber Sie werden Zeuge sein!« Der unglückliche Architekt kletterte auf die Brüstung. »Sie werden erzählen können, was für ein Ende es mit mir genommen hat. Versprechen Sie es mir!«

»Ja, ich verspreche es Ihnen.«

»Da bin ich aber beruhigt. Wenn mich die Feuerwehr aus der Moldau herausfischt, werden Sie sagen, ich wäre verunglückt oder so etwas. Ein Staatsbegräbnis werde ich den Genossen nicht ersparen. Aber Sie sind mein Zeuge für die Zukunft, Sie werden einmal, wenn diese dumme Zeit vorbei ist, erzählen müssen, daß dies kein Unglück, sondern ein Selbstmord aus Verzweiflung war. Also, Sie werden mich nicht daran hindern?«

»Hab' ich schon gesagt!«

»Sie glauben, daß ich den Mut dazu nicht finde?«

»Sie haben den Mut«, hörte ich mich laut und deutlich sagen. »Springen Sie schon! Ihr Zeuge wartet.«

»Das würde Ihnen so passen, Sie alter Reaktionär!« schrie mich der Mann auf der Brüstung plötzlich an. »Einen ehrlichen Kommunisten, einen Künstler, der sich um den sozialistischen Realismus verdient gemacht hat, in den Selbstmord zu treiben! Nein, diese Freude werde ich Ihnen nicht bereiten!«
Der Architekt kletterte vorsichtig von der Brüstung herunter, kam auf mich zu und fauchte mich an: »Verschwinden Sie von hier. Ich will Sie auf der Brücke nicht mehr sehen! Und seien Sie froh, daß ich Sie nicht verhaften lasse. Wer sind Sie eigentlich?«
Ich atmete tief ein und antwortete mit einer milden und wohlklingenden Stimme: »Ich könnte Ihr Vater sein.«
»Was!« Der Mann riß den Mund auf.
»Beruhige dich, mein Sohn«, sagte ich sanft und küßte den Architekten auf die linke Wange.

Zweiundsiebzigste Geschichte

Ich habe angefangen zu beten.
Am Sockel der heiligen Ludmila auf der Karlsbrücke lehnte ich meinen Hinterkopf gegen die Kante. Stalins Nase berührte mit der Spitze den vierten Stern über Jan Nepomuks Kopf.
»Heilige Ludmila«, sprach ich meine verehrte Heilige an, denn die war nicht falsch. »Man hat dich 921 erwürgt. Politisch betrachtet gab es für deine Verwandte Drahomíra keine andere Möglichkeit, du bist ihr eben im Weg gestanden. Oh, wenn man allen, die in Prag im Namen Gottes oder aus irgendwelchen anderen überzeugenden Gründen erschossen, erwürgt, ertränkt, gehängt, geköpft oder verbrannt wurden, eine Statue errichten sollte, wäre die Stadt zu klein, um die zu Unrecht Ermordeten aufzunehmen. Ja,

liebe Ludmila, man hat dich nachträglich heiliggesprochen, deine Mörderin gebar Wenzel, auch einen Heiligen. So hat man diese blutrünstige Geschichte geregelt. Die Mörder und ihre Opfer sind in Legenden eingegangen und leben in der permanent verfälschten Geschichte friedlich nebeneinander. Du, liebe Ludmila, hast dich der Blinden angenommen, also auch derer, die, durch heidnische Trugbilder geblendet, Gottes Herrlichkeit nicht sehen wollten. Und wie hat man dich dafür belohnt? Als deine Mörder dich töten kamen, bist du auf die Knie gefallen und hast sie gebeten, dir mit dem Schwert den Kopf abzuschlagen, damit viel Blut flösse, denn dein Blut, so hast du zum Himmel gerufen, werde vor Gottes Antlitz Gefallen finden und dein Haupt werde Er mit einer Krone schmücken. Naja, da hat man dich dann nur erwürgt.«

Im Café Slavia schwieg ich.

Alles, was zwischen mir und Herrn Alois zu sagen war, war schon längst ausgesprochen; so sahen wir uns nur an. Er stand geduldig hinter meinem Rücken, und wenn er tief zu atmen begann oder gar schon den Mund aufmachte, hob ich die rechte Hand und brachte ihn zum Schweigen. Ich wußte nur zu gut, daß er wieder von Rudi und Sarah anfangen, die alte Geschichte, die uns beide so schmerzlich traf, wiederholen und sie, wie seit Jahren in immer düsteren Farben zu erzählen versuchen würde. Er hatte mir schon alle wahrscheinlichen und auch alle gelogenen Abwandlungen dieser Geschichte mit einer vorwurfsvollen Stimme geschildert. Einmal war ich der Bösewicht, ein andermal hätten sich Rudi und Sarah ihr Schicksal selbst verschuldet. Nur das Ende seiner unzähligen Geschichten über Rudi und Sarah blieb stets dasselbe: Herr Alois bekannte sich zu seiner einzigen Liebe, zu Sarah und zu seinem Adoptivsohn, und er verfluchte die Welt, die es zugelassen hatte, daß man Sarah im sibirischen Winter vor einer Baracke erschoß und daß man Rudis Asche auf einer vereisten Landstraße irgendwo in Böhmen verstreute.

Ich hatte den bösen Verdacht, daß er mir die Verantwortung für Sarahs und Rudis Tod aufladen wollte und mich nur deswegen quälte, damit ich endlich mein Schweigen brechen und resignierend meine Schuld bekennen würde: Ja, Herr Alois, auch ich bin ein Sünder. Wäre ich nicht der Sarah begegnet, hätten wir heute ein ruhiges Gewissen. Vor allem ich, Herr Alois, denn Sie sind unschuldig.
Ich sagte jedoch kein Wort. Nur einmal fuhr ich Herrn Alois barsch an: »Schweigen Sie! Lassen Sie die Schuldfrage ruhen. Keine Geschichte, auch die unsere, duldet endgültige Urteile. Sie schlägt nur zu!«
Die Masken, die ich damals anlegte, waren zu dick aufgetragen. Sie sollten mich nicht nur entsprechend den atmosphärischen Störungen und meinen Gemütszuständen verändern, sondern auch schützen. Die Schminke und der Bart waren mein Harnisch. Auf meinem täglichen Irrweg durch die Stadt konnte ich mich zuletzt nur noch an drei Punkten orientieren: an der Statue der heiligen Ludmila, im Schatten Karls IV. und im Café Slavia.

Dreiundsiebzigste Geschichte

An einem warmen Herbstabend verirrte ich mich und stieg wieder einmal von der Kampa-Insel zum Fluß hinunter und schlenderte am Wasser entlang zu Wenzels Kanalloch.
Auf dem Fluß hörte ich Ruderschläge und sah einen dunklen Umriß von der nördlichen Spitze der Schützeninsel näher zum Stauwehr und zum linken Ufer gleiten. Ich drückte mich in die feuchte Ecke eines Mauervorsprunges, vielleicht zwanzig Schritte links vom Kanalloch. Gleich darauf vernahm ich Schritte und ein gedämpftes Fluchen. Drei Männer stolperten über die Kieselsteine und gingen an mir vorbei, ohne mich zu entdecken. Der eine blieb

einige Meter von mir entfernt stehen und pfiff leise ein Signal. Die Antwort kam vom Fluß.
»Stehen Sie auf!« sagte eine Stimme.
Kieselsteine raschelten unter mehreren Schuhsohlen, der Umriß des Bootes kam immer näher und hielt nicht weit vom Ufer. Ich wagte es, meinen Kopf aus dem Versteck herauszustecken.
»Bitte, nicht, ich bitte Sie!« schrie Wenzel in der Dunkelheit.
»Galt's Maul!« antwortete eine rauhe Stimme, und ich erkannte den fremden Akzent, der mich an die Mischkina erinnerte. Dann hörte ich zwei oder drei harte Schläge und darauf ein Röcheln und Keuchen.
»Verdammt noch einmal«, raunte eine andere Stimme, »schlag ihn doch nicht tot!«
Das Wasser plätscherte, die Wellen kräuselten die schwarze, sonst spiegelglatte Wasseroberfläche, und ich sah die Schatten der drei Männer, die Wenzel in den Fluß schleiften. Als ihnen das Wasser bis zu den Hüften reichte, tauchten sie Wenzels Kopf in die gekräuselte Flut. Er schrie einmal laut auf, dann hörte ich nur noch ein Gurgeln, und es war still. Der Mann im einst hellblauen Boot ruderte langsam zu den drei Männern hin.
»Ist es schon aus?« fragte er.
»Noch eine Weile, er bewegt sich noch.«
Bis zum Morgengrauen wagte ich nicht, mein Versteck zu verlassen. Als die Herbstsonne über der Stadt aufging, sah ich Wenzels Körper, der zwischen den Steinen am Stauwehr klemmte. Gegen acht Uhr entdeckte man die Leiche, die Feuerwehr zog Wenzel aus dem Wasser, und ein Leichenwagen brachte ihn, wie ich später erfuhr, ins Gerichtsmedizinische Institut. Man fand nie seine Identität heraus. Noch heute ist sein Skelett auf dem Gang der medizinischen Fakultät ausgestellt. Ich besuche ihn ab und zu. Wenzel ist nämlich unter vielen anderen gut zu erkennen: Sein Knie, das eine russische Kugel im Ersten Welt-

krieg zerschmettert hat, ist deformiert, die linke Hand, die er sich im Frankreichfeldzug selbst abschoß, fehlt, und die vierte Rippe links oben ist krumm zusammengewachsen; für mich ist sie eine Erinnerung an Wenzels mißlungene Hochzeit mit Helena von Molwitz.

Vierundsiebzigste Geschichte

In der folgenden Nacht ging der türkische Mond auf. Die Moldau glich einer Schlange aus Silber, die sich zur Nachtruhe unter die zahlreichen Brückenwölbungen gelegt hatte.
Dann kam das Erdbeben.
Stalin begann auf seinem Podest zu wackeln, mir schien es, als ob er einen Schritt nach vorne tun würde. Sein Spiegelbild zitterte auf der silbernen Wasseroberfläche. Die Karlsbrücke bebte, die Prager Türme drohten ostwärts umzukippen, hielten sich aber aufrecht. Die festen Grundmauern meines ehemaligen Palais hoben sich, die Wände stöhnten, Mörtel fiel von der Decke herab, zwei Fensterscheiben sprangen aus den Rahmen und zersplitterten in unzählige glitzernde Stücke.
Stalin drehte sich um seine Achse; er fiel, als wäre er gestolpert, langsam vornüber auf den Moldauhang.
Verspätet donnerte die Detonation über Prag in alle Himmelsrichtungen hinweg. Eine graue Staubwolke hüllte Stalins Gestalt bis zum Hals ein. Für den Bruchteil einer Sekunde leuchtete die Wolke in allen Regenbogenfarben auf. Sein Kopf ragte aus dem sonderbaren Licht noch heraus, aber plötzlich drehte er sich mit einer blitzschnellen Bewegung westwärts, als hätte eine unheimliche Kraft dem Generalissimus das Genick gebrochen.
Steine schlugen in die matt glänzende Moldau, andere prasselten auf die Dächer oder fielen auf das Pflaster.

Zahlreiche Splitter sausten an meinem Fenster vorbei, noch später kam das Echo der Detonation zurück in die Stadt, es fiel von allen Seiten ins Moldaubecken ein, stieß über der Staubwolke, die wie eine graue Glocke über der Stelle hing, an der noch vor weniger als einer Sekunde Stalin über der Moldau gestanden hatte, wieder zusammen. Ein Windstoß fegte die Wolke weg, erreichte blitzschnell mein Fenster und warf mir mit aller Kraft Staub und einen süßlichen Geruch ins Gesicht.

Dann war es wieder still.

Nur die Helena von Molwitz schrie noch einmal auf und sank zu Boden. Als die Sonne den herbstlichen Frühnebel durchstieß, sah ich, daß nur ein Haufen von Steinen übriggeblieben war. Helena von Molwitz fand man erst am Vormittag auf dem Rasen liegen. Man trug sie auf einer Bahre ins Gebäude der Botschaft. Ihr Gesicht war blutig.

Fünfundsiebzigste Geschichte

Ich bin Witwer geworden. So legte ich für meinen Spaziergang ins Café Slavia einen schwarzen Anzug an. Ich wollte meinem weitsichtigen Auge nicht trauen, als ich am Moldaukai Herrn Alois mir entgegeneilen sah. Er hatte nicht einmal einen Mantel übergezogen.

»Herr Graf, bitte gehen Sie heute nicht ins Café!« keuchte er.

Unter der Maske eines harmlosen Rentners, die ich an diesem Tag angelegt habe, versuchte ich Ruhe und Übersicht zu bewahren und fragte Herrn Alois mit einer scheinbar ausgeglichenen Stimme: »Wieso?«

»Jelena Finkelstein wartet auf Sie!« stieß der Ober hervor, lehnte sich ans Eisengitter des Kais, rang nach Luft und schwitzte.

»Es war zu erwarten«, sagte ich ruhig. »Einmal mußte es kommen.«
Ich ließ ihn am Gitter stehen und ging langsam zum Café Slavia.
»Sie hat mich schon am Vormittag in die Zange genommen«, keuchte Herr Alois an meiner Seite. »Sie weiß alles, schrecklich, sie weiß alles!«
»Das bedeutet, daß die Jelena auch über Sie Bescheid weiß?« fragte ich den Ober, ohne meinen Schritt zu verlangsamen oder zu beschleunigen.
»Ja«, stöhnte Herr Alois, »dieses Luder reißt uns ins Unglück, Herr Graf!«
Herr Alois hielt sich an meinem linken Arm fest, und ich zog ihn hinter mir her.
»Wie ungerecht! Warum hat man nicht sie in Moskau erschossen!« stotterte er. »Jetzt ist sie da und … mein Rudi ist tot, meine geliebte Sarah …«
»Bringen wir die Sache schnell hinter uns, Herr Alois!« unterbrach ich ihn, beschleunigte jetzt meinen Schritt und betrat das Café Slavia.
Mein weitsichtiges Auge sah an meinem Tisch eine dicke Frau sitzen. Auffallend waren ihre geschwollenen Knöchel und ihr hellblondes, zweifellos gefärbtes Haar. Das Leben hat dich arg zugerichtet, Jelena, dachte ich. Die Frage nach dem Sinn unserer ersten Begegnung und der heutigen will ich erst gar nicht stellen. Ich nehme dich, Jelena, so wie du eben bist, schloß ich meine Überlegungen ab und bewegte mich langsam auf meinen Tisch zu. Einen kurzen Augenblick erwog ich den verlockenden Gedanken, mich Jelena nicht zu nähern und sie für alle Zukunft in der Nebelzone, die ich ständig mitschleppte, zu lassen. Als ich zwei Schritte vor ihr stehenblieb, hob sie die Augen und schaute mich ratlos, ja fast erschrocken an. Ich mußte ihr wie ein Gespenst vorkommen, das hier um die Mittagszeit herumschleicht.
»Jelena, ich bin's, Niki«, sagte ich.

Sie stand langsam auf und überraschte mich mit einer blitzschnellen Bewegung. Sie umarmte mich und preßte mich mit unheimlicher Kraft an ihren mächtigen Busen. Ihre Bluse war durchgeschwitzt.

»Endlich, endlich wieder bei dir, Niki!« schluchzte sie, und ich bemerkte, wie einige Damen im Café Slavia blaß oder grün vor Neid wurden.

»Laß dich ansehen.« Jelena stieß mich von sich. »Nein, das ist doch nicht möglich, du hast dich überhaupt nicht verändert, Niki!« rief sie entzückt aus.

Ich nutzte die Lage und setzte mich an meinen Tisch.

»Wie lange haben wir uns nicht gesehen, Niki? Zwanzig Jahre?« Ich sah aus ihren Poren Schweiß heraustreten.

»Fünfundzwanzig«, stellte ich fest.

»Aber jetzt bin ich wieder da, Liebster! Es tut mir so leid, daß ich damals ... du mußt es verstehen. Die Partei ging 1938 in die Illegalität, dann flohen wir nach Moskau, und ich mußte meine ... unsere Tochter, Niki!, um sie nicht zu gefährden, an unauffällige Leute abgeben.«

»Hast du schon mit Olga gesprochen?« fragte ich sie mit leicht bebender Stimme.

Jelena schwieg. Nur ihre Gesichtszüge wurden klarer, und der Schweiß trocknete plötzlich. Dann legte sie ihre Hand auf meinen linken Ellbogen, und mein kurzsichtiges Auge vermittelte mir, wie durch ein Vergrößerungsglas, ein anderes, hartes Bild von Jelena.

»Damit zwischen uns beiden alles klar ist, Niki: Wir haben keine Tochter mehr. Ich wurde schon in Moskau von den Genossen darauf aufmerksam gemacht, daß Olga mit den Chinesen zusammenarbeitet.«

»Das sind schließlich auch Genossen, nur eben gelbe, nicht rote«, sagte ich versöhnlich.

In Jelenas trockenem Gesicht vollzog sich eine weitere Veränderung. Ihre Lippen wurden ganz schmal.

»Niki, was für eine Rolle spielst du hier eigentlich?« Sie umklammerte meinen Unterarm. »Ich muß es wissen, bevor es zu spät sein wird für dich. Ich soll mit dir offen reden. Du bist doch nie so ein mieser reaktionärer Typ gewesen, du hast dich nur durchgeschlagen, wie es eben ging. Und schließlich warst du es, der 1912 Lenin in Prag begegnet ist. Niki, wieso hast du dich aber mit den Chinesen eingelassen, was ist mit der eingemauerten Marianne von Lorbergeist? Wenzel von Salmo, dieser schmutzige Spion, war dein intimer Freund. Nein, es geht nicht so weiter, du mußt mir alles offen und ehrlich erzählen!«

»Jelena, es gibt nichts zu erzählen. Alles ist vorbei. Wenzel ist ertränkt worden und ...«

»Wir gehören zusammen«, unterbrach mich Jelena mit einer sanften und liebevollen Stimme. »Reden wir jetzt über uns. Du brauchst ein ordentliches Zuhause. Hab' keine Angst, Niki, ich kriege alles wieder hin!«

Jelenas Haut färbte sich rot, und ich vermutete, daß sie im nächsten Augenblick entweder mit einem dumpfen Knall platzen oder mit einem fürchterlichen Aufschrei explodieren würde. Hinter ihrer mich einlullenden Stimme hörte ich einen glühenden Meteoriten auf einer Umlaufbahn, die ganz dicht an meiner Stirn vorbeiführte, sausen und zischen. Für jeden Fall hielt ich mich an der Tischkante fest und sagte entschlossen, um die Katastrophe zu beschleunigen und meinen wahrscheinlichen Untergang unverzüglich herbeizuführen: »Jelena, ich liebe dich nicht, ich habe dich auch nie geliebt. Laß mich in Ruhe oder sag' deinen Genossen, sie sollen mich genauso wie Wenzel in der Moldau ertränken. Mir ist alles egal.«

Ich schloß die Augen, schaltete mein Gehör ab, stellte mich erstarrt und tot; den Toten tut nichts mehr weh.

Mit einem leisen Knistern bewegte sich der Sand unter meinen Sohlen und verschluckte mich langsam. Eine weiche Hand ruhte warm auf meiner linken Schulter, und ich hörte, nein ich fühlte eine sanfte Stimme auf meine Stirn aufschlagen.

»Beruhigen Sie sich, Herr Graf, sie ist schon weg!«

Ich zog mich an der Tischkante aus dem fließenden Sand hoch. Langsam, sehr langsam machte ich zuerst mein rechtes Auge auf und stellte fest, daß die hauchdünne Glaskugel, in deren Mitte ich mich im Café Slavia stets fühlte, an einigen Stellen zersprungen war.
»Wir haben es also überstanden, Herr Alois«, sagte ich traurig.
»Wie man es nimmt«, erwiderte Herr Alois und setzte sich hin. »Je länger ich Sie kenne, um so mehr kommen Sie mir wie ein unbeholfenes Kind vor, Herr Graf. Ich sag's Ihnen, Sie sind für diese Zeit nicht mehr gerüstet. Es wäre für uns an der Zeit, vom Café Slavia Abschied zu nehmen. Mir reicht es. Fünfzig Jahre sehe ich das Leben an den Fenstern des Cafés vorbeifließen, es wird mir langweilig. Ich erinnere mich an jeden Gast, der hier je gesessen hat. Sie hockten hier, waren still oder redeten zu viel, tranken dies oder jenes. Hier hatte jeder seinen Beichtstuhl und mich als Pfarrer. Ich trug die Sorgen und Plagen meiner Gäste mit, und eines Tages kommt ein Gast nicht mehr, er ist entweder verschwunden oder tot. Seine Lasten bleiben jedoch an mir hängen. Was soll ich jetzt mit ihnen, wer nimmt sie mir ab?«
Das Fragezeichen, welches Herr Alois am Ende seines Satzes richtig aussprach, war das erste und letzte.
Oh, Allmächtiger, stöhnte ich in mir, das kannst Du doch nicht zulassen! Soll ich zuletzt stellvertretend für Dich Herrn Alois gefälschte Absolutionen zuflüstern? Was geschehen ist, ist eben geschehen, da hilft keine Beichte.
»Schweigen Sie, Herr Alois«, sagte ich leise.
Herr Alois richtete sich auf, ich hörte seine Knochen knirschen.
»Ich habe Sie ein halbes Jahrhundert denunziert, Herr Graf. Immer war jemand da, der alles über Sie wissen wollte. Das ist das Schicksal eines Obers im Café Slavia. Er weiß zu viel, und man weiß, daß er viel zu erzählen hat.«
Herrn Alois' Worte berührten mich nicht. Sie flossen an

mir vorbei, sickerten durch das Fenster und verschwanden in der Moldau.
»Halten Sie den Mund, Herr Ober!« knurrte ich mürrisch.
»Für alle, die hier gewesen sind, war das Café Slavia trotzdem ein fester Punkt in der verrückten Welt. Mir aber ist der feste Boden unter den Beinen weggerutscht.« Herrn Alois' Stimme klang wie die eines sündigen Predigers.
»Sie haben unsere Sünden auf sich genommen, Herr Alois«, erwiderte ich im gleichen Tonfall, obwohl ich mich dabei wie ein Betrüger fühlte. Um Herrn Alois zu besänftigen, wählte ich behutsam meine weiteren Worte und sprach sie leise aus.
»Sie sind ein guter Mensch geblieben, Herr Alois. Stellen Sie sich nur vor, was alles hätte geschehen können, wenn an Ihrer Stelle ein Mistkerl ...«
»Das ist es eben, was mich beunruhigt!« unterbrach mich der Ober. »Das ist die allerschlimmste Ausrede, die man in Prag seit Jahrhunderten hören kann! Jeder, der hier ohne Ehre und Anstand überlebt, kann dann sagen: Es hätte alles noch schlimmer kommen können, wenn ich nicht überlebt hätte.«
»Erwarten Sie von mir, daß ich Ihnen Ihre Sünden abnehme? O nein, Herr Ober, Sie bleiben mit Ihrer Sündenlast alleine!«
Mein Urteil war damit gesprochen.
Es störte mich, daß Herr Alois lächelte. Es war das Lächeln eines zufriedenen alten und klugen Mannes, keine Spur von Verlegenheit, Scham oder gar Dankbarkeit.
»Dann ist alles in Ordnung, Herr Graf«, sagte er noch, stand auf und verbeugte sich. In diesem Augenblick ähnelte er einem altgedienten befrackten Seraphim, dem allerhöchsten Engel im Himmel. Er erhob sich aus dem Schatten unter den Stühlen des Café Slavia und schwebte samt seiner Last, die ihn zurück in die Finsternis drücken wollte, davon.

Ich werde mich jetzt, lieber Freund, davor hüten, meine Stimme pathetisch zu erheben. Ich muß allerdings feststellen, und zwar sachlich: Jelena Finkelstein, die Mutter meiner verlorengeglaubten Tochter Olga, hat mich nur aus Liebe angezeigt und einsperren lassen. Sie wollte, daß ich vor dem Gericht alle meine köstlichen Niederträchtigkeiten entlarve, ich sollte entblößt dastehen und meinen Richtern zum Schluß für die gerechte Strafe noch danken. Ich sollte mich auch, und das war wohl Jelenas Hauptziel, nur an sie als meine letzte Hoffnung klammern.
Die Anklage beschrieb mich als einen reaktionären Adeligen und Schmarotzer am gesunden Leib des Volkes, als ein eiternder Furunkel der neuen Gesellschaft. Man ließ, soweit sie zu erreichen waren, alle meine Söhne und Töchter, es waren an die hundert, vor Gericht kommen, und alle belasteten mich. Auch die, die meinen Namen trugen, sagten sich von mir los, ja sie verleugneten und verleumdeten mich. Ich stand da, alleine, ohne Maske, nackt und fröstelnd den kühlen Blicken meiner Kinder ausgesetzt. Nach meinem Beruf befragt, antwortete ich, ich sei Modell gewesen, ein Künstler im Maskenanlegen. Ich habe die Richter gebeten, sich doch einmal im Lenin-Museum in der Hyberngasse, im Parteimuseum und in verschiedenen Galerien umzusehen, da hänge ich als Stalin, Lenin, als Dscherschinskij, Kirow, Budjonnyj, als Mao, Liebknecht, Marx und Engels.
Ich weiß nicht, was in mich gefahren war, aber plötzlich hörte ich mich über mein Leben so reden, als würde ich selbst vor dem offenen Grab, in dem ein gewisser Nikolaus Graf Belecredos liegt, von mir Abschied nehmen. Die Stenographin, ein junges Mädchen, das zuerst eifrig mitschrieb, hörte nach einiger Zeit auf, schaute mich mit ihren glänzenden, ein wenig schlauen und durchtriebenen Augen an, wie sie nur die Prager Mädchen haben, und als ich

meine großartige Frage, die in diesem Fall freilich nur rhetorisch gemeint war, stellte, nickte sie eifrig. Dieses Zunicken beflügelte meine Worte und stärkte meinen Mut. Ich kann mit Stolz behaupten, daß ich, obzwar mir nicht viel Zeit zur Verfügung stand, nichts vergessen, ausgelassen oder verzerrt habe. Der Richter hatte schon mehrmals den Mund geöffnet, um mich zu unterbrechen, ließ mich zu meiner Überraschung jedoch aussprechen. Wohl um seine Verlegenheit zu verbergen, blätterte er wild in der Anklageschrift und in den Protokollen herum, hob dann aber sehr bald seinen hilfesuchenden Blick zum Genossen Staatsanwalt, der genau so verwirrt war wie er und niedergeschlagen in seinem Stuhl saß. Kurz bevor ich meine Rede beendete, hörte ich hinter mir Jelena Finkelstein laut schluchzen, und als ich für den letzten Satz Luft holte, heulten in den Bänken alle meine Kinder, die leiblichen und auch die anderen. Ich sah mich im Grab lächeln, atmete noch einmal tief ein und aus und war am Ende.
Still war es im Gerichtssaal geworden, so mäuschenstill, daß ich die Spatzen auf dem Karlsplatz zwitschern hörte.
»Er ist unschuldig, laßt ihn frei, Genossen!« schrie Jelena Finkelstein plötzlich auf. Gleich darauf drängten sich meine Kinder, auch die, die ich nie gekannt und nie gesehen habe, zum Richtertisch und flehten: »Laßt unseren Vater frei, laßt ihn frei!«
Die Gerichtsstenographin starrte mich noch immer an; aus ihren Augen flossen die herrlichsten Tränen, die ich je zu sehen bekommen habe. Ich verbeugte mich tief vor ihr und sagte: »Weinen Sie nicht! Ich steige jetzt in mein Grab hinab, und mit mir wird eine Epoche mit feuchter Erde zugedeckt, die zu erleben für Sie keinen Wert gehabt hätte. Ihnen, liebes Fräulein, gehört die nachfolgende.«
Dann hob ich mit einer patriarchalischen Bewegung meine rechte Hand und sprach meine letzten Worte: »Ruhe, meine Kinder! Ich bin schuldig, euch in diese Welt gesetzt

zu haben. Es tut mir leid, ihr alle hättet nämlich eine bessere verdient. Mir stand jedoch keine andere zur Verfügung. Geht jetzt nach Hause und versucht, aus ihr das Beste zu machen. Und jetzt, liebe Kinder, laßt das Gericht das Urteil verkünden, denn es hat über den Schmarotzer – wie doch der Ausdruck auf mich zutrifft – Nikolaus Graf Belecredos den letzten und seine Verstöße gegen das geschriebene Gesetz zu befinden. Behaltet mich im Gedächtnis als den Mann und Vater, der euch allen die Tore zu den Verrücktheiten dieser Stadt geöffnet hat! Genießt sie, solange es noch möglich ist.«

Als meine Kinder, die Gesichter mit den Händen oder mit Taschentüchern bedeckt, sich wieder beruhigt hatten, trat eine schwarz gekleidete Dame vor. Sie trug einen Schleier, und ich sah, daß ihre Bewegungen verkrampft waren und ihr Schmerzen bereiten mußten.

»Erkennen Sie mich?« fragte sie mich leise.

»Nein.«

»Ich bin Marie Holečková.«

»Es tut mir leid, ich kenne Sie nicht.«

»Vergeben Sie mir, Vater!«

»Was soll ich dir vergeben, liebes Kind?« fragte ich sie.

»Vergeben Sie mir alles, bevor Sie selbst abkratzen!« schrie sie mich an.

Ich wandte mich beschämt ab. Ja, mein lieber Freund, ich schämte mich, sie vergessen zu haben.

»Du elender Mistkerl, du verdammter Hurenbock!« fluchte Marie hinter meinem Rücken.

Mein Sohn Thomas der Pfeifer stand an die Wand gelehnt und pfiff leise eine Melodie vor sich hin. Sie war heiter und paßte überhaupt nicht in den Gerichtssaal, durch dessen Fenster die weichen Strahlen einer milden Wintersonne fielen.

Fünf Jahre und drei Monate saß ich im Gefängnis.
Aus meiner Zelle in Prag-Ruzyň sah ich die Abhänge des Weißen Berges aufblühen und im Herbst im Totentanz der Farben sterben. Meine Gesprächspartner waren die Flugzeuge, die mit Getöse vom unweit gelegenen Flughafen aufstiegen. Ich war glücklich, lebendig begraben zu sein, weil ich auf diese Weise einer Welt entzogen war, die sich mit mir nicht zurechtfinden konnte. Manchmal dachte ich an Marianne von Lorbergeist und wünschte mir sehr, daß sie schon vor Hunger oder Kälte gestorben wäre. Alles lag für mich am anderen Ufer eines unendlichen Ozeans, den ich mit Müh' und Not überquert hatte. Immer wenn im Frühling die nördlichen Abhänge des Weißen Berges sich mit leuchtendem Grün zu bedecken begannen, die Wildkirschen und der Schlehdorn aufblühten und die Luft nach lebensversprechender Feuchtigkeit roch, wurde ich traurig. Ich konnte die Zeit nicht aufhalten, und so rückte meine Entlassung erbarmungslos immer näher heran. Aus roten Rüben, die wir im Gefängnis zweimal in der Woche zu essen bekamen, preßte ich die Farbe heraus, aus Brot knetete ich im Mund weiche Masse, glättete mit ihr alle Narben in meinem Gesicht, verrieb den Rübensaft auf den Wangen, so daß ich eines Morgens ganz verjüngt zum Appell trat. Die Häftlinge bogen sich vor Lachen, so daß die Wachen sie sofort in die Zellen zurücktrieben, nur mich ließ man stehen. Der Kommandant kam, sah mich an, machte ein ziemlich saures Gesicht und sagte dann überraschend milde: »Belecredos, Belecredos, was treiben Sie da für einen Unsinn? Ich müßte Sie bestrafen, aber verdammt noch einmal, Sie bleiben von nun an beim Appell in der Zelle!«
Er war es auch, der mir einfache Wasserfarben in die Zelle gebracht, sie wortlos auf meinen Tisch gelegt und kopfschüttelnd die Zelle wieder verlassen hatte. Ich konnte also

meine Kunst im Anlegen verschiedenster Masken noch verfeinern. Fast einen Monat lang beschäftigte ich mich mit einer Maske, die mein Antlitz um mehr als ein halbes Jahrhundert verjüngen sollte. Ich wollte mich noch einmal als den siebzehnjährigen Jungen sehen, der in Finkelsteins Wohnung in der Fleischergasse Nr. 14 dabei war, als Lenin eintraf. Als ich mit der Maske fertig war und mich in dem kleinen Spiegel ansah, mußte ich mir große Mühe geben, nicht laut aufzuheulen. Ich riß mir die jugendliche Maske vom Gesicht und begann nach und nach all diejenigen anzulegen, in denen ich mich einst glücklich und geborgen gefühlt hatte. Für kurze Zeit war ich wieder der elegante Herr vom Café Slavia, ein Weltmann, der sein reifes Alter zu genießen versteht, ich war wieder der Bonvivant, der sich an verschiedenen Ecken meiner geliebten Stadt vor den Damen verneigt und ihnen mit diskreter Stimme jene berühmte Frage gestellt hatte.

An einem Vorfrühlingstag des Jahres 1968, ich war gerade dabei, mir das recht gelungene Aussehen eines alternden, klugen Mannes anzulegen, zerriß ein Aufschrei die Stille des Gefängnisses.

»Amnestie!« schrie jemand im Hof, und gleich darauf wiederholten die Gefangenen in allen Zellen diesen Ruf.

Ein leichter Nebel fiel auf die zart grünen Abhänge des Weißen Berges. Ich hob den kleinen Spiegel vor mein Gesicht und erschrak, denn ich sah einen zerstörten Mann vor mir, dessen Augen, von Entsetzen überflutet, zu tränen begannen. Ich riß die Maske ab und machte mich mit nacktem Gesicht bereit, mein Leben zu beenden. Seit fünf Jahren und drei Monaten war ich bereits tot, und ich wollte nicht mehr ins Leben zurückkehren. Das Gitter war aus gutem Stahl, und der lederne Gürtel fest genug.

Amnestie? Und was dann? Ich überzeugte mich, daß der Riemen am Gitter hielt und schob den Kopf in die Schlinge. Ich war ein wenig traurig, denn ich wußte – ich hatte es schon mehrmals ausprobiert – wenn ich den Stuhl, auf dem ich stand, wegstieß und mein Körper einen halben Meter hinunterfiel, daß mir auf immer der Ausblick auf die sanft grünen Abhänge des Weißen Berges entschwinden würde, vor allem der Blick auf die Waldlichtung unterhalb des Schlößchens Stern, wo ich es vor Jahren im Gras, unter Kastanienbäumen und Eichen, mit starken Mädchen und mit poetischen Damen getrieben hatte, die alle eine große Sehnsucht nach dem Abenteuer mit mir offen bekundet hatten. Ja, das war die Waldlichtung, auf der mein Vorfahre aus Siena im Dienst des katholischen Kaisers am 8. November 1620 seinen nicht allzu glorreichen Sieg über eine Schar von Prager Metzgergesellen, die sich häretisch gaben, feiern konnte. Es geht eben im Leben und im Tod nie alles so, wie man es sich wünscht. Ich mußte mich damit abfinden, daß in dem Augenblick, bevor ich mein Bewußtsein verlöre, mein kurzsichtiges Auge nur einen kleinen Ausschnitt der gelb gestrichenen Knastwand mit allen ihren Kratzern, Rissen und obszönen Worten zu sehen bekäme und daß mein weitsichtiges Auge durch den leichten Nebel hindurch, der mich von der Welt trennt, in den ewig farblosen Himmel blickte.

»Mein Gott, was machen Sie da, Herr Graf!« hörte ich die Stimme des Kommandanten. »Sie sind frei, Sie können nach Hause gehen. Draußen ist ein herrlicher Frühling!«

Ich stieß den Stuhl unter mir weg. Er war aber schneller als der Tod; er fing mich auf, löste meinen Kopf aus der Schlinge und trug mich aus der Zelle hinaus. Ich mußte in Ohnmacht gefallen sein und hatte einen Traum: Ich lag als Säugling in Mutters weichen Armen, die wie ein Kahn leicht hin- und herschaukelten. Rund um uns saßen alle Frauen, die ich geliebt habe, und sie glotzten mich mit neugierigen Augen an. Thomas der Pfeifer lag bei Anna Kudlatschek und pfiff eine heitere Melodie, die mich einlullte. Meine Augen fielen zu, und als ich im Traum zu träumen begann, kamen die Prager Posaunisten im Gleichschritt anmarschiert und bliesen dem goldbrokatenen Prager Jesulein, das auf einer goldgrünen Bahre über ihren Köpfen in der blauen Luft schwamm, eine erhabene Melodie. Ich freute mich, daß ich mich mit eigenen Fingern vor der Bildfläche des Traumes abkratzen konnte, daß ich tot war und daß ich mich in der barmherzigen Ewigkeit gemütlich einnisten konnte.

»Nikolaus!« Jelenas Aufschrei riß mich aus meinem Doppeltraum, sie umarmte mich und drückte mich mit aller Gewalt zurück ins Leben.

Auf Umwegen und durch Stadtteile, die ich entweder nicht kannte oder vergessen hatte, fuhr sie mich nach Hause; nicht zu mir, zu meinen Chinesen, sondern in ihre Wohnung. Auf der Karlsbrücke angelangt, sah ich den Prager Acheron: ein toter, matt glänzender, zusammengeschrumpfter Wasserstreifen. Unterhalb der Schützeninsel saß im einst hellblauen Boot ein Greis über zwei Angelruten geneigt. Zwischen den Granitblöcken oberhalb des Stauwehrs schwammen unzählige bunte Zierfische, noch zappelnd oder schon tot, mit lila angefaulten Bäuchen nach oben.

Rechts am Franzenskai spukte noch immer die erbärmliche Ruine des pseudogotischen Franzensmonumentes. Das ganze Denkmal war verlogen, ein Hirngespinst eines echten böhmischen Ersatzteutonen namens Joseph Marx, der es gerade in dem Jahr 1845 errichten ließ, als sein weltberühmter Namensvetter Karl die Idee des Kommunismus als die Idee des neuen Weltzustandes beschrieb. Nun war von dem Franzensdenkmal auf dem toten Ufer des Acherons nur gußeiserner Schrott zurückgeblieben. So gerecht ist die Geschichte, wenn sie es gut mit uns meint.

»Halt an, Jelena, ich will aussteigen!« Nach mehr als fünf Jahren stieß ich wieder den ersten Schrei aus.

»Sei vernünftig, Niki! Ich bringe dich zu mir, du ruhst dich aus, und dann sehen wir weiter. Ich liebe dich, Niki!« sagte sie mit einer sanften, jedoch nervösen Stimme und beschleunigte die Fahrt.

»Ich will zurück, ich habe bereits abgerechnet!« schrie ich.
Die Heiligen auf der Brücke beobachteten uns mit schierem Entsetzen, aber vielleicht war es nur eine optische Täuschung; sie flitzten vorbei, als würden sie von Osten nach Westen fliehen.
»Verdammtes Weibsbild! Laß doch endlich von mir ab, laß mich frei!«
»Glaubst du wirklich, daß ich dich laufen lasse?« Jelena lachte böse. »O nein, mein Lieber, du heiratest mich, und damit basta!«
Jelena drehte sich beim letzten Satz zu mir nach hinten um, und ich sah, wie der Wagen, als wir beim heiligen Christophorus vorbeidröhnten, ganz nah an die Kante des Bürgersteigs geriet. Beim heiligen Ivo sprang das Auto mit den rechten Rädern hoch, streifte die Brückenbrüstung, und krachte mit dem Kühler gegen den Pfeiler des Brückenturmes.
Ich hätte Jelena warnen können, aber ich verhielt mich ganz still. In dem Bruchteil der Sekunde, als der Wagen gegen den harten Stein stieß, dachte ich an Charon in seinem einst hellblauen Boot. Unversehrt konnte ich aus dem Wagen steigen, und ich fühlte mich glücklich. Nicht Charon wird mich in seinem morschen Boot über den Acheron rudern, dachte ich, sondern ich werde zu Fuß und langsam auf dem Moldaukai, der einst den Namen eines für mich namenlosen Kaisers und Königs trug, zum Café Slavia gehen, denn die Stunde war richtig: Die Turmuhren schlugen halb zwölf. Jelena saß noch im Auto, ihr Kopf ruhte auf dem Lenkrad und aus ihrem Mund tropfte Blut.
Einige Passanten kamen gelaufen, umstellten das Auto, und einer fragte mich: »Was ist denn passiert?«
»Sie raste wie verrückt«, antwortete ich.
»Ich sah Sie aus dem Auto steigen«, fuhr der Mann hartnäckig fort und musterte mich mißtrauisch.

»Wahrscheinlich ist sie tot.«
»Dann muß ich die Polizei rufen!« schrie der Mann entsetzt und lief weg.
»Tun Sie es bitte. Ich habe nämlich keine Zeit!« rief ich ihm nach.
Das Café Slavia betrat ich Punkt zwölf Uhr.
Mein Platz an dem großen Fenster war frei. Alle Gesichter, die mich gleichgültig musterten, waren mir fremd. Das Café war kleiner geworden. Fünf Jahre und drei Monate war ich in meinen Träumen jeden Tag hierher gewandert und hatte mir in meiner Zelle das Café Slavia als einen großen, prächtig beleuchteten Raum vorgestellt, an den Tischen elegante Damen und lebenserfahrene Herren, die ihre Langeweile mit Raffinesse vorführten. Herr Alois trug einen gut geschnittenen Frack mit strahlend weißem Hemd; das Café duftete nach arabischem Kaffee, nach französischem Kognak alter Jahrgänge, nach teurem Parfüm und nach der weiten Welt. An seinen glänzenden Fenstern floß draußen die Geschichte vorbei; die Damen und Herren beobachteten nur ab und zu ihre Farbtöne und lauschten mit hervorragend gespielter Gleichgültigkeit ihren Geräuschen. Herr Alois, der Ober, ein schwarzer Seraphim mit wässerigen Augen, überwachte seit Jahrzehnten diese Stille.
Als ich den Platz an meinen Tisch einnahm, war ich niedergedrückt und enttäuscht. Es war kalt und düster im Lokal. Der rote Plüsch, mit dem die Sessel bezogen waren, hatte längst seine Farbe verloren, die Marmorplatten der Tische waren zersprungen. Es roch nach Bier, schlechtem Tabak und nach aufgewärmtem Gulasch. Einige Damen und Herren gaben sich zwar die Mühe, den einstigen Glanz vom Café Slavia in ihren hoffnungslos verschleierten Augen beizubehalten, es war jedoch für mich nicht schwer zu erraten, daß unsere Geschichte und die vom Café Slavia zu Ende ist. Herr Alois tauchte vor mir auf. Es war nicht mehr der alte Oberkellner, es war ein ausge-

trocknetes Gespenst, eine Statue kurz vor dem endgültigen Zerfall.
Mein Gott, dachte ich, weshalb bin ich zurückgekehrt?
»Herr Graf, ich bin froh, Sie wiederzusehen«, sagte Herr Alois mit einer gebrechlichen Stimme, und ich erkannte, daß er überhaupt keine Freude mehr spüren konnte. Er neigte sich nach links, dann wieder nach rechts, hielt sich jedoch aufrecht, als wären seine Füße fest mit dem Fußboden des Cafés verwachsen.
»Ich habe Ihnen so viel über Rudi und Sarah zu erzählen, nichts habe ich vergessen, so zum Beispiel den Tag, als Sie ...«
»Herr Alois, ich habe bereits alles vergessen«, unterbrach ich ihn, »und wenn ich Ihnen einen guten Rat geben kann, dann versuchen auch Sie, alles zu vergessen. Es ist besser so.«
»Vielleicht«, sagte er, neigte sich nach rechts und verharrte in dieser ungewöhnlichen Lage. »Ich bringe Ihnen jetzt einen Kognak und Kaffee, freilich mit Mineralwasser, wie es bei uns üblich ist. Sie wissen ja Bescheid, unsere Stammgäste zahlen am Ende des Monats.«
Herr Alois schlich langsam in meine Nebelzone, sie verschluckte ihn diesmal nicht. An der Stelle, an der er sie mit einem leisen Knistern durchbrach, blieb ein schwarzes Loch zurück.

Achtundsiebzigste Geschichte

Ich trank meinen Kognak und den Kaffee, und als die zweite Stunde nach Mittag schlug, begab ich mich nach Hause. Am Pfeiler des Altstädter Brückenturmes stand noch immer Jelenas zertrümmertes Auto. Das Lenkrad war mit Blut verschmiert.

»Schrecklich, nicht wahr?« hüstelte ein alter Mann mir ins Gesicht.
»War sie sofort tot?«
»Woher wollen Sie wissen, daß sie darin saß? Merkwürdig, jeder, der hier vorbeikam, wußte bereits, daß sie im Auto war, und jeder wünschte sich, daß sie tot wäre. Ich sag's Ihnen, es war kein Unfall, sondern ein glatter Selbstmord. So etwas spricht sich in Prag heute schnell herum.«
Plötzlich wechselte er seinen Gesichtsausdruck, schaute mich lauernd an und fragte: »Kannten Sie die Genossin Jelena Finkelstein?«
»Wer kannte sie nicht?«
»Eben, wer kannte sie nicht.«
»Vielleicht lebt sie noch«, bemerkte ich und erschrak.
Der Mann kicherte.
»Ausgeschlossen! Mein Herr, ich war dabei, als man sie in den Krankenwagen schob. Und wissen Sie, nach wem sie immer wieder, bevor sie starb, zu rufen versuchte?«
»Nein. Ich war doch nicht dabei.«
»Nikolaus, immer wieder rief sie nach Nikolaus. Und wissen Sie, wer Nikolaus war?«
»Ich, zum Beispiel, heiße Nikolaus.«
»Sie sind aber ein Spaßvogel! Nikolaus war nämlich der letzte russische Zar, und in der Stunde ihres Todes bat sie ihn um Verzeihung, die Bolschewikin, dieses Luder! Es bringen sich in diesem Frühling zu viele Kommunisten in Prag um, und ich sag Ihnen, daß ...«
»Vielleicht hat sie einen anderen Nikolaus herbeirufen wollen«, unterbrach ich den Mann und ließ ihn vor den Trümmern stehen.

Ich saß am offenen Fenster meines einstigen Palais und träumte vom Vergangenen. Wenn es dunkel wurde, besuchten mich alle meine Kinder; sie standen schweigend in einem Halbkreis um mich herum, keiner sagte ein Wort, nur Thomas der Pfeifer hockte auf dem Fensterbrett und pfiff leise eine traurige Melodie. Alle waren wieder da, wie ich sie einst gekannt hatte, jung, schön, elegant. Zuletzt kam mein Sohn Rudi. Er hatte den Kragen seiner Jacke hochgezogen und versteckte sich hinter dem Rücken seiner Mutter. Sarah hatte ein schwarzes Kleid an, das nicht glänzte, und ihre Augen waren ruhig und finster.
Die Stille erdrückte mich. Die Häuser ringsherum sind mindestens um ein Stockwerk kleiner geworden; der fließende Sand hat ihre Grundmauern mit seinen zahnlosen Kiefern mächtig angenagt. Die tausend Türme im Blickfeld meines weitsichtigen Auges sind gewachsen, jedoch alle schief und in alle Himmelsrichtungen. Die zwei Türme der Teynkirche hatten sich bereits zu einem Kreuz verflochten. Die drei Spitzen des St. Veitdomes spielten verrückt und drohten, auf drei Stadtteile zu fallen. Am rosaroten südlichen Horizont sah ich den Wyschehradfelsen in die Moldau umkippen. Die Türme der St.-Peter-und-Paul-Kirche bewegten sich nach Osten, der südliche Turm ging einigermaßen aufrecht, der nördliche nach vorne gebeugt und in der Hälfte gebrochen. Die zwei Türme der Karlsbrücke stemmten sich gegen die unsicheren Ufer; es gelang ihnen jedoch nicht, die bis zum Brechen gespannten Bögen mit der Last der dreißig Heiligen in zwei geraden Linien zu halten. Die Moldau floß nicht mehr, sie zog dahin wie schwarzes Pech; ich konnte kein Schäumen und Plätschern des Wassers am Stauwehr hören. Die Luft bewegte sich nicht; mit grauem Staub und roter Asche belastet legte sie sich auf die Dächer der Stadt zum Schlaf. Die Flugbahnen der Tauben waren kurz; die Vögel konnten nicht mehr

fliegen, so segelten sie von den rußschwarzen Mönchnonnendächern in die tiefen Schatten der engen Gassen. Ich hörte die Aufschläge ihrer Flügel auf das harte Pflaster und ihren Todesruf.
Oh, wie gerne hätte ich in diesen Nächten die Helena von Molwitz, meine von mir verlassene Frau, unten in ihrem einstigen Garten aufschreien gehört! Ihre Beschimpfungen und Verfluchungen, die sie aus der Tiefe zu mir fast ein halbes Jahrhundert hinaufgeschrien hatte, fehlten mir. Ich fühlte mich betrogen.
Ganze Nächte lang habe ich auch das einstige Palais der Lorbergeist beobachtet. Mir schien es, als hätte ich Schatten durch den verwilderten Garten gleiten gesehen. Mehrmals machte ich Anstalten, Marianne in ihrer zugemauerten Kammer zu besuchen, doch jedesmal kehrte ich um, obwohl ich drei- oder viermal schon ganz in der Nähe des verlassenen Palais gewesen war.
Dann kam die Augustnacht, in der von Osten her graue sibirische Raben anflogen, die setzten schon über dem Hradschin heulend zur Landung an und verschwanden mit Sausen und Pfeifen Richtung Weißer Berg. Zuerst dachte ich an schwarze Meteoriten, die aus dunklen Löchern auf mich zusausten, ich duckte mich, schloß das Fenster, machte es jedoch gleich wieder auf, denn es wurde mir klar: Wenn es die verirrten Himmelskörper auf mich abgesehen haben sollten, dann böten mir nicht einmal die Wände meines einstigen Palais Schutz. Ich war fest davon überzeugt, daß all die unheimlichen Kerne einst glühender Planeten, die ich seit meiner Jugendzeit in gefährlicher Nähe über meinen Kopf ihre unberechenbaren Umlaufbahnen hatte ziehen sehen, jetzt über mich herfallen und mich erschlagen würden.
Oh, ich war froh, schon vor Tagen die Maske eines klugen und ein wenig besorgten Greises angelegt zu haben. In der Morgendämmerung verbesserte ich sie mit zwei Strichen, die die Falten an meiner Stirn noch betonten.

Der 21. August des Jahres 1968 war so neblig, daß der Dunstschleier auch noch um elf Uhr im Moldaubecken lag. Und es war gut so, meinte ich, denn meine Maske entsprach vollkommen dem heißen und feuchten Tag. Ich verließ meine Wohnung und begab mich langsam die Nerudastraße hinunter zum Kleinseitner Ring und von da aus auf die Karlsbrücke.
Auf dem verzauberten Stein stand ein kleingewachsener, stämmiger Asiate und starrte die gußeiserne Figur des Landesvaters an. Ich stellte mich drei Schritte hinter den jungen Soldaten und sah das, was ihn offensichtlich faszinierte.

Achtzigste Geschichte

Punkt zwölf Uhr trat aus dem schwarzen Loch in meiner Nebelgrenze Herr Alois, stellte den Kognak auf den Tisch und sagte: »Da haben wir wieder einmal die Bescherung!«
Das ist in Prag immer so, dachte ich, man probt hier Aufstände, man lehnt sich gegen die Mächtigen auf, natürlich jedesmal mit Begeisterung und auf moralische Überlegenheit gestützt. Aber dann marschieren Armeen ein und aus ist es. Vor mehr als dreihundert Jahren, überlegte ich, als der erste Belecredos gleich nach der Schlacht am Weißen Berg, die eigentlich keine richtige Schlacht gewesen war, hoch zu Roß in Prag eingezogen war, hätte er das Gefühl haben können, diesem Land eine neue Geschichte gebracht zu haben. Der heutige Einzug fremder Truppen aber war kein Beginn einer neuen Geschichte, sondern nur eine Fortsetzung derjenigen, die mein Geschlecht hier eingeleitet hatte. Wie schon vor dreihundert Jahren wird auch jetzt die große Zeit der Versager und der einsamen Märtyrer kommen. Was alles hätten wir vollbringen kön-

nen, wie groß und stark hätten wir vor dem Antlitz der Geschichte sein können, wenn wir nicht ständig von fremden Mächten besetzt und regiert worden wären! Solche Stimmen werden sehr bald hier zu hören sein, und aus diesem dreihundert Jahre alten böhmischen Gejammer werden viele Menschen die Rechtfertigung ihres permanenten Versagens schöpfen. Am Weißen Berg gab es damals wenigstens ein Scharmützel, das letzte vor den Toren der Stadt. Als mein nicht glorreicher Vorfahre am 8. November 1620 siegreich, nicht jedoch mit Ruhm bedeckt, in die Stadt zog, bimmelten – das habe ich in der Familienchronik gelesen – wenigstens einige Glocken. Heute schweigen sie.

»Haben Sie etwas gesagt, Herr Graf«, fragte mich Herr Alois, ohne die Stimme zu heben.

»Nein. Ich dachte nur nach.«

»Ist ja auch nichts mehr zu sagen«, flüsterte Herr Alois, bewegte sich von rechts nach links und blieb eine Weile in dieser unnatürlichen Lage stehen. Er lächelte, so weit ich mich erinnern konnte, zum vierten und auch zum letzten Mal.

Einundachtzigste Geschichte

Um zwei Uhr verließ ich das Café Slavia, und eine Stunde später stand ich vor dem ehemaligen Palais Lorbergeist. Ich kroch in den Keller des Palais hinunter und tastete mich die feuchten Wände entlang zu der Falltür, die zur eingemauerten Marianne führte. Ich hob sie ein wenig an und sah, daß die Kammer von einer Kerze spärlich erleuchtet war. Zuerst schob ich den Kopf durch den Spalt. Marianne von Lorbergeist saß über ein Buch gebeugt am Tisch. Ich hörte, daß sie in einer fremden, aber doch vertrauten Sprache etwas murmelte.

»Marianne!« rief ich leise.
Sie drehte sich nicht um, ja sie hob nicht einmal ihren Kopf und sagte auf Russisch: »Komm herein, Genosse!«
»Marianne, ich bin es, Niki!«
Jetzt erst drehte sie sich blitzschnell um und stand auf. Ich sah vor mir eine muskulöse Frau, ihr Haar war kurz geschnitten.
Großer Gott, dachte ich, das ist doch nicht Marianne! Als ich sie zum letzten Mal gesehen hatte – es muß schon sechs Jahre her sein – trug sie noch Zöpfe und die alte, immer wieder gewaschene und gepflegte BDM-Uniform, die ihr zu eng geworden war. Und jetzt? Sie spricht mich russisch an und trägt einen blauen Rock und eine grüne Rubaschka, wie ich sie vor einigen Minuten noch in der Welscher Gasse bei sowjetischen Soldatenfrauen gesehen hatte.
»Wer sind Sie?« fragte mich Marianne wieder auf russisch, und mir entging nicht, daß ihre rechte Hand nach einem schweren Knüppel griff, der gegen das Tischbein gelehnt bereit stand.
»Ich bin's doch, Niki! Erkennst du mich nicht?«
»Ach so!« Marianne ließ den Knüppel fallen und sprach auf deutsch weiter. »Was suchst du hier, wie bist du hereingekommen?«
»Wie immer, Marianne.«
»Laß dich mal ansehen«, befahl sie mir und hob die Kerze vom Tisch hoch.
Ich überlegte schnell, wie alt sie sein könnte. 1945 war sie zwanzig oder erst neunzehn, heute mochte sie also etwa dreiundvierzig Jahre alt sein; kräftig ist sie geworden und hart im Gesicht.
Marianne ging um mich mit der Kerze in der Hand herum.
»Wer hat dich geschickt? Die Chinesen?«
»Keiner hat mich geschickt, ich komme von selbst!«
»Du lügst!« sagte sie hart. »Es ist doch bekannt, daß du mit den Chinesen zusammenarbeitest!«

»Ich war fünf Jahre und drei Monate im Gefängnis, hätte sechs Jahre absitzen sollen, aber dann kam die Amnestie. Ich wollte schon früher zu dir, Marianne, aber ...«
»Genossin Jelena Finkelstein hat mir alles erzählt, ich weiß also Bescheid«, fuhr mich Marianne hart an.
Ich mußte mich an die Wand lehnen.
»Ich habe dich gesehen, Marianne, laß mich jetzt verschwinden. Ich verdufte, ich ziehe mich jetzt aus deinem Leben zurück, bitte!«
Ich war schon bereit, vor ihr auf die Knie zu fallen; so weit ließ es Marianne jedoch nicht kommen.
»Du bleibst jetzt hier!« schrie sie mich in einem so entschlossenen Ton an, daß ich ihre Worte wie Peitschenhiebe über meinen kahlen Kopf knallen hörte. Ein Hieb mußte mich voll erwischt haben, denn ich fiel um.
Ein Traum überwältigte mich: Ein heißer Südwind schlug mir heftig entgegen, Staub und Asche wirbelten in der rotbraunen Luft, und ich sah die Heiligen auf der Karlsbrücke einer nach dem anderen mit einem leisen Aufstöhnen in die Moldau kippen. Ich sah auch die Grundmauern meines ehemaligen Palais bersten, und alle meine Toten befreiten sich aus der Umklammerung der Kellermauern, sogar mein Vater, der im Tod zu einem linsenförmigen Gebilde aus Asche und Glas verschmolzen war, stand auf, putzte mit den Händen den verstaubten Arbeitskittel ab und murmelte: »Irgendwo ist mir ein Fehler unterlaufen, irgendwo ist mir ein großer Fehler unterlaufen!«
Dann stand ich auf der Karlsbrücke; es war weder Nacht noch Tag. Ein Schwarm von Möwen stieg vom Wasser auf und trug mit den Schnäbeln das einst hellblaue Boot des Prager Charons gegen Osten davon. Er, ein Greis, saß im Boot über zwei Angelruten geneigt und schaute auf mich herunter. Vielleicht lächelte er mich an.
»Wach auf, Niki!« kreischte eine Weiberstimme aus dem mit weißem Schaum geziertem Wasserwirbel zwischen den Brückenpfeilern, auf welchen der heilige Jan Nepomuk

und der heilige Antonius von Padua standen; der Böhme mit einer Gloriole über dem Kopf, in der vier Sterne fehlten, der Italiener mit einem verrosteten Heiligenschein über der kreisrund geschorenen Stelle auf dem Scheitel und mit einem zu dicken Säugling an seiner linken Seite.
Ich machte die Augen auf und tastete im Halbdunkel Mariannes Körper ab; er war feucht, die Muskeln gespannt und hart.
»Ich bin unglücklich, Nikolaus, hörst du mich!«
»Ja, ich höre dich, Marianne«, sagte ich und spürte, daß meine Zunge trocken und ein wenig geschwollen war.
»Ich liebe dich, Niki«, flüsterte Marianne und küßte mich auf mein linkes Ohr.
»Wie lange bin ich schon hier?« fragte ich erschrocken.
»Eine Ewigkeit, Niki! Allerdings stets in einer anderen Maske, einmal als Wenzel von Salmo, dann als ein netter Chinese oder als ein höflicher Russe. Aber mich hast du nie täuschen können, ich habe dich, Liebster, stets erkannt! Jetzt habe ich es begriffen, Jelena hat mich belogen...«
»Jelena ist tot«, sagte ich.
»Hast du sie erschlagen?«
»Wie man es nimmt.«

Zweiundachtzigste Geschichte

Schwach und hilflos wie ein Greis am Rande des Grabes lag ich auf Mariannes Bett in der eingemauerten Kammer und nahm Abschied von der Illusion, überhaupt je etwas gesehen, gehört und erlebt zu haben. Eines Tages – oder war es nachts – konnte ich mich im Bett aufrichten. Marianne schlief neben mir, den Mund ein wenig geöffnet, und lächelte im Traum.
Mein Gott, dachte ich, was ist mit mir geschehen?
Jetzt weiß ich nicht mehr, ob draußen Tag oder Nacht ist,

Frühling oder Winter? Lebe ich noch oder bin ich schon tot? O ja, jetzt sehe ich es ein! Der Schöpfer hätte uns blind machen sollen und vielleicht auch taub. Nur so hätten wir die Chance gehabt, unversehrt von einem finsteren Ufer zum anderen hinüberzugleiten.
Nach einer unbestimmten Zeit – die Zeitmessung hat für uns den Sinn verloren – konnte ich wieder aufstehen und ging einen Tag, eine Woche oder gar einen ganzen Monat lang in der Kammer hin und her. Acht Schritte von einer Wand zur anderen.
Marianne und ich hatten Hunger. Unsere Vorräte waren verbraucht, und keiner brachte neue, denn man hatte uns endgültig vergessen.

Epilog

Diese letzte Geschichte erzählte mir Nikolaus Graf Belecredos auf der Karlsbrücke unter der Statue der heiligen Ludmila. Er versuchte noch einmal, aus der eingemauerten Kammer des Lorbergeist-Palais auszubrechen, kam jedoch nicht weiter als eben unter die in barocker Pracht gemeißelte Märtyrerin aus dem 10. Jahrhundert. Dort brach Nikolaus zusammen, saß an den Sandstein der Brüstung gelehnt und lächelte bitter.
»Sehen Sie sich, lieber Freund, die Ludmila an! Mathias Braun, dieser Betrüger, hat ihr ein prächtiges Kleid angelegt, als wäre die heilige Ludmila zu Lebzeiten eine fröhliche, mit allen Reizen ausgestattete Dame aus der ersten Hälfte des achtzehnten Jahrhunderts gewesen! Ich habe vor Jahren ihren Hals abgetastet. Keine Spur der mörderischen Hände, die die Ludmila im Auftrag der guten Christin Drahomíra erdrosselt haben! So wird hier die Geschichte erlogen, mein Freund.«
Ich wollte Nikolaus auf die Beine helfen, er wehrte sich,

verfluchte mich sogar, dann brach er in Tränen aus und bat mich bei allem, was mir noch heilig sein könnte, ihn nicht ins schwarze, mit Asche, Staub und menschlichen Überresten gefüllte Loch des Vergessens zu stoßen.
»Ich flehe Sie an, lieber Freund«, schrie er mich an, »erzählen Sie meine Geschichte, aber vergessen Sie nicht, daß die Wahrheit viel schlimmer ist als die gräßlichste Lüge.«
Er zog sich an der Brüstung hoch und taumelte zurück Richtung Kleinseite.
Ich bin fest davon überzeugt, ihn leise murmeln gehört zu haben: »Ich habe trotzdem mein Glück gefunden, mein großes Massele im Leben!«
Ich sah ihn nie wieder.
Das Ende seiner Geschichte erfuhr ich erst später: Anfang der siebziger Jahre verkaufte das Prager Amt für staatliche Denkmalpflege das frühere Palais Lorbergeist, das nicht wertvoll genug war, um es zu renovieren, an die Bundesrepublik Deutschland, die darin ihre Botschaft unterbringen wollte. Man holte aus der Bundesrepublik Handwerker und Maurer, die das vernachlässigte und halbverfallene Palais für die Bedürfnisse eines repräsentativen Botschaftsgebäudes herrichten sollten. Die Arbeiter schlugen in die Mauer des ehemaligen großen Salons ein Loch. Einer steckte seinen Kopf in die Öffnung, um nachzusehen, was sich hinter der Mauer, die eingerissen werden sollte, befand. In der Halbfinsternis der zugemauerten Kammer sah er einen mumifizierten Mann im Bett liegen, den er sofort als Lenin erkannte, und neben ihm eine tote Frau, deren Identität er, der einfache Mensch, nicht bestimmen konnte. Der Arbeiter schrie vor Entsetzen auf.
Ein wenig später kamen der Botschafter und sein Kulturattaché herbeigeeilt. Die beiden Herren erkannten sogleich den toten Lenin und einigten sich nach kurzem Streit darauf, daß die tote Dame neben Lenin aller Wahrscheinlichkeit nach Nadjeschda Krupskaja, seine einstige Lebensgefährtin, sein müßte.

Den bundesdeutschen Diplomaten blieb es ein Geheimnis, wie die beiden weltberühmten Mumien nach Prag und dazu noch in ihr Palais gelangt waren. In Bonn vermutete man eine sowjetisch-tschechoslowakische Provokation, die den guten Willen der Bundesrepublik Deutschland in Sachen Völkerverständigung und Entspannung torpedieren sollte. Die Arbeiter mußten das eingeschlagene Loch hastig wieder zumauern.

Die Bundesregierung trat noch in der Nacht zu einer Krisensitzung zusammen und beschloß erst in der Vormittagsstunde des nächsten Tages, dem ungeduldigen Botschafter nach Prag zu funken: Zu den Tschechen über den Vorfall kein Wort! Schicken heute drei Beamte des Verfassungsschutzes als Maurer getarnt. Die beiden Leichen müssen noch heute nacht irgendwo im Keller des Palais eingemauert werden.

Und so geschah es auch.

Personen (in der Reihenfolge ihres Auftretens):

Autor, Wanderer und Zuhörer.
Nikolaus Graf Belecredos, der letzte seines Geschlechtes in Prag, Meister im Maskenanlegen.
Die Stadt Prag
Die Moldau
Heilige auf der Karlsbrücke; Prager Statuen; Wappenzeichen usw.
Jelissaweta Mischkina, mutmaßliche russische Fürstin, Nikolaus' Erzieherin, später Frau von Dr. Mosche Finkelstein.
Martin Graf Belecredos, Nikolaus' Vater, zuletzt im Keller seines Palais begraben.
Rosa Gräfin Belecredos, Nikolaus' Mutter.
Dr. Mosche Finkelstein, Wunderdoktor und Anarchist aus Wien.
Milena, der Schmetterling.
Helena von Molwitz, Nikolaus' Ehegattin, wohnt später in der US-Botschaft und schreit.
Jakub Graf Mikolajczyk, der seine Pistole putzt, Nikolaus fürs ganze Leben zeichnet und erschossen wird.
W. I. Lenin
Nadjeschda Krupskaja, Lenins Lebensgefährtin, die in Prag viel aushalten muß.
General Jegor Jefimowitsch Korolow, 1905 in Warschau erschossen, lebt 1917 in österreichischen Gefangenschaft.
Petite Komtesse, Dame mit ungewisser Herkunft und viel Geld, mußmaßliche Mutter von Nikolaus' Tochter Helga.
Jelena Finkelstein, Tochter von Dr. Finkelstein und der Mischkina, eine gefährliche Genossin, die 1968 ums Leben kommt.
Olga von Molwitz, Helenas Mutter.
Freifrau von Krombholz, Nikolaus' zweite Erzieherin, vermutlich von königlich-böhmischem Geschlecht.

Nikolaus Graf Belecredos dreizehn Vorfahren, alle im Kellerlabor begraben.

Wenzel Baron von Salmo, Freund von Nikolaus, als Spion in der Moldau ertränkt.

Sarah Salzmann, die schönste Frau, die Nikolaus je geliebt hat, die er jedoch an den Ober des Cafés Slavia weitergab.

Rudolf Salzmann, Nikolaus' Sohn mit Sarah, er wird als Parteisekretär verhaftet und gehängt, seine Asche wird bei Melnik auf einer vereisten Landstraße verstreut.

Alois Volný, Kellner, später Ober im Café Slavia.

Damen und Herrn im Café Slavia

Dame in Grün, springt in selbstmörderischer Absicht in die Moldau.

Der Mann im hellblauen Boot, vielleicht der Mörder von Wenzel von Salmo.

Herr Václav, Nikolaus' Diener, nebenbei wohl auch Denunziant.

Friedrich Kudlatschek, Vater von Anna Kudlatschek, Oberwachtmeister, der hinter Nikolaus her ist.

Anna Kudlatschek, seine Tochter, Mutter von Nikolaus' Sohn Thomas dem Pfeifer, später Frau des Kunstmalers Josef Tkaczyk.

Stanislaw, der bulgarische Anarchist.

Leszek, Anarchist, ehemaliger k. u. k. Offizier, erschießt Jakub und wird von Jakub im selben Augenblick getötet.

Hortensia Gräfin von Lichtenberg, oberste Richterin in Sachen Moral.

Magdalena Prinzessin von Hlowositz, Mutter von Nikolaus' Tochter Irena, Textilfabrikantin.

Josef Tkaczyk, Kunstmaler, ehemaliger Student der Rechte, der zu Geld kommen will.

Thomas der Pfeifer, Sohn von Nikolaus und Anna Kudlatschek, ein pfeifendes Phänomen.

Verschiedene Gespenster, Schatten, Meteoriten usw.

Irena, vermutliche Tochter von Nikolaus und Magdalena

Prinzessin von Hlowositz, wurde jedoch wahrscheinlich verwechselt.

Helga, Tochter von Nikolaus und der Petite Komtesse, auch sie wahrscheinlich verwechselt.

Julia, Tochter von Nikolaus und Helena von Molwitz, wahrscheinlich verwechselt, sicher jedoch nicht Nikolaus' leibliches Kind.

Rosa, ein ziemlich kräftiges, jedoch unbeholfenes Zimmermädchen der Molwitz.

Franta Sauer, der Prager Anarchist, der die Mariensäule auf dem Altstädter Ring stürzte.

Redakteurin vom Roten Stern, wahrscheinlich Mutter von Nikolaus' Tochter Marie Holečková.

Marie Holečková, mußtmaßliche Tochter von Nikolaus, eine verschleierte Dame, die nur einmal auftaucht.

Marianne von Lorbergeist, die eingemauerte Geliebte von Nikolaus.

Adolf von Lorbergeist, alias Belecredos, alias Tkaczyk, Nikolaus' Sohn mit der eingemauerten Marianne.

Josef Nikolajewitsch Tkaczyk, leiblicher Sohn von Josef Tkaczyk und seiner Adoptivtochter Helga.

Herr Karbusický, Notenschreiber, der verschwindet.

Herr Demel, ein Komponist, der alles überlebt.

Heinrich von Pretschan, der im Brückenpfeiler Eingemauerte.

Ein unglücklicher Architekt, Erbauer von Stalins Denkmal über Prag, ein Genosse mit selbstmörderischen Absichten.

Olga, Tochter von Nikolaus und Jelena

Kommandant im Gefängnis Prag-Ruzyň, der Nikolaus das Leben rettet.

Passanten und Rentner auf der Karlsbrücke.

Bundesdeutsche Arbeiter in Prag.

Bundesdeutscher Botschafter in Prag; sein Kulturattaché, spielen jedoch keine wesentliche Rolle:

Ota Filip

Café Slavia
Roman. 276 Seiten, geb.
und Fischer Taschenbuch
Band 9168

Das Café an der
Straße zum Friedhof
Fischer Taschenbuch
Band 5250

Die Himmelfahrt des
Lojzek Lapáček aus
Schlesisch-Ostrau
Roman. 315 Seiten, geb.
und Fischer Taschenbuch
Band 2012

Großvater
und die Kanone
Roman. 217 Seiten, geb.
und Fischer Taschenbuch
Band 8076

Maiandacht
Roman. 207 Seiten, geb.
und Fischer Taschenbuch
Band 2227

Ein Narr für jede Stadt
249 Seiten. Leinen

Band 9168

Wallenstein und
Lukretia
Roman
207 Seiten, geb.

Zweikämpfe
Roman
282 Seiten. Leinen

S. Fischer · Fischer Taschenbuch Verlag

fi 169/4

Jaroslav Hašek

Schule des Humors
Zwölf Lektionen
Kurzgeschichten. Band 5372

Der Titel ›Schule des Humors‹ ist nicht ganz ernst, auch nicht unbedingt wörtlich zu nehmen. Strengen Pädagogen sollte von der Lektüre dennoch dringend abgeraten werden. Denn Hašeks bitterböse Humoresken aus dem bürgerlichen Heldenleben lassen das aufbauende Moment vermissen: alle seine Geschichten enden in boshaften Pointen, denen geschickt lancierte Katastrophen den Weg bereiten.

Von Scheidungen und andern tröstlichen Dingen
Humoresken. Band 5766

Die Zielscheibe seines Spottes sind Dummheit und Beschränktheit seiner Mitmenschen. Von den ins Aberwitzige vergrößerten Schwächen wird so boshaft pointiert erzählt, daß den Leser ein ganz besonderes Lesevergnügen erwartet.

Der Abstinenzlerabend und andere Humoresken
Herausgegeben von Jana Halamičková
Band 5840

Wie der Quartaner Papoušek im Traum Julius Cäsar begegnet, der seinem Lateinlehrer zum Verwechseln ähnlich sieht, wie das Prager Amtsblatt durch sinnentstellende Druckfehler seine Leser zu bildungsbeflissenen Nachforschungen anregt oder wie aus dem humanistisch gesinnten, fürstlichen Bibliothekar Herrn Caboun im Handumdrehen ein Lausbub wird. Diese und andere Grotesken aus dem Leben des Prager Kleinbürgers sind nachzulesen in 34 bislang unbekannten Humoresken.

Fischer Taschenbuch Verlag

fi 352/1

Arthur Schnitzler

Casanovas Heimfahrt
Erzählungen. Band 1343
Aus dem Inhalt: › Der blinde Geronimo und sein Bruder ‹, › Leutnant Gustl ‹, ›Die Fremde‹, ›Der Tod des Junggesellen‹, ›Das Tagebuch der Redegonda‹, ›Spiel im Morgengrauen‹, ›Casanovas Heimfahrt‹, ›Fräulein Else‹.

Jugend in Wien
Eine Autobiographie. Band 2069
»Keine Zweifel: dieses autobiographische Fragment wird erheblich zum besseren Verständnis des Schnitzlerschen Wesens und des Schnitzlerschen Werkes beitragen.« *Friedrich Torberg*

Reigen / Liebelei
Zehn Dialoge / Schauspiel in drei Akten
Band 7009
»Die beiden kleinen Stücke, die hier miteinander gesellt sind, sein (Schnitzlers) berühmtestes und sein berüchtigstes, scheinen sich schlecht miteinander zu vertragen: die gemütvolle »Liebelei« und der ungemütliche »Reigen«, die rührende Tragödie und das »zynische« Satyrspiel, das eine ein Volksstück, gesättigt mit Lokalkolorit – es gibt keine Dichtung, in der mehr Wiener Luft wehte – mit allen öffentlichen Ehren im Burgtheater aufgeführt, das andere als Konterbande lange im Schreibtisch des Dichters versteckt und von Ärgernissen und Skandalen umwittert.«
(Aus dem Nachwort von Richard Alewyn)

Fischer Taschenbuch Verlag

fi 292 / 2